「创造最有价值的阅读」

"阅读力"指导专家委员会

顾　问： 朱永新

主　任： 曹文轩

成　员：（以姓氏笔画为序）
王土荣　　方卫平　　朱芒芒　　刘克强　　杜德林
何立新　　张伟忠　　张祖庆　　周其星　　周益民
胡　勤　　顾之川　　倪文尖　　黄华伟　　梅子涵
章新其　　蒋红森　　滕春友

丛书主编： 曹文轩

本书编写人员： 魏炜峰　　金瑞奇

丛书统筹： 王晓乐

名著阅读力养成丛书

格列佛游记

◆ ［英］乔纳森·斯威夫特 著
◆ 刘翔 译

浙江文艺出版社
Zhejiang Literature & Art Publishing House

图书在版编目(CIP)数据

格列佛游记/(英)乔纳森·斯威夫特著;刘翔译.—杭州:浙江文艺出版社,2019.1
(名著阅读力养成丛书)
ISBN 978-7-5339-5510-6

Ⅰ.①格… Ⅱ.①乔… ②刘… Ⅲ.①长篇小说—英国—近代 Ⅳ.①I561.44

中国版本图书馆CIP数据核字(2018)第283218号

责任编辑　何晓博
装帧设计　吕翡翠
责任校对　唐　娇
责任印制　吴春娟

格列佛游记

[英]乔纳森·斯威夫特 著　　刘翔　译

出版	浙江文艺出版社
地址	杭州市体育场路347号
邮编	310006
网址	www.zjwycbs.cn
经销	浙江省新华书店集团有限公司
制版	杭州天一图文制作有限公司
印刷	浙江超能印业有限公司
开本	710毫米×1000毫米　1/16
字数	261千字
印张	16.5
插页	2
印数	00001-20000
版次	2019年1月第1版　2019年1月第1次印刷
书号	ISBN 978-7-5339-5510-6
定价	38.00元

版权所有　违者必究

(如有印、装质量问题,请寄承印单位调换)
团购电话:0571-85064309

出版说明

阅读不仅关乎个人的素养和语文教育的水平,也关乎整个社会的风尚和文明的品质。因此,国家统编语文教科书加强了阅读设计,提倡将阅读往课外延拓,倡导1+X的群文阅读模式,增加了课外阅读的比重。语文学习要建立在广泛的课外阅读的基础上,这既是教材编写的重要理念,也成为越来越多的人的共识。

浙江文艺出版社以文学立社,出名著,出精品,几十年来在古典文学、现当代文学、外国文学、儿童文学等领域积累了大量的资源和优秀的版本。早在2003年起就陆续推出"语文新课标必读丛书",为中小学生的经典名著阅读助力,深受欢迎。随着国家统编语文教科书的使用,2017年开始,浙文社面向师生做了大量的教材使用调研。在深刻了解阅读教育的实际情况后,秉承国家统编语文教科书的编写精神和教学需求,我们多次邀请并集聚读书界、语文教育界、文学界、出版界等领域的专家把脉会诊,群策群力,为中小学生和老师们精心策划、精心编辑,推出了这套"名著阅读力养成丛书"。

这是一套充分领会国家统编语文教科书的编写精神,围绕阅读,紧扣教材,涵盖小学、初中、高中的名著阅读力养成丛书;不仅强调要读什么,更强调应该怎么读。该丛书由曹文轩先生担纲主编,延请一线教学名师,对入选的每一部作品编写阅读指导方案,阶段不同,阅读指导方案也略有差异,如"专题探究"板块,通过有针对性的阅读方法训练,把教学的目标要求融入到"专题探究"的设置中,熔铸着一线精英名师的教学思想精髓和对阅读的不懈探索。这样,通过阅读力养成训练,可以有方法有步骤地引领学生完成整本书阅读,了解小说、散文、诗歌、戏剧等不同文体的特征,切实有效地提高学生的阅读水平和阅读能力,同时也给老师的教学实践提供一种参照与借鉴。

该丛书紧扣教材要求阅读的书目,收录两类书:一类属于核心书目,如初中语文教材中"名著导读"里的书目、小学语文教材中"快乐读书吧"中的指定书目等;另一类属于拓展书目,指课文后要求阅读的作家作品,这些作品的阅读或帮助学生拓展对所选作家创作的了解,或增加对相应文体的认识和理解,起到拓展视野的作用。

该丛书在版本选用上精益求精。对于名家名著,精挑细选经典权威版本;对于名家选本,追求代表性,或由该领域权威研究者编选,或由作家自己编选;对于外国文学名著,囊括一批资深翻译家的经典译本,如傅雷译《名人传》《欧也妮·葛朗台》、力冈译《猎人笔记》等。由于"五四"白话文运动的发轫与推进,中国现代文学作品在语体上有着鲜明的用语特色,我们在编校中参阅相关文献对少量字词和标点做了适当的修改,尽可能地保留作品的原貌。

该丛书在设计上充分考虑阅读的舒适感和青少年的用眼卫生,尽可能地采用大号字体、米黄纸张,做到版面疏密有致、图书轻重得宜等。所有这些,旨在推出一套真正面向学生、服务学生的青少年版丛书。

培根说:"读书足以怡情,足以傅彩,足以长才。"经典名著的影响力是不可估量的,一本好书能够让一个人终身受益。让我们种下阅读的种子,学会阅读,爱上阅读,在阅读中唤起灵性和兴味;让我们在多姿多彩的阅读的花园里,去领略丰美而自由的天地!

浙江文艺出版社

总　序

曹文轩

　　"新课标"以及根据"新课标"编定的国家统一中小学语文教材，有一个重要的理念：语文学习必须建立在广泛的课外阅读基础之上。

　　语文学科与其他学科的重要区别是：其他一些学科的学习有可能在课堂上就得以完成，而对于语文学科来说，课堂学习只不过是其中的一部分，甚至不是最重要的一部分；语文学习的完成须有广泛而有深度的课外阅读做保证——如果没有这一保证，语文学习就不可能实现既定目标。我在有关语文教育和语文教学的各种场合，曾不止一次地说过：课堂并非是语文教学的唯一所在，语文课堂的空间并非只是教室；语文课本是一座山头，若要攻克这座山头，就必须调集其他山头的力量。而这里所说的其他山头，就是指广泛的课外阅读。一本一本书就是一座一座山头，这些山头屯兵百万，只有调集这些力量，语文课本这座山头才可被攻克。一旦涉及语文，语文老师眼前的情景永远应当是：一本语文课本，是由若干其他书重重包围着的。一个语文老师倘若只是看到一本语文教材，以为这本语文教材就是语文教学的全部，那么，要让学生从真正意义上学好语文，几乎是没有希望的。有些很有经验的语文老师往往采取一种看似有点极端的做法，用很短的时间一气完成一本语文教材的教学，而将其余时间交给学生，全部用于课外阅读，大概也就是基于这一理念。

关于这一点，经过这些年的教学实践，加之深入的理性论证，语文界已经基本形成共识。现在的问题是：这所谓的课外阅读，究竟阅读什么样的书？又怎样进行阅读？在形成"语文学习必须建立在广泛的课外阅读基础之上"这一共识之后，摆在语文教育专家、语文教师和学生面前的却是这样一个让人感到十分困惑的问题。

有关部门，只能确定基本的阅读方向，大致划定一个阅读框架，对阅读何种作品给出一个关于品质的界定，却是无法细化，开出一份地道的足可以供一个学生大量阅读的大书单来的。若要拿出这样一份大书单，使学生有足够的选择空间，既可以让他们阅读到最值得阅读的作品，又可避免因阅读的高度雷同化而导致知识和思维高度雷同化现象的发生，则需要动用读书界、语文教育界、文学界、出版界等领域和行业的联合力量。一向有着清晰领先的思维、宏大而又科学的出版理念，并有强大行动力的浙江文艺出版社，成功地组织了各领域的力量，在一份本就经过时间考验的书单基础上，邀请一流的专家学者、作家、有丰富教学经验的语文老师、阅读推广人，根据"新课标"所确定的阅读任务、阅读方向和阅读梯度，给出了一份高水准的阅读书单，并已开始按照这一书单有步骤地出版。

这些年，我们国家上上下下沉思阅读与国家民族强盛之关系，国家将阅读的意义上升到从未有过的高度，无数具有高度责任感的阅读推广人四处奔走游说，并引领人们如何阅读，有关阅读的重大意义已日益深入人心。事实上，广大中小学的课外阅读已经形成气候，并开始常态化，所谓"书香校园"已比比皆是。现在的问题是：阅读虽然蔚然成风，但阅读生态却并不理想，甚至很不理想。这个被商业化浪潮反复冲击的世界，阅读自然也难以幸免。那些纯粹出于商业目的的写作、阅读推广以及和各种利益直接挂钩的某些机构的阅读书目推荐，造成了阅读的极大混乱。许多中小学生手头上阅读的图书质量低下，阅读精力的投放与阅读收益严重不成比例。更严重的情况是，一些学生因为阅读了这些质量低下的图书，导致了天然语感被破坏，语文能力非但没有得到提高，还不断下降。如果这种情况大面积发生，我们还在毫无反思、毫无警觉地泛泛谈课外阅读对语文学习之意义，就可能事与愿违了。现实迫切需要有一份质量上乘、定位精准、真正能够匹配语文教材的阅读书目以及这些图书的高质量出版。

我们必须回到"经典"这个概念上来。

我们可能首先要回答"经典"这个词从何而来。

人们发现，这个世界上的书越来越多了，特别是到了今天，图书出版的门槛大大降低，加之出版在技术上的高度现代化，一本书的出版与竹简时代、活字印刷时代的所谓出版相比，其容易程度简直无法形容。书的汪洋大海正席卷这个星球。然而，人们很清楚地看到一个根本无法回避的事实，那就是：每一个人的生命长度都是有限的，我们根本不可能去阅读所有的图书。于是一个问题很久之前就被提出来了：怎么样才能在有限的生命过程中读到最值得读的书？人们聪明地想到了一个办法：将一些人——一些读书种子——养起来，让他们专门读书，让读书成为他们的事业和职业，然后由"苦读"的他们转身告诉普通的阅读大众，何为值得将宝贵的生命投入于此的上等图书，何为不值得将生命浪费于此的末流图书或是品质恶劣的图书。通过一代一代人漫长而辛劳的摸索，我们终于把握了那些优秀文字的基本品质。这些被认定的图书又经过时间之流的反复洗涤，穿越岁月的风尘，非但没有留下被岁月腐蚀的痕迹，反而越发光彩、青春焕发。

于是,我们称它们为"经典"。

阅读经典是人类找到的一种科学的阅读途径。阅读经典免去了我们生命的虚耗和损伤。我们可以通过对这些图书的阅读,让我们的生命得以充实和扩张。我们在这些文字中逐渐确立了正当的道义观,潜移默化之中培养了高雅的审美情趣,字里行间悲悯情怀的熏陶,使我们不断走向文明,我们的创造力因知识的积累而获得了足够的动力,并因为这些知识正确性,从而保证了创造力都用在人类的福祉上。阅读这些经典所获得的好处,根本无法说尽。而对于广大的中小学生来说,阅读经典无疑也是提高他们语文能力的明智选择。

这套书,也许不是所有篇章都堪称经典,但它们至少称得上名著,都具有经典性。

2018年7月15日于北京大学

点击名著

关于作者

乔纳森·斯威夫特（Jonathan Swift，1667—1745），英国18世纪杰出的政论家和讽刺小说家。他出生于爱尔兰首都都柏林，家境十分贫寒；出生七个月他父亲就去世了，由叔父抚养长大。大学期间，他主修哲学和神学，但他个人更偏爱文学和历史。1688年后近十年的生活经历，对斯威夫特一生产生了巨大的影响。他通过亲戚的关系，在穆尔庄园当私人秘书。穆尔庄园的主人邓波尔爵士是一位经验丰富的政治家，也是一位哲学家，修养极好，这无疑对斯威夫特起了积极的甚至是导师性质的影响。在这近十年的寄居生活里，他阅读了大量古典文学名著，也看透了社会的世态炎凉和贵族阶级与平民百姓之间的深刻矛盾。

斯威夫特总是采用一种讽喻的手法，针砭时弊，尖锐地抨击当时教会与社会的种种矛盾。他发表的讽刺散文《桶的故事》，就是借某个父亲对三个儿子的遗训来讽刺教会的。这篇文章是对一切伪善和形形色色宗教骗局的猛烈开火，如此尖刻而犀利的笔墨在英国同类文学中罕有匹敌。此后他又写了《布商的信》（抨击英国政府对爱尔兰的货币政策）、《一个小小的建议》（讽刺英国对爱尔兰人民利益的压榨和情感的欺侮）等。但是，说到斯威夫特的代表作，还是完成于1726年的《格列佛游记》。斯威夫特一生的大量作品几乎都是不署名出版的，唯独《格列佛游记》例外。

关于内容

《格列佛游记》以主人公格列佛的口吻叙述了他周游四国的经历。全书共由四卷组成。第一卷，格列佛来到小人国利立普特，他成了"巨人山"，在经历了被捆绑押运、帮助抵御入侵、扑灭王宫大火等事件后，格列佛逃回英国。第二卷中，格列佛来到大人国布罗卜丁奈格，却变成了侏儒。他被农夫当玩具带回家，供人观赏，帮农夫赚钱，后被卖给王后进入王宫，最后佯装生病逃回英国。第三卷，格列佛游历了勒皮他（飞岛国）、巴尔尼巴比、拉格奈格、格勒大锥和日本，遇到了悬在空中的勒皮他人，见识了想入非非的科学家以及匪夷所思的课题等。第四卷，格列佛到了"慧骃"国。在这里，马是该国有理性的居民和统治者，而"野胡"则是马所豢养和役使的畜生。后来，格列佛遭到"慧骃"的放逐，只好离开。

在《格列佛游记》中，斯威夫特通过描述格列佛在各国的经历，反映出当时英国社会的现状，借此对议会中毫无意义的党派之争、统治集团的昏庸荒唐，乃至人性的弱点进行了深刻有力的批判。

关于特色

1.《格列佛游记》有机智和讽刺，有巧妙的构思，洒脱的幽默，泼辣的讥嘲，痛快淋漓。它的文体精彩绝伦。至今没有人用我们这艰难的文字写得比斯威夫特更简洁、更明快、更自然的。

——毛姆

2. 二百多年来，《格列佛游记》被译成几十种语言，在世界各国流传甚广，深入人心。如果要我开一份书目，列出哪怕其他书都被毁坏时也要保留的六本书，我一定会把《格列佛游记》列入其中。

——乔治·奥威尔

3.《格列佛游记》是一部独具特色的小说杰作。它和18世纪欧洲众多小说一样，继承了流浪汉小说的结构方法，袭用了当时流行的描写旅行见闻的小说，尤其是航海冒险小说的模式，叙述主人公格列佛在海上漂流的一系列奇遇。它无疑在相当程度上受到笛福的《鲁滨逊漂流记》和其他一些游记体冒险小说的影响，然而，《格列佛游记》和他们虽然形式相似，性质却截然不同。它是《桶的故事》和《书籍之战》那类讽喻故事的进一步发展，具有与18世纪开始兴起的写实主义小说不同的若干独特性质。

——吴厚恺

时间规划

　　《格列佛游记》全书分为四卷，一共三十九章。阅读本书建议每周读一卷，大致在四周内完成阅读任务，建议你分为三步走。第一步：一周读完一卷，概括格列佛的所见奇观或主要事件，边读边在有感悟之处做批注。第二步：回读本卷，挑选你感兴趣的章节细读，边读边思考。你可以赏析精彩的句子，可以分析人物的性格特点，还可以思考故事背后影射的英国社会现象。第三步：根据自己可以获得的阅读和学习资料，在了解小说背景的基础上，感受作者的讽刺艺术，领会小说反映的现实问题。

　　在阅读过程中，你可以参考下面的阅读时间有计划地安排，当然，你也可以根据自己的实际情况制订属于自己的阅读计划。

【我的阅读打卡表】

日期	阅读内容（记录你阅读的章节）	趣味章节
	第一卷	
	第二卷	

续表

日期	阅读内容(记录你阅读的章节)	趣味章节
	第三卷	
	第四卷	

【初读记录卡】

预计阅读周期：四周　　　　　　　　　　实际完成时间：_____周

日期	阅读内容（章节）	途经国度	所见奇观或主要事件（概括）
第一周	第一卷		
第二周	第二卷		
第三周	第三卷		
第四周	第四卷		

【精读记录卡】

精读项目	精读规划	
语言简洁精练，富有表现力	精读参考	阅读第8、24页的正文和批注
	精读实践	_____（时间）我读了第_____页到第_____页。 我的旁批： _____（时间）我读了第_____页到第_____页。 我的旁批：

续表

精读项目	精读规划	
叙述中的影射与讽刺	精读参考	阅读第25页的正文和批注
	精读实践	＿＿＿＿＿（时间）我读了第＿＿＿＿＿页到第＿＿＿＿＿页。 我的旁批： ＿＿＿＿＿（时间）我读了第＿＿＿＿＿页到第＿＿＿＿＿页。 我的旁批： ＿＿＿＿＿（时间）我读了第＿＿＿＿＿页到第＿＿＿＿＿页。 我的旁批：
幽默的场面，巧妙的对比	精读参考	阅读第19、31、56页的正文和批注
	精读实践	＿＿＿＿＿（时间）我读了第＿＿＿＿＿页到第＿＿＿＿＿页。 我的旁批： ＿＿＿＿＿（时间）我读了第＿＿＿＿＿页到第＿＿＿＿＿页。 我的旁批：

续表

精读项目	精读规划
我喜欢的片段	精读实践 _____（时间）我读了第_____页到第_____页。 我的旁批： _____（时间）我读了第_____页到第_____页。 我的旁批： _____（时间）我读了第_____页到第_____页。 我的旁批：

专题探究

  同学们，《格列佛游记》让幻想碰撞现实，让幽默渗透讽刺，让纯真相遇深刻。书中英国外科医生格列佛的经历与见闻，肯定能唤起你的好奇心，引发你的思考。那么，现在就让我们开启这段"奇幻之旅"吧！

  阅读《格列佛游记》，我们将完成以下专题探究任务。

专题一:"格列佛"故事会

《格列佛游记》围绕着格列佛的历险之旅展开,讲述了好多故事,它们或惊险刺激,或幽默风趣,或含义深远。选择一个你最喜欢的故事,讲给大家听。

指导:◆梳理你想讲述的故事情节,准备一张简要的提纲。

◆讲述时既要抓住故事梗概,也要注意一些细节,让自己的讲述更具吸引力。

◆注意体会故事中包含的作者的情感态度,努力在自己的讲述中体现出来。(提示:你可以通过语音语调的变化、语速的加快减缓、手势和表情的配合、背景音乐的恰当使用等方式来体现。)

专题二:《格列佛游记》讽刺艺术探究

《格列佛游记》的讽刺艺术一向为人称道,突出表现在影射和嘲讽上。请你选择其中的一卷,细读相关章节,结合《精读记录卡》中的相关批注,写一篇小论文,谈谈你对《格列佛游记》讽刺艺术的体会。

指导:◆阅读时,可以边读边做批注,画出你有所感触的语句,作为立论的材料;也可以阅读前人的评点或关于《格列佛游记》的研究著作,深化自己的理解。

◆《格列佛游记》通过影射的方式,对英国社会的很多方面进行了深刻的批判,这是《格列佛游记》为人称道的原因之一。阅读时要注意联系时代背景。

◆知识链接

讽刺手法大致有以下几种:

(一)漫画法。鲁迅说过,"漫画要使人一目了然,所以最普通的方法是'夸张'"。漫画式的讽刺手法,其特点就是夸张,把人或事的假、丑、恶加以放大或缩小，使之变相、变形，以突出这一特征，达到讽刺的目的。譬如，《儒林外史》写爱钱如命的严监生疾终正寝时，着力刻画了他竖着的两个手指头，这两个手指头揭示了他全部性格中最本质的特征：守财奴式的爱钱如命。

（二）对比法。所谓对比法，即把被讽刺的对象，在对待同一人或事的前后不同的言行上进行描述，以显示被讽刺对象的愚蠢可笑。莫泊桑的《我的叔叔于勒》围绕于勒有无金钱，以冷漠峻峭的笔调描写菲利普夫妇在言行、态度上前后判若两人的变化，使读者不难看出他们夫妇二人的极度虚伪和冷酷无情，进一步揭示了资本主义社会人与人之间赤裸裸的金钱关系。

（三）托物法。这是一种把讽刺对象托比于某物，使讽刺对象具体化、形象化的手法。《惠子相梁》中，惠子听信传言，认为庄子会来代他为相，非常恐惧。而庄子却给他讲了一个风趣的故事，把自己比作鹓鶵（古代传说中像凤凰一样的鸟），把他比作鸱（猫头鹰），梁国则被比作腐鼠，讽刺之意溢于言表。

（四）反说法。作为讽刺手段的"反话"，是"反话正说"，用肯定赞美的语言描述明显的丑恶、虚假的现象，表达作者的鄙视与挖苦。例如《藤野先生》开头一段对"清国留学生"的描写，表达的正是厌恶至极的情感。"实在标致极了"，事实上一点也不标致。称他们标致，是明显的讽刺。当任何指斥的言词都不足以把愤怒之情表达得酣畅淋漓时，反语的讽刺，较之直言指责更为有力。

专题三：编写故事

《格列佛游记》中，作者的想象力让我们佩服。四段经历中，作者想象了很多奇特的生活场景，例如格列佛在小人国用尿灭火，在大人国被猴子戏弄，等等。请发挥你的想象，在四段经历中任选一处，再编写一则故事。例如：编写一则格列佛在大人国被"矮子"欺负的经历；如果格列佛没有从大人国逃走,他的生活会如何继续;格列佛今后会如何和自己的妻儿相处,是一直冷漠下去,还是会被感化?

指导:◆打开思路,天马行空,尽情想象,不妨设置一些悬念,让故事更吸引人。

◆情节设置和人物言行不能脱离原著风格。

专题四:小说与电影异同比较

改编自《格列佛游记》的同名奇幻电影于2010年12月25日在美国上映,请你认真观看这部电影,边观看边做记录,比较电影和小说的异同之处,将它们写在记录卡上。

请你选择其中的一处改编,结合你的阅读感受,写一段300字左右的评析。

同	异	
	小 说	电 影

《格列佛游记》小说、电影异同比较记录卡

我的评析:

出版者致读者的声明

这些游记的作者里梅尔·格列佛先生是我的至交，同时从母亲这一系说来，我们还有些沾亲带故。大概三年以前，他对跑到瑞德里夫来看他的那些好奇的人的厌倦与日俱增，于是就在他故乡诺丁汉郡①的尼瓦克附近买了一小块地，还有一座便利舒适的房子。他现在就住在那里过着退休生活，很受邻里们的尊重。

虽然格列佛先生出生在他父亲居住的诺丁汉郡，但我听说他的家族来自牛津郡②，为了确认这个说法，我到牛津郡班伯里的教堂墓地看过，那里真有几处格列佛家族的坟墓和碑牌。

在他离开瑞德里夫之前，他把下面这些书稿的监管权交给了我，给我按照自己认为合适的方式自由处理的权利。我仔仔细细地把它们读了三遍。文字风格十分平实简练，我觉得唯一的缺点是，作者在经过这漫长的旅行之后，过于实事求是了，从总体上看有种太过忠实的感觉，事实上作者是以诚实守信闻名的，以至于在瑞德里夫他的邻居中间，如果有人要证实一件事，就说这事千真万确，就像格列佛先生说的一样——这几乎成了当地人的谚语。

我征得格列佛先生本人的同意后把稿子拿给几位知名人士看，我听取了他们的意见，现在我冒险把它推向世人，希望它至少在一段时期内能成为我们青年贵族们的比普通的关于政治和党派的拙劣作品好得多的消遣。

如果我没有删除无数关于风向和潮流、历次航海的变化和方位、用水

---

① 诺丁汉郡，英格兰中部的一个郡。
② 牛津郡，英格兰中部的一个郡，在诺丁汉郡的西南。

手的文体对船只在暴风雨中航行所做的细致入微的描写以及经纬度等的叙述，这本书的篇幅至少要比现在多一倍。我有理由相信格列佛先生对此有点不高兴，但我已下定决心要让作品尽可能适合一般读者阅读。不过，我个人对于航海事务的无知可能会造成一些错误，我会独自承担这些责任。如果有哪个旅游者很好奇地想知道格列佛先生的亲笔原文，我会随时满足他的要求。

关于作者情况更进一步的细节，读者可以从本书的开头几页得到满意的答复。

理查德·辛普森

格列佛船长给他的亲戚辛普森的一封信[①]

如果有人要你出来说明，我都希望你能立即公开承认，我是在你三番五次地竭力催促下才被说服出版这么一部非常不严谨的、漏洞百出的游记的。我曾嘱托你请几位大学里的年轻先生把游记整理一下，文字上也润色润色。我的亲戚丹皮尔[②]发表他的《环球航行记》时，就是听从我的劝告那么办的。但是，我不记得我曾给你什么权利可以同意别人删除任何内容，更不要说同意别人增添什么了。因此，我要在此郑重声明，添上去的每样东西我都决不会承认，尤其是有关流芳百世的已故安妮[③]女王陛下的那一段，尽管我对她的敬重诚然要超过其他任何人。可是，你或者你聘来的那位窜改文章的人都应该考虑到，我是不会在我的"慧骃"主人面前称颂我们这类动物中的任何一位的，那样做很丢脸；再说，那一段也纯属捏造，因为据我所知，在女王统治下的英国，她一度确曾任用过一位首相掌朝执政，不，不是一位，甚至是连续两位：第一位是戈多尔芬伯爵，第二位是牛津伯爵。因此，是你让我"说了乌有之事"。另外，在关于设计家科学院的那一段叙述中，还有关于我和我的"慧骃"主人的几段谈话，你们不是删减了其中的一些重要情节，就是把它们改得一团糟，弄得我差点儿自己都认不出自己的作品。我曾在一封信里向你暗示过要避免发生此类事情，

[①] 所谓"亲戚辛普森"是作者虚构的一个人物，这是作者假托格列佛船长之名写的，最初刊印在1735年版的《格列佛游记》上。本书辛辣地影射和嘲讽了英国现实的方方面面，所以在出版上遇到了麻烦。书的第一版在大量增删后出版，斯威夫特大为不满，要求出版商在重版时将所改部分重新恢复。但第二版出来后，仍与原作相距甚远。因此，作者写了这封信，以示抗议。

[②] 丹皮尔（1652—1715），英国探险家、游记作家。他的《环球航行记》出版于1697年。

[③] 安妮（1665—1714），1702年至1714年间的英国女王。

你却回信说你怕触犯忌讳，说是掌权者对出版界非常在意，不仅会曲解内容，而且会对任何看上去像是"影射"（我想你当时是这样说的）的东西加以处罚。可是请问：我那么多年前在五千多里格以外的另一个国家说过的话，和现在正在做着统治者的任何"野胡"有什么关系呢？何况那个时候我几乎就没有想到，更谈不上害怕，会有一天要在他们"野胡"的统治下过这不幸的生活。当我看到，这些"野胡"反倒坐在由"慧骃"拉着的车上，似乎"慧骃"是畜生，而"野胡"却是理性的动物时，难道这还不能让我抱怨几声吗？说老实话，我之所以退隐在此，一个主要的原因也就是为了避免看到如此荒谬的情景。

　　因为我信任你，也因为事情与你本人相关，我才觉得还是应该把这些话都告诉你。

　　其次，我也只怪自己太没有见识，听信了你和别的几个人的恳求和错误的论证，大大违背我自己的本意，同意将游记发表出来。请你想想，当你以公众利益为借口坚持要发表我的游记时，我曾一再请你再思量一下。"野胡"这种动物是完全不能指望依靠教训或者榜样的力量就能改好的，现在这一点已经得到了证明。本来我指望能看到一切弊端以及腐化堕落的行为都烟消云散了，至少在这个小岛上可以做到；可是你看，六个多月过去了，我却看不出来我在书中提出的警告产生了哪怕一丁点儿我所期盼的效果。我原本指望你给我写封信，告诉我：党派纷争已经销声匿迹；法官开始变成有学问而正直的人；辩护律师已经变得诚实、谦逊，并且也懂了点常识；成堆的法律书籍正在史密斯菲尔德①化作熊熊烈火；年轻贵族们的教育彻底变了样；医生们已被放逐；女"野胡"们已经有了德行、贞操、忠实和理性；大臣们的庭院已经铲除了杂草，打扫得干干净净；有才能、有功勋、有学问的人受到了奖励；一切无耻文人，不论是弄散文的还是搞韵文的，全都被判了罪，只允许他们吃自己身上穿的棉花充饥，喝墨水解渴。所有这一切，还有上千件别的改革，因为有你的鼓励，我本来都坚定地指望它们能够实现；事实上，有我在书里面给出的那些训示，也实在是很容易就可以推断出它们是能够实现的。只要"野胡"的本性中还有一点点趋于善良和趋于理性之心，应该承认，改掉他们身上的每一点罪恶和愚

---

① 史密斯菲尔德，伦敦旧城垣外的一个广场，四周书肆林立。

蠢，七个月的时间就已经足够了。然而，与我的期望相反，你每星期总是让邮差给我送来大批的诽谤性文章，大批的指南、随想、回忆录和续篇，我在其中看到别人指责我对国家重臣说坏话、污蔑人性（他们还自信可以这么说）、污辱妇女。我还发现，那一捆捆东西的作者彼此之间意见都不统一：有的拒绝承认我是那游记的作者，而有的却把我一无所知的书说成是我写的。

我还发现，你找的印刷的人非常粗心大意，他们把时间全部都搞乱了，我几次出航和回家的日期都弄错了，年份、月份、日子全不对。我还听说，我的书出版后，原稿已全部被毁。我也没留任何底稿，可我还是寄给你一份勘误表，如果书还能再版，你可以把它加进去。当然，我不想固执己见，还是让公正、坦诚的读者去看着办吧。

我听说有几位海上的"野胡"对我所使用的航海术语吹毛求疵，说是许多地方都不恰当，而且如今也不再通用了。这我可是没有办法。在我最初的几次航海中，我还很年轻，我接受最老的水手的教导，他们怎么说，我就跟着说。但是我后来才发现海上的"野胡"也和陆地上的"野胡"一样，在用语方面喜好花样翻新；陆地上的"野胡"说起话来是年年都有变化，我记得每次回国，老方言起了变化，而新的方言我听不大懂。我还注意到，每当有"野胡"出于好奇从伦敦赶到我家看我时，我们双方都没有办法使自己的意思让对方明白。

假如说"野胡"的责难有什么地方让我介意，应该说我确有很大的理由埋怨他们。他们中居然有人认为我的游记纯属凭空捏造。有人甚至暗示，"慧骃"和"野胡"就像乌托邦中的人物一样，是并不存在的。

我应该承认，关于利立普特、布罗卜丁赖格（这个词应该这么拼，而不是错误地写作"布罗卜丁奈格"）和勒皮他的人民，我还从来没有听说有哪一个"野胡"敢胆大妄为地要怀疑他们是不是存在；或者我叙述的有关他们的情况是否确有其事，因为只要是真理，每一位读者是立即就会信服的。那么我关于"慧骃"和"野胡"的叙述就没有那么可信吗？至于后者，即使在这座城市里分明就有成千上万，他们除了会咿咿呀呀地说话、不赤身裸体之外，他们和"慧骃"国里的畜类又有什么不同呢？我们所有族类对我的一致赞美，在我看来，还不如我养在马厩里那两位退化的"慧骃"的嘶叫更重要。它们虽然已经退化，我却依然可以从它们身上学到一些德行，在它们的德行里没有掺杂丝毫的罪恶。

难道这些可怜的动物竟认为我已堕落到这个地步，居然需要出来替自己辩护，来证明我说的全是大实话吗？我固然是个"野胡"，但众所周知，我在"慧骃"国两年的时间里，受到我那杰出的主人的感召和教导，已经摆脱了（尽管我承认那是极为困难的）撒谎、推诿、欺骗和蒙混等恶习，这些恶习在我所有同类中——而尤其是在欧洲人的灵魂里——是根深蒂固的。在这个令人烦恼的时刻，我还有别的牢骚要发，可我终于忍住了，我不想再自寻烦恼，也不想再打扰你了。我应当坦白承认，自我上一次回国以后，由于同你们这样一些同类谈话，尤其是无法避免地要跟我自己家里的人说话，我那"野胡"天性里的一些堕落的因子又死灰复燃了。否则，我绝对不会想出这么一个荒谬的计划，妄图要来改造这个王国里的"野胡"种群。不过，现在我已经一劳永逸地放弃了所有这类不切实际的蓝图了。

一七二七年四月二日

第一卷 利立普特（小人国）游记

第一章 作者略述自己及其家庭——出外旅游的最初动机——海上船只遇难，泅水逃生——在利立普特境内安全踏上陆地——做了利立普特人的俘虏 /003

第二章 利立普特国王在几位贵族的陪同下来看望被关押的作者——国王的仪容和服饰——学者们奉命教授作者当地语言——他的温和性格博得国王的喜爱——口袋被搜查，刀、手枪被没收 /011

第三章 作者给国王和男女贵族们介绍一种极不寻常的游戏——描写利立普特宫廷的各种娱乐活动——作者答应某些条件获得自由 /018

第四章 描绘利立普特京城密尔敦多和王宫——作者与一位大臣谈到国家大事——作者表示愿意为国王效劳对敌作战 /023

第五章 作者用特殊战略阻止了敌人的入侵——被授予很高的荣誉——布莱夫斯库国王派大使前来求和——王后寝宫意外失火，作者帮忙抢救了王宫的其余部分 /027

第六章 介绍利立普特的居民、学术、法律和风俗——他们教育孩子的方式——作者在利立普特的生活方式——他为一位贵妇人辩护 /032

第七章 作者得到消息，有人蓄意指控他犯有严重的叛国罪，只好逃到布莱夫斯库——他在那里受到接待 /038

第八章　作者侥幸找到了离开布莱夫斯库的方法，经历一番周折，安全回到自己的祖国 /043

第二卷　布罗卜丁奈格（大人国）游记

第一章　一场大风暴的描述——船长派一只长舢板去取淡水，作者也上了这只船，想看看这地方怎么样——他被遗弃在岸上。当地人抓住了他，把他送到一个农民家里。这家人接待了他。就在那里发生了几件大事——描写当地居民 /051

第二章　描写农民的女儿——作者被带到市镇上，接着又被带到京城——旅程中的详情 /059

第三章　作者被带到朝廷里——王后从农民手里把他买下来，献给了国王——他和国王的大学者辩论——朝廷为作者准备了一个房间——深得王后的宠幸——为自己祖国的荣誉辩护——和王后的矮子吵架 /063

第四章　描写这个国家——修改现代地图的建议——王宫和京城的概况——作者的旅行方式——主要庙宇的描写 /071

第五章　作者的几次冒险经历——观看执行死刑——作者表演航海技术 /075

第六章　作者讨好国王和王后的几种方法——他展示自己的音乐才能——国王询问有关英国的情况，作者对他进行了描述——国王发表意见 /082

第七章　作者热爱祖国——他提出一项对国王非常有利的建议竟遭到拒绝——国王对政治一无所知——这个国家的学术很不完善，而且范围狭窄——该国法律、军事和国内政党的情况 /089

第八章　国王和王后巡行边境——作者随侍——他详述离开这个国家的细节——他回到英国 /094

第三卷　勒皮他　巴尔尼巴比　拉格奈格　格勒大锥　日本游记

第一章　作者开始第三次航海——为海盗所劫——一个心肠毒辣的荷兰人——他抵达一座小岛——他被接入勒皮他 /105

第二章　勒皮他人的怪异习性——他们的学术——国王及其朝廷——作者在那里受到的接待——当地居民恐惧不安——妇女的情形 /110

第三章　在现代哲学和天文学中已经解决了的一种现象——勒皮他人在天文学上的极大进展——国王镇压动乱的手段 /117

第四章　作者离开勒皮他——他被送往巴尔尼巴比——到达巴尔尼巴比首都——关于首都及其近郊的描写——作者受到一位贵族的殷勤接待——他与贵族的谈话 /122

第五章　作者得到许可去参观拉格多大科学院——科学院概况的叙述——教授们所研究的学术 /127

第六章　再叙科学院——作者提出几项改进的意见，都被荣幸地采纳了 /133

第七章　作者离开拉格多——到达马尔多纳达——当时没有便船可坐——作短途航行到达格勒大锥——受到当地行政长官的接待 /138

第八章　格勒大锥概况（续）——古今历史订正 /143

第九章　作者回到马尔多纳达——航行至拉格奈格王国——作者被抓——被押解到朝廷——他被接见的情形——国王对臣民十分宽大 /148

第十章　拉格奈格人受到作者的赞扬——关于"斯特鲁德布鲁格"的详细描写——作者与一些著名人士谈论这个话题 /151

第十一章　作者离开拉格奈格，乘船前往日本——又从那儿坐一艘荷兰船到阿姆斯特丹，再从阿姆斯特丹返回英国 /157

第四卷 "慧骃"国游记

第一章 作者成了船长,外出航海——他的手下图谋不轨,把他关在船舱里好久,后来又把他扔在一块不知名的陆地上——他进入这个国家——描写了一种奇怪的动物"野胡"——作者撞见了两只"慧骃" /163

第二章 作者被一只"慧骃"领回家——对房屋的描写——作者受到的招待——"慧骃"的食物——作者想吃肉而备受煎熬——最终找到了解决的办法——他在这个国家吃饭的方式 /169

第三章 在"慧骃"主人的帮助和教导下,作者学习它们的语言——关于这种语言的描写——几个"慧骃"贵族出于好奇前来看望作者——他向主人简要说明他的航海经历 /174

第四章 "慧骃"关于真和假的概念——主人不赞成作者的说法——作者更为详尽地叙述自己的一切以及旅途中的经历 /179

第五章 作者奉命向主人报告关于英国的情况——欧洲君王之间战争的原因——作者开始解释英国宪法 /183

第六章 再谈安妮女王统治下的英国——欧洲宫廷中一位首相大臣的性格 /189

第七章 作者强烈热爱祖国——像作者形容的那样,他的主人对英国宪法和行政的观察,并结合类似案例和参照物——他的主人对人性的洞察 /194

第八章 作者关于"野胡"的几种特质的叙述——"慧骃"的伟大品德——青年"慧骃"的教育和运动——它们的全国代表大会 /200

第九章 "慧骃"全国代表大会进行大辩论,辩论结果如何——"慧骃"的学术——它们的建筑——它们的葬礼——它们的语言缺陷 /205

第十章　与"慧骃"在一起，作者生活得比较快乐——并且和它们的交谈也使他的德行倍增——作者接到主人的通知，要求他必须离开该国——他立刻陷入悲痛之中，但还是顺从了主人的意思——于是，他在一个仆人的帮助下制造了一艘小船——他航海冒险 /209

第十一章　作者危险的航行开始了——他到达了新荷兰，希望能定居在那儿——被一个土著人的箭射伤——又被葡萄牙人抓了起来并被强行送上了他们的船——船长对他很热情——作者回到英国 /215

第十二章　作者说的都是实话——他出版这本书的目的就是要谴责那些背离事实的旅行家——作者清楚地表明他并不想以写作带来任何险恶的结果——他将对任何异议提出答辩——开拓殖民地的方法——他对祖国的赞美——他承认国王凭他的权力可以去占领他所描述过的国家——他指出征服这些国家的困难之处——作者向读者做最后的告别，提出他对未来的生活方式的建议，他向读者提出一些忠告——最后全书结束 /222

阅读测评 /227

阅读拓展 /228

第一卷
利立普特（小人国）游记

第一章

作者略述自己及其家庭——出外旅游的最初动机——海上船只遇难，泗水逃生——在利立普特境内安全踏上陆地——做了利立普特人的俘虏

父亲在诺丁汉郡有一处不大的房产。五个儿子当中，我排行老三。十四岁那年，他把我送进了剑桥的伊曼纽尔学院。在那里我住了三年，一门心思读书。虽然家里给我的补贴很少，我平时也很节省，但这笔开支对一个并不富裕的家庭来说，负担还是太重了。所以我决定到伦敦著名的外科医生詹姆斯·贝茨先生手下当学徒。跟着他，我干了四年。父亲时不时寄点儿钱给我，我把这些钱都用来学习航海以及一些数学知识，对有志于旅行的人来说，这些都会有用处的。我相信自己总有一天会时来运转，可以出去旅行。离开贝茨先生后，我回到了父亲那里。在他和约翰叔叔以及其他亲戚的帮助下，我有了四十英镑。他们还答应一年给我三十英镑让我到莱顿①求学。我在莱顿学医两年零七个月。我知道医学对于长途航行是非常有用的。

从莱顿回来不久，好心的贝茨先生推荐我到亚伯拉罕·派纳尔船长的燕子号商船上去当外科医生，跟着他我一干就是三年半，航行到过利凡特港②和其他一些地方。回来以后在贝茨先生的鼓励下，我决定在伦敦安顿下来。他又给我介绍了几个病人。我租了老周瑞街一所小房子的几个房间；

---

① 莱顿，荷兰城市，当时欧洲的医学研究中心。
② 利凡特港，指地中海东岸的一些地方。

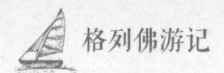

那时大家劝我改变一下自己的生活方式,我娶了玛丽·波顿小姐,她是新门街上做内衣生意的爱德蒙·波顿先生的二女儿。我们得到了四百英镑的嫁资。

不幸的是,两年以后好心的贝茨先生去世了,我的朋友很少,良心又不允许我像其他同行那样胡来,所以生意渐渐开始萧条。和妻子还有其他几个好友商量后,我决定重新开始海上航行。我曾经先后在两艘船上当外科医生,六年中几次航行到过东印度群岛和西印度群岛[1],我的积蓄因此有所增加。我身边总有大量书籍,闲暇时间我都用来阅读古代的和现代的优秀作品;到岸上的时候,我注意观察那里的风土人情,也学学他们的语言,仗着自己记性好,学起来很容易。

这些旅行中最后一次却不那么顺利,我开始厌倦大海,渴望待在家里和老婆孩子一起生活。我从老周瑞街搬到了脚镣巷,后来又搬到了威平,希望在水手帮里揽点生意,结果却未能如愿。三年过去了,情况还是毫无进展,于是我接受了羚羊号船主威廉·普利查船长待遇优厚的聘请,他当时正准备去南太平洋航行。一六九九年五月四日,我们从布利斯托[2]出发。航行开始非常顺利。

由于某些原因,把我们在那一带海上经历的细枝末节都告诉读者似乎大可不必,只讲讲下面的情形就足够了:在往东印度群岛去的途中,一阵强风把我们吹到了范迪门兰[3]的西北方。据观测,我们发现自己所在的位置是南纬三十度零二分。船员中已经有十二个因过度劳累和恶劣的饮食而丧生,其余的身体也极其虚弱。十一月五日,那一带正是初夏,浓雾密布。水手们在离船不到三百英尺的地方发现了礁石;但是风势太猛,我们的船直冲过去,船身立刻触礁裂开。六名船员,连我在内,把救生的小船放下海去,拼尽全力离开大船和礁石。估计只划出去九海里远,我们就实在划不动了,因为在大船上体力已基本耗尽,我们只好听凭海浪的摆布。大约半小时后,刮来一阵北风,突然将小船打翻了。小船上的同伴怎么样了,以及逃到礁石上的或者留在船上的人们的情况,我都不得而知,估计是全

---

[1] 东印度群岛,泛指印度、中南半岛和马来半岛等地;西印度群岛,在中美洲加勒比海。
[2] 布利斯托,英国西部的海港。
[3] 范迪门兰,澳大利亚的西北部和塔斯马尼亚岛。

完了。至于我自己,只是靠着命运的指引和风浪的推动向前游着,不时把腿伸下去,却总也探不到底。就在我几乎绝望,就要完蛋的时候,忽然发觉水深已经不能没顶了,这时风暴也渐渐弱了。海底的坡度很小,我走了差不多一英里才到了岸上,我想那时大约是晚上八点多钟。又继续向前走了半英里,没发现半点儿房屋或居民的迹象,至少当时没有看见,因为那时我太虚弱了。极度的疲惫,炎热的天气,加上离开大船时喝的半品脱①白兰地,使我昏昏欲睡。我在草地上躺下来,草很短,软绵绵的,一觉睡去,真是从未有过的酣畅香甜。估计这一觉睡了起码有九个小时,因为醒来时,正好天已经亮了。我想起来,却动弹不得,我仰天躺着,发现自己的胳膊和腿都被紧紧地缚在地上;我的头发又密又长,也被绑在地上;从腋下到大腿,我能觉出身上也横捆着细细的带子。我只能向上看。太阳渐渐热起来,阳光刺痛了我的眼睛。我听到周围嘈杂的声音,可我那样躺着,除了天空什么也看不到。过了一会儿,我觉得有个什么活的东西在我的左腿上蠕动,它轻轻向前,移过我的胸脯,几乎到了我的下巴前。我尽量将眼睛向下看,竟发现一个身高不到六英寸、手拿弓箭、身背箭袋的人!与此同时,我感觉至少还有四十个和他一模一样的人跟在他的后面。我太吃惊了,大吼一声,吓得他们转身就跑。后来有人告诉我,他们中有几个因为从我身上往下跳,竟跌伤了。但是他们很快又回来了,其中一个竟敢走到能看清我整个面孔的地方,举起双手,抬眼仰视,一副吃惊的样子,嘴里发出尖厉而清晰的声音:"海奇那·得古尔!"其他人又把这句话重复了几遍。但是那时我还不懂这是什么意思。读者可以想象,我一直这么躺着非常难受。最后,我想努力挣脱,侥幸挣断了绳子,拔出了把我的左臂钉在地上的木钉。我把左臂伸到眼前,才发现他们捆我的方法。与此同时,我使劲侧了一下头,虽然很疼,但左边捆着头发的那些带子松动了一些,这样能够把头转动两英寸左右。但是我还没来得及抓住他们,他们就又跑掉了。于是听到他们齐声高喊,声音非常尖锐。喊声过后,我听见其中一个大叫道:"陶尔哥·奉纳克!"一眨眼工夫,上百支箭射中了我的左手,像针扎一样地疼;他们又向空中射箭,像我们欧洲人丢炸弹一样,我猜想有很多箭掉在我身上(尽管我感觉不到),有些则落在了我的脸上,

---

① 品脱,英国容量单位,一品脱约等于0.56826升。

我赶紧用左手去挡。这一阵箭雨过后，我不胜疼痛地呻吟起来，又开始挣脱。他们比刚才更猛烈地放箭，有人竟用矛刺我的腰部；幸亏我穿着一件牛皮背心，才没有被刺穿。我想最稳妥的办法还是躺着别动。我的打算是：就这么着挨到夜晚，我的左手既然已经松绑，可以很容易获得自由。至于那些当地的居民，如果他们都跟刚才我看到的那个一样大，我有理由相信就是他们将最强大的军队调来与我拼，我也是可以胜得过他们的。但是命运却另有安排。那些人发现我安静下来，他们也不再放箭了。但是随着吵嚷声越来越高，我知道人数正越来越多，并且听到距离我右耳将近四码远的地方，叮叮当当敲了将近一个钟头，好像有人在干活。在木钉和绳子允许的范围内，我转过头去，发现那里搭起了一座大约一英尺半高的台子，上面刚好容得下四个小人，还架了两三副梯子。台上有个人似乎是个显要，正在对我发表长篇演说，可是我半个字也听不懂。我还没有说，这位要员开始演说之前，先喊了三声"朗格罗·德胡耳·桑"（这些话和前面提到的那些话后来他们又对我说起过，并且给我做了解释）。话音一落，立刻走上来大约五十个小人，把我头左边的绳索砍断。这样，我的头就可以转向右边，看到讲话人的神情了。他是个中年人，比和他站在一起的那三个人高。那三人中的一个看起来像是侍从，身材比我的中指略长，正替那位要人牵着拖在身后的衣服。另两个分开站立两旁扶持着他。他一副演说家的派头，看出来他用了很多威胁的词句，有许诺，还有怜悯和同情。我回答了几句，态度极其谦恭。我向着太阳举起左手，抬起双眼，请它给我做证。离开大船到现在，已经十几个钟头没吃一点东西了，真是饥肠辘辘。我的这种生理需要太强烈了，实在是没有耐心忍受，要表现出来（可能这样有悖礼节）。我不时把手放到嘴边，示意我要吃东西。那位"赫够"（后来我才知道，他们都这样称呼一位大老爷）非常理解我，从台子上走下来，命令在我的身旁架几副梯子，上百个小人爬上梯子，把成筐的肉送到我嘴边。这些肉都是国王一接到关于我的情报后，下令准备好的。我看出是好几种动物的肉，不过从味道上区别不出来是什么肉，从形状上看像羊的前肘、后肘和腰肉，味道烹制得很好，但是比百灵鸟的翅膀还小。我一口吃两三块；像步枪子弹大小的面包，我一口也吃得下三块。他们尽快地供应，对我的身躯和胃口万分惊讶。接着我又示意要喝水，他们从我吃东西的样子上看出，一点儿水是解决不了问题的。这些人很聪明，他们十分熟练地把一个头号大桶吊起来，然后把它滚到我手边，敲开桶盖。我非常简单地一口气就喝光了，一桶还不到半品脱，有点儿像勃艮第①产的淡味葡萄酒，但要香得多。第二桶我也一样一饮而尽，并示意还想要，可他们已经拿不出来了。我表演完这些奇迹后，他们在我的胸膛上手舞足蹈，欢呼雀跃，几次像先前那样喊着："海奇那·得古尔！"他们做手势让我把两个啤酒桶扔下去，还先提醒下面的人躲开，高喊着："勃朗契·米沃拉。"啤酒桶飞到半空中，他们又发出"海奇那·得古尔"的叫声。老实说，当他们在我身上走来走去时，我不止一次想抓起先走到我跟前的四五十个人，把他们摔到地上。但是想起刚才吃过的苦头，那也许不是他们对付我最厉害的方式，同时我曾答应对他们表示敬重（我是这样解释我的恭顺态度的），我立刻打消了以上念头，再说他们这样破费而隆重地欢迎我，我自然应当以礼相待。然而，我又不胜暗自惊讶。这些小人竟如此大胆，在我一只手自由后，还敢爬到我身上走来走去。在他们眼中我一定是个庞然大物，可是他们一点儿没有害怕的样子。过了一段时间，他们看我不再要吃的了，在我面前出现了一位国王派来的要员。这个钦差带着十二三个随从，从我的右腿爬上来，径直走到我面前。他拿出盖有玉玺的圣旨，举到我眼前，大约讲了十分钟，没有一点儿发怒的表示，但是态度十分坚决。他不时手指前方，后来我才知道他指的是半英里外的京城，国王已经在御前会议上做出决定，把我搬到那儿去。我回答了几句，可是没有用处。我用那只松开的手做个手势，把它放到右手上（从钦差头上掠过，恐怕伤了他和他的随员），然后又指我的头和身体，表示我希望自由。他好像很快明白了我的意思，摇摇头不赞成，做个手势告诉我，要把我像俘虏一样运走。但是他也做手势让我放心，肉和酒都有，待遇会非常好。我又有了挣脱束缚的想法，但是想起那些掉在我脸上、手上的利箭，有的还扎在里面，已经起了水疱，并且他们的人数还在增加，我只有让他们明白：爱怎么处置我就怎么处置我吧。这样，"赫够"和他的随从才恭敬地、和颜悦色地退下了。很快，我听到他们一齐喊着"派普龙·塞兰"，感觉左边很多人为我松绑，使我可以转身向右，撒泡尿舒服一下；我撒了那么多，他们大为吃惊。他们看到我的举动，猜到我要干什么时，纷纷向左右两边躲闪那

---

① 勃艮第，法国东部的一个省，盛产红葡萄酒。

股又快又响的洪流。让我小解之前,他们在我的脸上、手上涂了一种味道很香的药膏,几分钟后,箭伤就一点也不痛了。刚才的种种方便,加上营养丰富的饮食,我不觉昏昏欲睡。后来有人证实,我睡了八个小时,这也不奇怪,因为医师奉了圣旨,在酒里掺了一种安眠药。

看来我上岸以后,一被人发现躺在地上,就有专差报告了国王。国王立刻召开会议,决定把我按前面叙述的方式绑起来(这是在我夜里睡着时干的),给我准备好充足的酒肉送来,并且预备了一种机械把我运到京城。

这一决定也许太大胆和危险了,我相信在同样的情形下,任何一位欧洲君主都不会效仿的。不过依我看,这种做法既谨慎,又慷慨大度。因为如果这些人趁我睡着时用矛、箭刺我,我一旦感觉疼痛肯定会醒来,说不定会激怒我,使出蛮力挣断绳索,到那时,他们无力抵抗,也别指望我心慈手软了。

这些人都是最出色的数学家,由于国王的支持和鼓励,他们的机械学也发展到十分完善的程度。这位君主以崇尚学术而闻名。他有好几架装着轮子的机器,可以运送木材和其他重物。他经常在出产木材的森林里建造最大的军舰,有的长达九英尺。然后用机器将军舰运送到四五百码以外的海上。这次五百个木匠和工程师立刻动手建造他们最大的机器。这是一座木架,离地三英寸,七英尺长,四英尺宽,有二十二个轮子。好像我上岸后四个小时他们才开工。我听到的欢呼声,就是机器运到时人们发出来的。这架机器和我并排放置,困难的是怎么把我抬起来,放到机器上面。为了达到目的,在我的周围竖起八十根柱子。工人们用带子把我的脖子、双手、身体、双腿绑起来,然后用包扎线那样粗细的绳索把带子连到柱子顶端的滑轮上,九百个壮劳力用绳子拉动滑轮,不到三个小时,我就被抬起来,放到了机器上,并且捆得结结实实。这些都是后来人们告诉我的,他们工作时,由于酒里面安眠药

> 连用多个表示数量和距离的词语,将格列佛的"巨大"具体可感地描绘出来,同时也让读者对小人国的"小"有了具体的概念。与此同时,也将小人国善于建造机械、精于算数的特点表现了出来。

第一卷 利立普特（小人国）游记

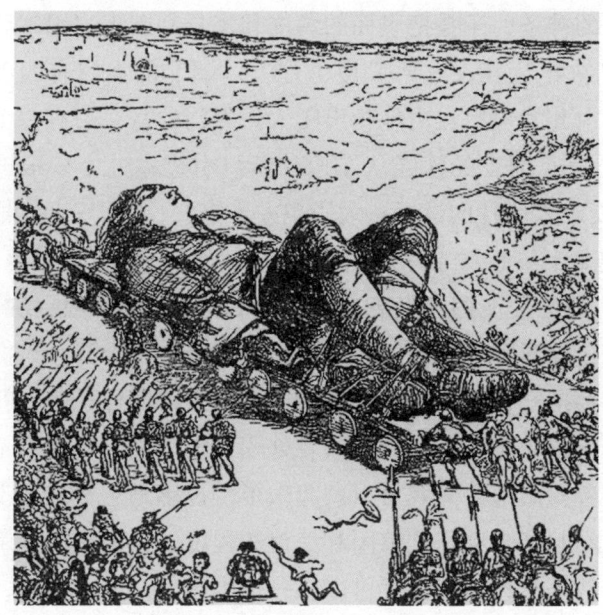

剂的作用，我一直沉睡着。一千五百匹最大的御马，每匹高约四英寸半，拉着我向京城进发。前面我说过，京城在半英里以外。

出发四个钟头后，一件很可笑的事情把我弄醒了。车子出了点儿毛病停下的时候，两三个年轻人出于好奇想看看我睡觉的样子。他们爬上车，悄悄来到我面前。一个卫队军官把他的短枪尖伸进我的左鼻孔，像用根草搔我的鼻孔眼儿，让我大声打了个喷嚏，他们随即偷偷溜掉了。这事过去三个星期以后，我才知道当时自己为什么会突然醒来。那天走了很长的路，晚上休息时，每边五百个卫兵守护着我，半数拿着火把，半数拿着弓箭，以备万一我有所动作，射杀我。第二天早晨太阳一出，我们就上路了。中午到达离城门二百码远的地方。国王带领全朝官员出来迎接我们，但是他的大将们无论如何不让国王冒险爬到我的身上来。

停车的地方有一座古代寺庙，据说是全国最大的。由于几年前发生了一桩谋杀案，在一些虔诚的人看来，这一

> 一个小人国的士兵把"短枪尖"伸进格列佛的鼻孔，他郑重其事的挑逗却被格列佛认为是在用草挠痒痒，格列佛的一个喷嚏就把他给吓跑了！多么有趣幽默的场景！

事件亵渎了这个地方的神圣，于是把里面的装饰和家具都搬走，用来做一般的公共场所。他们决定让我在这所大厦里住下。朝北的大门有四英尺高，将近两英尺宽，由此我可以自由地爬出爬入。大门的每一边有一个离地不到六英寸的小窗户。国王的铁匠从左边的窗口引进去九十一根链条（那链条很像欧洲妇女表上所挂的链子，大小也差不多），再用三十六把挂锁把我的左腿锁在链条上。正对着这座庙，大路的那一边二十英尺远处，是一座至少五英尺高的塔楼。国王及朝中显贵可以登上塔楼一睹我的风采，我却看不到他们，这是我后来听说的。据估计，有不下十万小人拥出城来看我。尽管有卫兵把守，相信还是有不少于一万人借助梯子爬上我的身子。但是不久就有公告禁止这种行为，违者处死。工人们发现我跑不掉了，就割断了所有捆着我的绳子。我可以站起来了，也感到生平从来没有的沮丧。人们看到我站起来走动，其喧闹和惊讶的程度，无法用语言来形容。拴着我的链子约两码长，不仅使我可以在一个半圆的范围内活动，而且因为拴链条的地方离大门只有四英寸，我可以自由地爬进庙里，伸直身子躺在里面。

第二章

利立普特国王在几位贵族的陪同下来看望被关押的作者——国王的仪容和服饰——学者们奉命教授作者当地语言——他的温和性格博得国王的喜爱——口袋被搜查,刀、手枪被没收

我站起来四下一望,应该承认我从来没有见过比这更赏心悦目的景致。周围的田野像不尽的花园,圈起来的田地四十英尺见方,连起来像许多花床。田地间夹杂着树木,树林占地八分之一英亩,根据我的判断,最高的树有七英尺。我望望自己左面的城池,整个城市就像舞台上绘制的布景。

几个小时以来,我一直克制着自己想大便的冲动。这没什么奇怪,从自己上一次放松到现在,我已经两天没解大便了。又急又羞,真是难堪极了。我能想到的最好的办法只能是爬进屋里,并且真这么做了,随后把门关上。我尽可能走到链子许可的最远距离,把肚子里多余的负担卸掉。但是这样不干不净的事我只做过这一回,希望公正的读者多多包涵,能够不偏不倚,充分体谅我当时的处境和所受的痛苦。此后我形成了习惯,每天早上一起来,就拖着链子到户外去办这件事。行人出来以前,有两个特派的仆人用手推车把那讨人嫌的东西推出去处理掉。因为这和我爱清洁的脾性有关,所以我才认为有为自己辩明的必要;否则就不必啰唆半天,来叙述一件微不足道的事。不过一些中伤我的人却利用这件事和其他一些事情来指责我。

这件事完了以后,我又走到门外,有必要呼吸一下新鲜空气。国王已经从塔楼上下来了,骑着马向我走过来。这差点儿让他付出不小的代价。

马虽然受过很好的训练,见了我却整个不习惯,好像看见了一座高山在前面动来动去,惊得前蹄悬空站了起来。好在国王是个出色的骑手,还能骑在马上,直到侍卫跑上来,拉住缰绳,国王才及时跳下来。他带着十分惊讶的神情,绕着我仔细观察了一圈,不过始终保持在链条的长度之外。他命令厨师和管家将准备好的食物和饮料,用一种带轮子的车推到我能够得到的地方。我接过轮车,一会儿就吃得精光。二十辆车子装着肉,十辆盛着酒。一车肉我三口两口就吃完了。每辆车上装着十小坛酒,我把酒倒在一起,一口喝下去,剩下几车我也这样喝掉了。王后、年轻的亲王、郡主,由许多贵妇人簇拥着,坐在稍远地方的轿子里。但是国王的马出事以后,他们都下了轿,来到国王的身边。现在我要描述一下国王的仪容。他比宫廷里的其他人高出一个我的指甲盖儿,这一点就令人肃然起敬。他外表刚健威武,有着奥地利人的双唇,鹰钩鼻子,橄榄色皮肤,面貌端庄,身躯四肢匀称,举止优雅,态度庄严。他已经度过青春时代,现年二十八岁零九个月,在位七年,国泰民安,一般来说也是所向无敌。为了更方便地观察他,我侧身躺着,和他脸对着脸。他站在离我三码远的地方。后来我多次把他托在手里,所以描述是不会错的。他衣着简朴,式样介于亚洲式和欧洲式之间,头戴一顶缀着宝石的金盔,上面插着一根羽毛。他的手里拿着一把离鞘的剑,万一我挣脱,他可用来防身。剑有三英寸长,柄和鞘都是金的,上面镶着钻石。他的声音尖锐,但是吐字清晰,我即使站着也能听清楚。贵妇和朝臣们衣着华丽,他们站在一起,看来就像地上铺开了一条绣着金人、银人的裙子。国王不时地和我说话,我也回答他,但我们彼此一个字也听不懂。还有几位牧师和律师在场(我从装束上推测),他们奉命和我谈话。我尽可能用自己略知一二的各种语言和他们讲话,其中包括高地荷兰语①和低地荷兰语②、拉丁语、法语、西班牙语、意大利语,还有利凡特地区流行的意大利语、法语、西班牙语、希腊语的混合语,他们都听不懂。大约过了两个小时,宫廷的人才全部离去。留下一支强大的卫队,防止混乱中有人无礼和恶意的举动。他们躁动着挤在我身边,大着胆子拼命靠近我。我坐在房门口地上的时候,有人竟敢用箭射我,一支箭

---

① 高地荷兰语,指德语。
② 低地荷兰语,指荷兰语。

差点射中我的左眼。带队的上校下令逮捕了六个罪魁祸首。他觉得最好的办法是把他们捆起来,送到我面前。士兵照办了,用枪托把他们推到我眼前。我把他们一起放在右手上,先把其中的五个放到大衣口袋里,又对第六个做出要活活吃了他的表情,吓得他哇哇大哭。上校和军官们也吓坏了,特别是看到我拿出小刀来。但我很快令他们释然了,因为我和颜悦色地迅速割断了绑着他的绳子,轻轻将他放到地上,他拔腿跑开了。其余的我也从口袋里一个一个拿出来,像第一个那样放走了。据我所知,士兵和老百姓都对我的宽宏大度万分感激,朝廷也很快得到了非常有利于我的报告。

傍晚,我费了半天劲爬进屋子,在地上躺下来。这样睡了大约两个星期,国王下令给我做床,用车运来六百张普通尺寸的床,要在我屋子里拼起来。一百五十张小床连在一起,长宽刚好合适,这样四层叠起来。但是我睡在上面没比光滑的石头地面好多少。按照同样的方法,他们给我准备了被褥、毯子和床单。对于一个像我这样过惯了艰苦生活的人来说,这些已经足够了。

随着我来到的消息传播开来,引得无数富人、闲人和好奇人士纷纷前来观看。乡村里人都几乎走光了。要是国王不下令颁布公告制止这种骚乱,就会出现无人耕种、无人理家的局面。于是国王明令那些已经见过我的人必须回家,没有朝廷的许可,不得擅自走近离我房子五十码的地方。大臣们倒是因此获得了可观的税款。

与此同时,国王频繁召开会议,讨论对我如何处置的问题。我有位名望很高的特殊朋友,参与了此事的讨论。他后来向我证实,朝廷因为我的到来面临许多难题。他们怕我挣脱逃跑,我的伙食费太贵,可能引起饥荒。他们一度曾决定饿死我,或用毒箭射我的脸和手,很快就会将我处死。但是他们又想到,这么巨大的一具死尸腐烂以后,可能会在京城引起一场瘟疫,并且有可能在全国传播开

> 国王下令民众不得擅自走近格列佛,这一政令最后受益的却是朝中大臣们。这个看似漫不经心的叙述细节,影射了当时英国统治集团官员们贪污腐败、中饱私囊的现状,足见斯威夫特讽刺的辛辣。

来。就在这时，几个军官来到会议室门口，其中两个被召见，禀报了我如何对待前面提到的六个犯人的事儿。我的这一举动在国王和朝臣们心中留下了极好的印象。于是专门下令，京城九百码以内的老百姓，必须每天早晨送来六头牛、四十只羊以及其他食品供我食用；此外还要提供相应数量的面包、葡萄酒和其他饮料。这笔费用国王指令由国库开支。这位君主主要靠自己领地上的收入生活，除非重大事件很少向老百姓征税。老百姓只是在战争发生随国王出征时，才需自己负担费用。国王又组成一支六百人的队伍做我的听差，并且发给他们伙食费以维持生计。帐篷搭在我的门两旁，十分方便。又命令三百个裁缝按照他们的式样为我做了一套衣服。雇了六个最伟大的学者教我学习他们的语言。最后国王还让他的、贵族的以及卫队的马匹在我面前训练，让它们熟悉我。所有这些命令都得到了执行。三个星期后，我的语言学习取得了很大进步。这段时间国王经常光临，非常乐意和我的老师一起指导我。我们已经可以在某些方面进行交流了。对于我，学到的第一句话就是表达我的愿望，让他给我自由。这句话我每天跪在地上重复。根据我的理解，他的回答是：必须经过时间的考验，没有议会的许可，我的愿望是不予考虑的。并且我首先必须"卢莫斯·凯尔明·皮索·德斯玛·隆·思普索"，也就是宣誓与他和他的国家和平共处。不论怎样，他们都会很好地待我。国王还劝告我要耐心、谨慎，赢得他及他的臣民的好感。假如他让几个军官来搜我的身，希望我不要见怪。因为我的身上可能带着武器，能和我这样的庞然大物相配的武器,一定是很危险的东西。我说我可以满足陛下的愿望,随时准备脱下衣服,翻开口袋让他们检查。这番话我是一半儿用语言,一半儿用手势表达的。国王说让我接受两个军官的搜查是国家法律规定的;他也知道,如果没有我的同意和帮助是不可能的。我的大度和正直给他留下了极好的印象,所以把手下的人交给我,他很放心。他们从我身上无论拿走什么,我离开这个国家时他们都会还给我的,或者照价赔偿。我于是用手拿起两个军官,先放入上衣口袋,接着又放入其他口袋;两只表袋和放着一些只是对我有用、对别人毫无意义的小必需品的秘密口袋没让他们搜查。一只表袋放着一块银表,另一只放着装有少量金币的钱包。两个军官带着纸、笔和墨水,看到的每件东西都列了详细的清单。查完以后,我把他们放到地上,好让他们将清单呈交国王。这份清单后来我译成了英文,逐字抄录如下:

第一,在巨人山("昆布斯·弗莱斯纯"一词我这么翻译)大衣右口袋里,经过最严密的搜查,我们只发现一大块粗布,像陛下大殿里的地毯那么大。左面口袋里,找到一个巨大的银箱,带着金属盖儿,我们打不开。让他打开后,我们中的一个跨进去,发现尘土一样的东西没到腿的中部,尘埃扑面,呛得我们连打了几个喷嚏。背心右边口袋里,发现一大捆白色东西,很薄,层层相叠,有三个人那么大,用一根粗壮的绳子扎着,上面印着黑色图形。依我们愚见,可能是他们的文字,每一个差不多半个巴掌那么大。左边口袋里是一个机器样的东西,从后部伸出一排二十根柱子,像陛下宫殿前的栏杆。不好意思总是用问题麻烦他,只能猜测这东西可能是用来梳头的。我们发现让他听懂我们的话太困难了。在他的中罩衣("兰弗罗"一词我这么翻译,他们指的是我的马裤)右边的大口袋里,有一个中空的铁柱子,约一人高,固定在一大块比柱子还大的坚硬的木头上,柱子的一边伸出一些大铁片,做得奇形怪状,不知道用来做什么。左边口袋装着另一个同样的机器。右边的小口袋里有几个圆形的扁平金属片,有红的,有白的,大小不等。白的看来像银子,又大又重,我和我的同伴都搬不动。左边口袋里是两根形状不规则的柱子,由于我们站在口袋底部,轻易到不了柱子的顶端。其中一个被东西覆盖着,看起来是一个整体；但另一个的上端有一个白色的圆东西，有我们两个头大。两根柱子底部都有一块大钢板。因为害怕是什么危险机器，我们命令他拿出来给我们看。他把那东西从盒子里取出来，告诉我们，在他的国家，一个用来刮胡须，另一个用来切肉。还有两个口袋我们进不去，他说那是表袋，就是中罩衣上端开着的两个狭长缝口，被他的肚子挤得很紧。右边表袋外挂着一条长长的银链，链子端部连着一部神奇的机器。我们指示他拉出来看看链子底部到底是什么，原来是一个球形的东西，一半儿是银的，一半儿罩着透明的金属。透明的一边，我们看得见里面画着一圈奇怪的图形。想摸一摸，手指却被透明的物质挡住了。他把这东西放到我们耳边，听得见里面发出连续不断的、水车一样的声音。我们猜想这要不是某种未知的动物，就是他崇拜的上帝。我们的推测更接近后者，因为他告诉我们（如果我们理解正确，他表达得很不准确），无论做什么，他都向这东西请教。他管它叫先知，还说他生命中的每一活动都由它来确定时间。他又从左边口袋里拿出一张网，和渔民打鱼的网差不多大，像钱包一样可以开合，实际上就是他的钱包。我们发现里面有几个厚重的黄色金属，如果真是黄金，一定价值连城。

奉陛下之命，我们认真搜查了他身上所有的口袋。据观察，他腰上的带子是一种巨兽的皮所制。左边挂着一把五人高的长剑；右边挂着一个袋子，里面又分成两小袋，每一小袋可装下三个陛下的臣民。其中一个装着些用重金属做成的小球，每个球有我们脑袋那么大，手要很有劲才举得起来。另一小袋装了一堆黑色颗粒，不大，也不是很重，我们一只手可举起五十多个。

这就是我们在巨人山身上搜查结果的详细清单。他对我们很礼貌，对陛下的命令表示了应有的尊重。陛下荣登宝座八十九月第四天。签名封印。

克莱弗伦·弗利罗克
马尔西·弗利罗克

这份清单给国王宣读之后，他虽然措辞极其委婉，还是命令我交出那几件东西。首先要我交出腰刀，我就连刀带鞘摘了下来。这时，他让三千精兵（当时正护卫着他）远远将我包围，张弓搭箭，随时准备射杀我。不过我没注意，当时我的眼睛全神贯注地盯着国王。他接着要我拔出腰刀，虽然被海水浸泡过，刀有些生锈，但大部分地方还是雪亮。我拔出刀，士兵们又惊又怕，立刻齐声叫喊。太阳当空，我来回挥舞着腰刀，腰刀反射出刺眼的光芒。国王确实气度不凡，比我想象的要镇静许多。他命令我将刀插回鞘里，轻轻扔到地上离链子末端六英尺的地方。再接着他要我交出的第二件东西是那两根中空的铁柱之一，也就是我的袖珍手枪。我拔出枪，按他的要求，尽我所能地说明枪的用途。我只装上了火药，由于密封得好，火药才没被海水浸湿（所有谨慎的水手都会特别小心，防止火药进水这类不方便的事发生）。事先提醒国王不要害怕，然后朝天放了一枪。这次引起的惊恐比腰刀大多了。几百人跌倒在地，好像震昏了。国王虽然还站着，但也半天才回过神来。我像第一次交出腰刀一样，交出了两把手枪，还有火药和子弹，并嘱咐他，火药不能靠近火，丁点儿火星就能让它燃烧起来，把他的王宫炸飞。我又同样交出了表。国王很好奇，命令两个个子最高的士兵用杠子抬在肩上，就像英格兰的运货车夫抬着一桶淡啤酒一样。他对里面连续不断的声响和分针的走动，实在觉得好奇。因为他们视力比我们好，更容易看清楚分针的运动。国王询问了身边的学者，我虽然听不懂他们说什么，但知道他们意见各不相同，分歧很大。没有我的重复，读者也可以想象出来。随后我又交出了银币、铜币、装着九枚大金币和一些小金币的钱包、小刀、剃刀、梳子、银制鼻烟壶、手帕和航海日记。我的腰刀、手枪和弹药包被用车运进了御库，别的物品都还给了我。

前面说过，有一个秘密口袋我没让他们检查，那里面有一副眼镜（我的视力差，有时要戴眼镜）、一架袖珍望远镜和几个其他小玩意儿。这些东西对国王没有什么意义，我也没想自己贡献出来。并且我担心自己随便交出去，很可能会丢失或被弄坏。

第三章

作者给国王和男女贵族们介绍一种极不寻常的游戏——描写利立普特宫廷的各种娱乐活动——作者答应某些条件获得自由

我亲切和善的性格博得了国王和朝臣们的欢心，也赢得了军队及老百姓的普遍好感。我开始有了短时间内争取自由的希望，于是想方设法讨好他们。当地人不再觉得我对他们很危险了。有时我躺在地上，让五六个人在我的手上跳舞；最后，男孩女孩竟敢在我的头发里玩起捉迷藏来。学习他们的语言，听和说两方面我的进步都很快。一天，国王邀请我观看他们国内的娱乐表演。就演出的宏大精彩而言，超出了我所知道的任何国家。尤其是绳舞表演，最让我开心。舞者站在一根细细的白线上，线两英尺长，离地十二英寸。说到此，我想请读者耐心听我详细道来。

只有那些正在候补重要官职或希望获得恩宠的人才来表演这种技艺。他们从小就接受训练，不一定都要出身名门或者受过正规教育。一旦遇到重要的官职空缺，不论官员过世还是失宠被撤职（这是常有的事），五六个候选人就会呈请国王和朝廷官员准许他们表演一次绳上舞蹈，谁跳得高，又没跌下来，谁就接任这个职位。重臣们经常奉命表演这种技艺，使国王相信他们没有忘记自己的本领。财政大臣弗林奈普在拉直的绳子上跳舞，比全国其他任何一位大臣至少要高出一英寸。我曾见他在一个固定在绳子上的木盘里一连翻了好几个跟头，绳子只有英国一般的包扎绳那么粗。在我看来，要是不偏不倚地说，我的朋友内务大臣莱瑞索仅次于财政大臣。其他大臣也比一般人跳得高。

这种表演经常发生意外，很多都有记录。我就亲眼看见两三个候选人

第一卷 利立普特（小人国）游记

跌断了胳膊和腿。危险最大的是大臣们奉命表现功夫的时候，他们都想跳得比以前好，又想胜过其他人，求胜心切，难得有不失手的时候，有的甚至要跌两三次。我听说在我来这里一两年前，要不是碰巧落在国王的一块坐垫上，弗林奈普的脖子差点儿就跌断了。

还有一种游戏，在特别重大的节日里专门表演给国王、王后还有首相看。国王把三根六英寸长的精美丝线放在桌子上，颜色分别是蓝、红、绿。这三根丝线是国王预备的奖品，以表示国王的特别恩宠。表演仪式在大殿里举行，候选人要经受与前面完全不同的考验。在新旧大陆任何一个国家，我从来没有见过类似的表演。国王手拿一根棍子，和地面平行，候选人一个一个跑上前去，或跳过横杆，或从横杆下爬行，这要视横杆的高度而定。有时国王和首相各执木棍的一头，有时由首相一个人拿着。谁表现得最机敏，跳来爬去的时间最长，蓝线就奖励给谁。获得第二的人奖励红线，第三奖励绿线，得奖的人把线系在腰间。朝廷里很少见不用这种腰带的大臣。

军马和御马由于天天带到我面前，也不再胆怯了。即使走到我脚边，也不会惊跳起来。我把手放在地上，骑手们就纵马跳过去。国王的一名猎手曾跳过我穿着鞋子的脚面，这实在是不同寻常的一跳。一天，我有幸用一种特别的游戏让国王大大开心了一回。我需要几根两英尺长的木杆，普通手杖粗细。国王命令负责管理木材的官员送来。第二天，六个伐木工驾着六辆马车赶到了，每辆车由八匹马拉着。我选了九根木棍，牢牢地插在地上，围成一个两英尺半的四方形，又另外用几根木棍将四角连起来，离地两英尺高，然后把我的手帕系在直立的九根木杆上，四面绷紧像鼓面一样。四道横杆高出手帕五英寸，当作护栏。完成后，我请求国王派一队二十四名精骑兵到这块平台上操练。国王恩准了。我用手一个一个把他们拿上去，骑兵们全副武装，准备演练。一声令下，他们就兵分两队，开

这一段描写的是骑兵操练的精彩场面。首先通过全景式的整体描绘，表现战士们你追我赶的激烈场景，再配合特写镜头，描绘一匹性情刚烈的马摔倒的画面，宛如电影镜头由全景到局部，时而推进，时而拉远，自由转换。这个想象的场景画面感很强，既有生活依据，又奇特有趣。

始进行小规模的军事演习。一时戟剑齐发,刀枪出鞘,败的败,追的追,一会儿攻,一会儿守。总之,表现出了我从没见过的严明纪律。护栏使他们不至于从台上跌下来。国王大悦,命令连续演习几天。一次,国王竟让我举起他,发号施令。费了好多口舌,才说服了王后让我举起她的轿子,送到离台子两码远的地方,让她可以看到演习的全景。我的运气真好,游戏的过程中没发生什么意外。只是有一次,一位上校骑着一匹性情刚烈的战马,它用蹄子刨地,把手帕刨了个窟窿。脚下一滑,连人带马都摔倒了。我迅速把他们救起来,用一只手遮住破洞,用另一只手把这队人马放到地上,就像当初我把他们拿上去一样。那匹马摔伤了左前腿的肩胛,骑手没有伤。我把手帕尽量补好,不过再不敢相信手帕足够结实,可以玩这种危险的游戏了。

在我获得自由的前两三天,我正在表演这种战法给朝廷上下娱乐的时候,一个信使报告国王说,在我第一次被俘的地方发现一个黑色的大东西,形状怪极了,圆圆的边伸展开去有国王的寝宫那么宽,中部突起有一人高。起先以为这东西有生命,但几个人绕着它走了几圈,发现它躺在草里一动未动,就不这样认为了。他们一个踩着另一个的肩膀爬到了顶上,顶扁扁平平的,用脚踏上去,发现里面是空的。依他们的陋见,这东西可能是巨人山的。如果国王准许,他们用五匹马就可以将它拉来。我立刻就明白他们说的是什么了,知道这一消息,真让我满心欢喜。看来大船失事上岸后,我一定非常狼狈。划船时帽子用带子系在头上,泅水时也戴着。上岸以后,走到我睡觉的地方前,可能发生了什么意外,带子断了,我却一无所知,还以为丢在海里了。我向国王描述了帽子的用处和特点,请求他下令尽快将帽子给我送来。第二天,国王的车夫将帽子送来了。不过,已经不那么完好,他们在帽檐上,距离边缘一英寸半的地方穿了两个洞,洞上绑了两个钩子,钩子用绳索系到马具上,就这样拖着我的帽子走了半英里的路。不过好在这里的地面又光又平,损坏程度比我想象的要轻。

发生这件事的两天以后,国王下令京城内外的一部分部队做好演习准备,让那些队伍以一种十分奇特的方式来取乐。他让我这个巨人站在那里,双腿尽可能分开。然后命令他的将军(一位经验丰富的老将,我的大恩人)集合队伍排成密集队形,从我的胯下行军。步兵二十四个一排,骑兵十六个一排,擂鼓扬旗,手持长矛前进。队伍由三千步兵、一千骑兵组

第一卷 利立普特（小人国）游记

成。国王命令，行军中每个士兵都要严守纪律，充分尊重我，违者处死。不过这样也不能阻止年轻军官从我胯下经过时抬头看我。事实上，我的马裤当时已经破得不成样子，所以引起那些军官的哄笑和惊奇。

我向国王递上许多奏章请求恢复自由，他终于先在内阁会议，接着又在全体议员会议上提到了此事。除了斯开瑞什·博格兰姆，没人反对。这个人我没惹过他，却以我为敌。不过他遭到大家的一致反对，因此我的请求得到了国王的恩准。这个大臣是个"葛贝特"，即当朝的海军大将，深得国王赏识，通晓国家事务，不过脾气阴郁易怒。他最后终于被说服，但是我的释放须有条件，并且必须宣誓遵守条件，条件文本由他亲自起草。他在两位次官和几位大臣的陪同下，亲手将文件交给了我。宣读完毕，要我宣誓执行文件上的条款。先按我自己国家的方式，再按他们法律规定的方式宣誓。他们的方式是：用左手抓住右脚，把右手中指放在头顶，大拇指放在右耳尖。读者可能好奇，想了解他们独特的文风和表达方式，也想了解释放我的文件有哪些条款。所以我尽自己所能，把整个文件逐字逐句翻译出来，供大家一看：

高尔博斯托·莫马伦·依夫拉莫·哥帝洛·谢芬·马利·尤利·古，利立普特国至高无上的国王，举世拥戴，无不畏惧；领土绵延五千布拉斯特格（周界约合十二英里），边境直达地球四极；身高过人，脚踏地心，头顶太阳；头一点，所有君王的双膝为之震颤；和蔼如春，舒适如夏，丰饶如秋，可怖如冬。至高无上的我王陛下，向最近来到我国之疆域的巨人山提出如下条款，巨人山须宣誓遵照执行：

一、如果没有加盖玉玺的许可证，不得离开本土。

二、没有命令，不得擅自进入京城。如获许可，应在两小时前发布通知，居民闭门不出。

三、只准走大路，不得在草地或农田里行走躺卧。

四、在上述大路上行走，须绝对小心，不得践踏良民，未经本人同意，不得将其拿在手上。

五、如果需要传递特别快件，有责任将信使连人带马装进口袋，一月一次跑完六天的路程，并且安全送回国王驾前（如果必要）。

六、应和我们联盟，抗击布莱夫斯库岛上的敌人，竭力摧毁准备

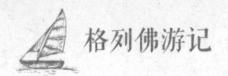

向我们进犯的敌军舰队。

七、闲暇时应帮助工匠搬运巨石，建造大花园围墙及其他王家建筑。

八、须用两个月的时间，徒步测量，呈交我国疆域周长的精确报告一份。

最后，如宣誓遵守以上条款，每日将得到足以维持我国一千七百二十八个国民的肉食和饮料；可随时谒见国王，同时享有其他恩典。

我王登基以来第九十一月十二日于拜尔法博拉克宫。

我心悦诚服地宣了誓，并在条款上签了字。虽然其中有些不如我希望的那么体面，那完全是海军大将斯开瑞什·博格兰姆所致。我的链子一打开，即获得完全自由。国王赏光，亲临了整个仪式。我匍匐在他的脚下，感谢他的恩宠，可他命令我站起来，并且说了许多我的好话。为了避免别人说我爱虚荣，在这里就不重复了。他又说，希望我成为一个有用的臣仆，不枉他已经给予我和将要给我的恩典。

读者可能已经注意到，释放我的最后一个条款中，国王保证供给我的肉食和饮料，是足以维持一千七百二十八个利立普特人生活的数量。事后我问朝廷里的一位朋友，他们是怎么计算出来的。他告诉我，国王手下的数学家，借助四分仪得到了我的身高。我的身高与他们身高的比例，为十二比一。由于他们的身体大致相同，因此得出结论：我至少相当于一千七百二十八个利立普特人，也就需要相当于这么多人饭量的食物。看到这里，读者可以想象，这是一个多么富有智慧的民族，他们伟大的君王又有着多么缜密、精确的经济头脑啊。

第四章

描绘利立普特京城密尔敦多和王宫——作者与一位大臣谈到国家大事——作者表示愿意为国王效劳对敌作战

我获得自由后的第一件事,就是希望获准参观京城密尔敦多,国王欣然同意了,不过条件是不许伤及百姓和房屋。人们已经从告示里知道我将要参观京城的计划。环绕京城的围墙高两英尺半,厚至少十一英寸,所以尽可以驾驶马车很安全地在上面绕行一周。城墙两侧每隔十英尺就有一座坚固的塔楼。我迈过西大门,轻手轻脚前行,侧身穿过两条主要街道。我只穿了一件短马甲,害怕穿了大衣衣服的下摆会碰坏屋顶或房檐。虽然有严格的命令禁止所有居民外出,以防发生意外,我走路还是非常小心,避免踩到可能在街上闲逛的人。阁楼的窗前和房顶上挤满了围观的人,各次旅行中我还从来没见过人口这样稠密的地方。这座城市是一个标准的正方形,每边城墙五百英尺长。两条大街各宽五英尺,十字交叉地将城市分成四部分。胡同小巷进不去,只能经过时看一下,宽度十二到十八英寸不等。全城可容纳五十万人。民房有的高三层,有的高五层。商店、市场货色齐全。

王宫坐落在城中心,两条大街交会的地方。四周有两英尺高的围墙环抱,宫殿离围墙二十英尺。我得到国王的

> 边读边联想:一个巨人在城市中间小心翼翼地行走,这是一个怎样的场景?用心感受斯威夫特瑰丽的想象。

许可跨过这道墙，里面非常开阔，我可以很轻松地绕行看到宫殿的每一面。外院是个四十英尺见方的正方形，包括两座庭院，最里面是王宫内院，也就是我最想看、又最难看到的部分。从一个庭院到另一个庭院的大门只有十八英寸高，七英寸宽。外院的建筑物至少五英尺高，虽然院墙是由四英寸厚的坚固石块砌成，跨过去一点不损坏建筑群也是不可能的。不过，国王热切希望我能见识一下王宫的壮观辉煌。这我用了三天的时间才办到。这三天，我用小刀从离城一百码远的王家花园砍了几棵最大的树，用这些树做了两个凳子。每个凳子约三英尺高，足够承受我的体重。人们第二次接到通告后，我穿过城市来到王宫，手里拎着两个凳子。到达外院一边，我站在其中一个凳子上，将另一个举过屋顶，轻轻放到两个院子中间八英尺宽的空场上。然后我很方便地跨过建筑物，从一个凳子站到另一个凳子上，再用带钩的棍棒将第一个凳子钩起来。靠着这种方法进到内院后，我侧身躺下来，把脸贴到宫楼的中间几层楼特意为我打开的窗户上，里面的富丽堂皇可以想象。王后和年轻的王子们在各自的寝宫里，旁边有贴身侍从相随。王后十分高兴，优雅地对我微笑，还从窗里伸出手，赐我一吻。

不想让读者再多听我这一类叙述了，因为我还有一部篇幅更大的书即将出版。里面详细介绍了这个王国从创立起，历经几代君王的过程，特别叙述了战争、政治、法律、学术、宗教、动植物、特殊的风俗民情以及其他一些新奇、有益的事情。现在我只想主要描述一下自己住在这个国家的九个月里发生在我及公众身上的各种事件。

我获释两星期后的一个早上，内务大臣莱瑞索（他们这样叫他）来到我的寓所，随身只带了一个侍从，让他的马车在远处等候，请求和我谈上一个小时。因为他的身份和个人功绩，以及在我向朝廷请愿时帮过忙，我欣然同意了他的请求。我提出躺下来，让他离我的耳朵更近些，但

格列佛竟用踩凳子的方式观赏王宫，可谓奇妙！这一段场景描写，语言简洁却极富画面感。用动词"站""举""放""跨""钩""躺""贴"，将格列佛观赏王宫的整个过程一气呵成地展现出来。

他选择了让我谈话时把他拿在手上。他先是祝贺我获得了自由,并且对我说这件事他自认为有些功劳。不过他接着说,如果不是朝廷目前的处境,我可能不会这么快就获得自由。"因为,"他说,"虽然在外国人看来我们国家很昌盛,但是实际上为两大敌人所困:一是国内党派纷争激烈,一是外国强敌入侵的危险。至于第一个,你要知道,七十多个月以来,国内两个政党一直相互争斗。一个党叫特雷姆克森,另一个党叫斯莱姆克森。区别就在于:一个党的鞋跟高,一个党的鞋跟低。事实上,据说高跟党更合古法,而国王却决意一切政府管理部门只起用低跟党人。你不可能不觉察,国王的鞋跟就特别来得低,至少比朝廷中的其他官员低一都尔(约合十四分之一英寸)。这两个政党的积怨非常深,他们从来不在一起吃喝谈话。我们估算,特雷姆克森即高跟党,人数上胜过我们,可政权在我们一边。我们担心的是,国王陛下的继承人王子殿下有点儿倾向高跟党,至少我们发现他的鞋跟一个高一个低,所以走起路来一拐一拐的。现在除了内忧,还有威胁我们的外患——入侵,来自布莱夫斯库的入侵。那是天地间又一个大国,面积和实力与国王陛下的这个王国不相上下。至于你说你到过世界上其他一些王国和国家,那里住着像你一样巨大的人类,我们的哲学家对此深表怀疑,宁愿相信你是从月亮或者其他某个星球上掉下来的。毫无疑问,身躯像你这么巨大的人只要有一百个,很短的时间就会将国王陛下领土上的果实、牲畜吃个精光。另外,我们六千个月的历史,除了利立普特和布莱夫斯库两大王国,从来没有提到其他任何地方,而这两大王国三十六个月以来一直在苦战。战争开始是由于以下原因:我们都认为,吃鸡蛋前,原始的方法是从鸡蛋大的一端打破。而当今国王的祖父小时候也按照这种古老的方式打鸡蛋,可一次碰巧将手指弄破了。因此他的父亲,当时的国王颁布了一条法令,要全体臣民吃鸡蛋前应从鸡蛋较小的一端打破,违者重

> 这里的高跟党和低跟党分别影射的是当时英国的辉格党和托利党。作者借用王子殿下走路一拐一拐的丑态,讽刺了当时议会内部官员们党争不断的丑恶嘴脸。

罚。人民对此极为反感，历史上为此发生过六次叛乱，一位国王送了命，另一位丢了王位。这些内乱常常是由布莱夫斯库王朝的君主们煽动起来的。骚乱被镇压后，遭流放的人经常逃到布莱夫斯库去避难。据统计，先后几次有一万一千人宁愿去死也不肯从较小的一端打鸡蛋。关于这一争端，出版过成百上千的著作。但是大端派的书一直是被禁止的，法律也规定这种人不得做官。在这些纷乱中，布莱夫斯库的君主们频繁派大使来规劝，指责我们闹宗教分裂，违背我们伟大的先知拉斯洛格在《布兰德拉克尔》（他们的《古兰经》）第五十四章中提到的一条基本教义。我们认为，这只是对经文的一种曲解，原文是，所有真正的信徒都可以从他认为方便的一头打破鸡蛋。何为方便的一端呢？我的愚见是凭各人的良知，或者至少由主要的行政长官来决定。现在大端派的流亡者深得布莱夫斯库朝廷的信任，又得到国内同谋的私人援助和怂恿。流血战争已经在两个国家间进行了三十六个月，其间各有胜负，我们损失了四十艘重要战舰和大量小艇，还损失了总计三万名精锐水兵和陆军。敌人的损失估计比我们还大。无论怎样，他们目前已经装备了一支庞大的舰队，随时准备进攻。国王陛下深信您的勇气和力量，所以命令我前来陈述此事。"

我请内务大臣回奏国王：虽然我是个外国人，不便干涉党派之间的纷争，但为了保卫陛下和他的国家，我甘愿冒生命危险，随时准备抵御外来之敌。

第五章

作者用特殊战略阻止了敌人的入侵——被授予很高的荣誉——布莱夫斯库国王派大使前来求和——王后寝宫意外失火,作者帮忙抢救了王宫的其余部分

布莱夫斯库王国是位于利立普特东北方的一个岛国,与利立普特只有一条八百码宽的海峡相隔。我还不曾见过这个岛。自从得到敌人要入侵的消息后,我就避免在那一带海岸露面,害怕被敌舰发现,因为他们对我还一无所知。战争期间,两国之间一切交流活动都被禁止,违者处死。国王下令所有船只统统禁运。我向国王提交了一份俘获敌人整个舰队的方案。我们的侦察兵报告,敌人舰队停泊在港湾里,一伺顺风,立刻起航。我向经验最丰富的水手打听海峡的深度,他们曾经多次测量过,高水位时海峡中心有七十"格拉姆格拉夫"深,大约相当于欧洲长度单位的六英尺,其他地方最深五十"格拉姆格拉夫"。我朝东北海岸走去,正对面是布莱夫斯库,趴在一座小山的背后,然后从口袋里掏出袖珍望远镜,看见了港湾里停泊着敌人的舰队,一共由五十艘战舰和大量运输舰组成。回到寓所,我下令(国王为我颁发了委任状)送来大量最结实的缆绳和铁棒。缆绳的粗细和包扎线差不多,铁棒大小类似毛衣针。为了更结实,我将三股拧在一起;同样,又将三根铁棒扭在一起,两端弯成钩子。总共准备了五十根缆绳、五十个钩子。我又来到东北海岸,脱去外衣、鞋子和袜子,穿着皮背心,在高水位到来前的半个小时走入海里。我蹚着水疾走,中间游了约三十码,直到脚能够着海底。不到半个小时,我就到达了敌舰所在地。敌人一见我都吓坏了,从船上跳下来,游向海岸,人数不少于三万。我拿出工

具把钩子系在每一艘敌舰的舰首上,所有缆绳的另一端扎拢在一起。在这一过程中,敌人向我放射了几千支箭,很多射中了我的手臂和脸颊,疼痛异常,干扰了我的工作。最要紧的是眼睛,要不是我计上心来,恐怕眼睛就保不住了。前面提到过,秘密口袋里的小必需品逃过了国王派来的人的搜查,其中有一副眼镜。我把它拿出来牢牢戴在鼻子上。有了这些装备,我更放手干起来。敌人还在放箭,很多打在镜片上,但是没什么,有也只是镜片上的一点儿损伤。我已经拴牢所有钩子,把扎起的绳结握在手里,开始拉;可是船一动未动,原来它们都下了锚,死死停在那里。最需要胆量的工作还在后面。我松开绳索,让铁钩还拴在船上,用小刀毅然砍断了系着铁锚的缆绳。这时脸上手上中了两百多箭。我重新拉起系着铁钩的缆绳打结的一端,轻而易举地将敌人五十艘最大的战舰拖了就走。

　　布莱夫斯库人一点儿也没想到我要干什么,起初惊慌失措。他们看见我砍断缆绳,以为我只是想让船只顺水漂流或互相撞击沉没。当他们看到我在一头拉着,整个舰队秩序井然地移动时,发出一阵尖叫声,声音悲伤绝望,没法描述,无法想象。走出危险距离以后,我停了一会儿,拔出手上脸上的箭,用我前面提到过的、刚来时用过的药膏擦了擦。然后我摘掉眼镜,等了约一个钟头,让潮水稍稍退下去,再带着我的货物,涉水走过海峡中心，安全返回利立普特王家码头。

国王和全朝官员站在岸边，等待冒险行动的结果。他们看见船只呈大的半月形前进，却看不到我，因为海水已没过我的胸脯。当我走到海峡中心时，他们更发愁了，这时水已深及我的脖子。国王以为我必死无疑，敌舰正气势汹汹地逼近。但是很快他就松了口气，我越走水越浅，不一会儿就到了彼此能听见喊声的地方了。我手里握着系着舰队的缆绳，嘴里喊着："最强大的利立普特国王万岁！"这位伟大的君主把我迎上岸，对我竭尽赞颂，当场封我为"那达克"，这是他们的最高荣誉了。

国王希望我另找机会，将敌人其他的舰只统统带回他的港口。君王们的野心真是深不可测，恨不得把整个布莱夫斯库王国变成他们的行省，派一个总督去统治。他想消灭大端流亡者，让该国也从小端打破鸡蛋，使他成为世界上独一无二的君王。我竭力打消他的这一念头，列举了政策方面和正义方面的许多论据。我明白表示：自己不愿成为一种工具，使一个自由、勇敢的民族沦为奴隶。在议会上辩论的时候，许多明理的大臣都赞成我的观点。

我的这种公开大胆的声明和国王的计划与政策背道而驰，他永远不会原谅我。他在国会上很策略地提到此事。据我所知，最明智的几位大臣至少以沉默表示赞成我的意见。那些暗中的敌人，禁不住旁敲侧击中伤我。从此，国王和一小撮大臣达成一项阴谋，开始敌视我。不到两个月的时间就爆发出来，最后差点儿给我致命一击。如果不能满足他们的野心，再大的功绩在他们眼里又算什么。

立功之后三个星期，布莱夫斯库王国派遣特使，前来求和。并且很快两国就缔结了对我们国家的国王绝对有利的和约。和约的内容我不赘述了，以免让读者费神。六位大使，五百个随行人员，入境仪式十分隆重，体现了他们主子的威严和使命的重大。条约缔结中，我凭着自己当时在朝中的威望——至少表面是这样——帮了他们一些忙。有人私下告诉他们，说我实际上是他们的朋友。他们为此正式拜访了我。开始他们大力恭维我的英勇和大度，接着以他们国王陛下的名义邀请我访问他们国家。由于听过许多有关我力大无比的传说，希望我表演给他们看。我欣然同意了，只是细节不对读者叙述了。

我花了一些时间招待几位大使阁下，让他们又满意，又惊奇。我请他们转达我对他们国王陛下最诚挚的敬意：陛下的仁德令人敬仰，举世皆知；在我回国之前，一定前去拜访。因此，第二天我去谒见国王的时候，请求他准许我拜访布莱夫斯库的君王。他倒是爽快答应了，但看得出来，态度很冷淡。当时我猜不出原因，后来有人悄悄告诉我，弗林奈普和博格兰姆已经将我会见布莱夫斯库大使的事，当成我违背朝廷的标志，汇报给国王了。这件事我问心无愧，只是从此以后，我开始对朝廷和大臣们的阴暗面有所认识了。

值得注意的是，这些大使是通过翻译与我交谈的。两个王国就像欧洲任何两个国家之间一样，语言是不同的。每个国家都以本民族语言的古老、优雅和有力而自豪，对邻国的语言则公然蔑视。我们的国王依靠俘获对方舰队得来的优势，强迫对方用利立普特语递交国书，发表演讲。应该承认，两国之间商贸发达，彼此都不断接受对方的流亡者。习惯上，各自都互派年轻贵族和富家子弟到对方国家学习深造，增长见识，了解异域风土人情。沿海一带的名门望族、商人、海员，很少有人不会说两种语言的。几个星期后，我拜访布莱夫斯库帝国的国王时就证明了这一点。敌人的恶意诽谤，使我身处不幸。但这次拜访对我是一次非常开心的乐事，对此以后我还要在适当的地方加以叙述。

读者可能还记得，在我签字认可获得自由的条款时，有几条让人不愉快的规定，使我感觉自己像个奴隶。当时是不得已而为之，否则我是决不会屈服的。如今我被封为"那达克"，再要我履行那些职责实在有失身份。公正地说，国王也从来没提起过要我去做那些事。时隔不久，我就有了一次效忠国王的机会，至少我是这么想，立了一大功。一天半夜时分，门外几百人的哭声把我惊醒。突然醒来，还真吓了一跳。我听到有人不停地喊着"布尔格拉姆"，朝廷的几位大臣从人群中挤过来，恳请我火速赶到宫里。原来宫里一位粗心的女侍官看传奇小说时睡着了，以致宫里失了火。我赶紧爬起来，让人们给我让路。因为是个月明夜，我走得很急，不过没有踩到谁。墙上人们已经架好了梯子，水桶也准备好了，但是水源地很远。水桶像大顶针那么大，可怜的人们拼命地一桶一桶给我运水，但是没什么用，火势依然凶猛。我倒是能很容易用大衣将大火扑灭，不幸的是走得匆忙，只穿了一件皮马甲。形势十分危急，看来已经没有希望，这座富丽堂皇的宫殿就要被烧成平地。突然一个念头一闪，我计上心来。昨天晚上睡觉前喝了好多"格利姆格瑞姆",这是一种甘美异常的好酒(布莱夫斯库人管它叫"弗鲁耐克",可我们出产的这种酒更好喝),具有很好的利尿作用。再巧不过的是我一直还没解过小便。我离火焰很近,身上一吸热,又忙着扑火,加快了酒变成尿的速度。我一阵尽情释放,尿得正是地方,不到三分钟火就灭了。花费多年心血建成的王家建筑也免于被全部毁灭,保存了下来。

天亮了。虽然立了大功,但我没等国王向我表示祝贺就返回了寓所。因为我说不准他是否会反感我立功的方式。根据这个国家的法律,任何人不论地位如何,在王宫区域内小便一律死罪。不过国王的一个通知让我有了一点儿安慰,他说要正式发布命令赐我无罪。只是我还没有拿到赦免证书。私下里有人告诉我,王后对此极为愤恨,搬到王宫的另一头去了。她坚决不让修复那些建筑,也不会去用了。当着重要心腹的面,她发誓要报仇。

情急之下,格列佛用撒尿的方式将王宫的大火扑灭,用污秽的"尿"和高贵的"王宫"形成对比,在这个幽默感十足的场景中,其实也渗透着作者无情的讽刺。

第六章

　　介绍利立普特的居民、学术、法律和风俗——他们教育孩子的方式——作者在利立普特的生活方式——他为一位贵妇人辩护

　　虽然我想专门写篇文章描写这个王国的一切,但同时我还想在这里大致介绍一下基本情况以满足读者的好奇心。当地居民一般身高六英寸以下,因此其他所有动物、草木都严格遵守与之相称的比例。例如,最高的马和牛在五到六英寸之间,羊大约一英寸半,鹅比麻雀大一点。依此类推直到最小,我几乎看不见了。不过大自然使利立普特人适应了适合他们视力的一切物体,他们能看得很清楚,但看不远。我非常高兴曾经看到一个厨师给一只苍蝇大小的百灵鸟拧毛,一位年轻姑娘拿着我看不见的丝线穿一根看不见的针。

　　那里最高的树大约七英尺,我是指王家花园里的那几棵,我举起拳头刚好能够着树顶。其他蔬菜之类的也遵循同一比例,读者可以自己去想象。

　　我只说一点儿他们的学术。经历了许多年代,他们的学术发展成许多分支,都很发达。但是他们的书写方式十分特别,既不像欧洲人那样从左到右,也不像阿拉伯人从右到左,更不像中国人从上到下,而是斜着从纸的一角写到另一角,和英国的太太小姐们一个样。

　　他们的殡葬方式是让死人的头直接朝下,之所以这样源于一个理论:一万一千个月以后死人都会复活,那时地球(他们认为是扁的)会倒过来。用这种方式埋藏,复活时就会站着。有学问的人都承认这条教义很荒谬,但为了附和习俗,一直就这个样子。

　　这个国家的一些法律和风俗很特别,如果不是与我亲爱的祖国截然相

反,我真想为他们说句公道话,希望我们也能实行。我先要提到的是有关告密者的法律。一切背叛国家的罪行都将被处以最严厉的惩罚。但如果被告能在开庭时证明自己的清白无辜,原告很快就被立即处死,落得个可耻下场。同时清白的人可从原告的财产和土地中获得四项赔偿:损失的时间、经历的危险、监禁的痛苦以及所有的辩护费用。如果财产不足赔偿,大部分由王家负担。国王还要公开对被告有所恩赐,向全城发布公告,宣布被告无罪。

他们视欺诈为比偷盗更严重的犯罪,欺诈者很少不被判处死刑的。他们认为一般人只要有点常识,小心谨慎,提高警惕,自己的东西就不会被偷。但手段高明的欺骗会令诚实的人防不胜防。人们永远需要进行买卖,必须要凭信用交易。如果纵容欺诈,不去制裁它,诚实的生意人就会吃亏,流氓无赖就会得势。记得一次我在国王面前替一个拐骗了主人一大笔钱的人说情。他奉主人之命去收款,携款逃跑。我对国王说,这只是一种背信弃义的行为,希望能减轻刑罚。国王认为我替这种最应加重处罚的罪行说情,简直荒谬。我无言以对,因为一个国家有一个国家的习俗。应当承认,我那时确实羞愧难当。

虽然我们经常把奖励和惩罚作为政府运作的枢纽,但我还从来没见过哪个国家像利立普特这样把它真正应用于实际。无论任何人,只要他能拿出充分的证据,证明自己在七十三个月里严格遵守了法律,就可以享受一定的特权。他可以根据其地位和生活境况的不同,从专用基金里得到一定数目的款项,同时可获得"斯尼尔普尔",即守法者的头衔,但这种头衔不得传给后代。我告诉他们,我们的法律只有刑罚,没有任何奖励,他们都认为这种政策有很大弊病。正是如此,法庭上他们象征正义的偶像有六只眼睛,两只在前,两只在后,左右各一只,表示缜密周全;右手握有一袋黄金,袋口开着,左手持一柄宝剑,插在鞘中,表示她倾向于奖赏而不是惩罚。

在选人任职方面,他们注重优良的品德胜过卓越的才能。他们认为,既然人类需要政府,那么相信一般才能的人就能胜任各种职务了。上天不会把公共事务弄得十分神秘,只有个别非常杰出的人才能管理,这样的天才一个时代也只能出三个。相反,每个人身上都存在真诚、正义、节制诸如此类的美德,他们只要通过实践积累经验,加上一颗善心,都可以为国家效力,只不过还需要一段时间的学习罢了。如果一个人没有德行,才能再高也没用，任何事务决不能交给这种人去管理。一个品行端正的人如果由于无知而犯错，至少不会像心存腐败的人那样，给公众利益造成致命的后果。这种心存腐败的人能加倍地投机钻营，掩盖自己的腐败行径。

同时，不相信上帝的人也不适合担任任何公职。利立普特人认为，既然国王们都宣称自己是替上帝履行职责的，就没有什么比任用一个不承认他凭借的权威的人更荒谬了。

联系上面提到的以及下面所述的法律，读者应该明白我指的是他们原先的制度，而不是这些人蜕化堕落后形成的腐败政治。至于说到那些凭借在绳上跳舞获得要职，在御杖下跳跃爬行而邀得恩宠和勋章的可恶行径，读者要知道，都是当今国王的祖父在位时最先形成的，随着党派纷争的加剧，演变到今天的地步。

忘恩负义在他们看来也是死罪。我们在书上读到过其他国家也有类似的法律。他们的依据是，以怨报德的人应该是人类的公敌，知恩不报的人不配活在世上。

他们关于父母和子女的职责的观念也和我们不一样。因为男女结合是基于自然的法则，为的是传宗接代。利立普特人也一样，他们认为，和其他动物没什么区别，男女结合是性欲的驱动，照顾子女也一样是自然法则。根据这个道理，他们从来不认为由于父亲母亲生育了孩子，孩子就应对父母尽义务。想想人类生活的悲惨，生育本身也不会给父母带来益处，做父母的相爱时也没有想到生儿育女，心思还在别的方面呢。因为诸如此类的理由，他们认为最不应该让父母教育自己的孩子了，所以每个城镇都有公共学校。除了农民和劳工，所有孩子，不论男女，一到二十个月大，他们认为可以懂事了，都要送到公共学校接受教育和培养。这种学校分几种，适合不同地位、不同性别的孩子。教师经验丰富，他们培养孩子养成一种适合父母身份，又符合自身能力和爱好的生活方式。我先介绍男校情况，再介绍女校。

接收贵族或出身名门子弟的男校配有严肃博学的教师，还有几名助教。孩子们的伙食和衣着都很俭朴。他们受到荣誉、正义、勇敢、谦逊、仁慈、宗教和爱国等原则的培养。除了短暂的吃饭睡觉时间以及两小时娱乐，包括身体锻炼以外，总是有事做。四岁以前由男仆给他们穿衣服，以后都要自己穿。女仆年纪有我们五十岁那么老，做最粗的活。孩子们不许和仆人讲话,只允许一小伙或成群一块儿玩耍,并且总要有教师或助教在一旁陪着。这样可以避免像我们的孩子一样,幼年时代养成愚顽的恶习。他们的父母一年来看望两次,探望时间不会超过一个小时,见面时或分手时可以亲吻自己的孩子,那时总有一位教师在旁边,父母不许对子女耳语,不许表示亲热,不许带玩具、糖果之类的礼物。

每个家庭必须交纳子女的教育及娱乐费用,逾期不缴者,国王可派官吏上门征收。

接受一般绅士、大小商人和手艺人子女的学校也差不多是一样的管理模式。只不过做生意人的孩子十一岁起要到外面去当学徒,而贵族的子女要继续培养到十五岁,相当于我们的二十一岁,但最后三年的管教渐渐松了。

女校里,贵族出身的女孩子接受教育的方式和男校相似,只是由整洁的女仆给她们穿衣服,并且总有一位教师或助教在旁边,一直到五岁可以自己穿衣服的年龄。一旦发现女仆给孩子们讲一些恐怖愚蠢的故事,或者像我们的侍女那样用一些把戏给孩子们取乐,她们就要被鞭打着绕城游街三次,还要监禁一年,流放到这个国家最被隔绝的地方去。因此女孩子和男孩子一样,鄙视懦夫和呆子,看不起轻佻不洁的打扮。除了锻炼时的剧烈程度稍轻以外,我还没看出女孩子的教育和男孩子有什么区别。她们要学一些家政方面的规则,研究学问的范围较小。她们的最大信条是:贵族人家的女主人永远应该是一个理智和蔼的伴侣,虽然她不可能永远年轻。女孩子十二岁就到了结婚的年龄,父母或监护人把她们带回家,对教师千恩万谢,姑娘和伙伴分离免不了涕泪涟涟。

在较低一级的女校里,孩子们学习适合她们性别和地位的各种工作。打算当学徒的七岁可以退学,其余的可以待到十一岁。

对条件较差的家庭,把孩子送到这种学校里,每年除了交纳低得不能再低的学费外,还要每个月将收入的一小部分交到学校财务总监那里,作为孩子财产的一部分。因此所有父母都由法律限制他们的开支。利立普特人认为,为了自己一时的欲望,把孩子带到这个世界上,却要公众来负担,没有什么比这更不公平了。贵族也根据自己的情况,保证给每个孩子一笔款项。这部分基金会得到完善的管理,绝对公平地使用。

农民和劳工自己抚养孩子。他们的劳作就是耕田种地,因此他们的教育对公众影响不大,年老生病的人由养老院负担。这个国家没有乞讨这一行业。

好奇的读者非常想知道，我在这个国家住了九个月零十三天，这段时间里我是怎样生活的。凭着头脑的机械才能，也是生活所迫，我用王家花园里最粗大的树木为自己做了一套舒适的桌椅。雇了两百个女裁缝为我做衬衣、床单和桌布，用的都是能找到的最硬最粗的布料，可还得几层缝在一起。因为他们最厚的布和我们的上等麻布相比，也要精细几等。他们的亚麻布一块通常三英寸宽、三英尺长。我躺在地上让女裁缝们给我量尺寸，她们一个站在我的脖子那儿，另一个站在我的小腿那儿，将一根绳子伸开，各执一端。第三个用一根只有一英寸长的尺子来量绳子的长度。量过我的右手大拇指后，她们就不量了。因为按照数学的计算方法，拇指两周是手腕的一周，脖颈和腰的粗细也遵循这一比例。我把自己的旧衬衫铺到地上当样板，她们照着样子，做出的衬衫很合我身。又请了三百个缝纫师为我做外衣，他们用另一种方法给我量尺寸，我跪在地上，他们把梯子从地面架到我的脖子上，一个人爬上来，在领子那里放下一根带铅锤的线，线到地板的高度就是大衣的长度。我自己量了腰和手臂的尺寸。衣服全是在我屋子里完成的，因为他们最大的房间也放不下这样大的衣服。完成的衣服就像英国太太们缝的百衲衣，只不过我的全是一种颜色。

有三百个厨师照顾我的饮食，为了方便，他们都带了家人住在我寓所附近的小茅屋里，每位厨师给我做两个菜。我用手拿起二十个侍者放在桌上，另一百多个在地上伺候，有的端着肉，有的肩上扛着一桶桶的酒和饮料。桌上的侍者用一种巧妙的方法，按我的要求拉动绳子往上吊，就像在欧洲人们从井里提水一样。一盘肉正好够我吃一大口，一桶酒也只够我喝一口。他们的羊肉没有我们的好，牛肉味道美极了。我曾吃过一块牛腰肉，那么大，三口才吃下去，不过这种情况很少见。我的仆人们见我连骨头一起吃下去，就像在我们国家吃百灵鸟的腿一样，非常吃惊。鹅和火鸡我通常一口一只，必须承认，味道也比我们的好。更小的家禽，我用刀叉一次叉起二三十只一起吃。

一天，国王陛下听人说起我的情形后，提出要带王后、年轻的王子和公主与我一起共享吃饭的快乐（他喜欢这么说），后来真的来了。我把他们放到桌上的御椅里，正对着我，侍卫一旁站立。我看到，手持权杖的财政大臣弗林奈普不时酸溜溜地看着我，我当作没看见，比平时吃得还多，一是为了亲爱的祖国,二是为了让朝廷惊叹。我私下里觉得国王这次驾临,又给了弗林奈普一个在主子面前算计我的机会。暗地里这位大臣一直与我为敌,表面上好像与我很亲密,这与他乖戾的性情格格不入。他向国王报告,现在财政很不景气,向下拨款都要打折扣,国库券价值比票面低百分之九才能流通;我已经花去了陛下一百五十多万"斯普拉格"(这是他们最大的金币,有我们衣服上的亮片大小);从整体考虑,一有合适机会把我打发走是比较明智的。

这里我要为一位品质高贵的夫人的名誉辩护一下,她是我的无辜受害者。财政大臣真是可笑至极,竟然猜忌起自己的夫人来。有人居心叵测,嚼舌头说他的夫人疯狂地爱上了我。这一丑闻在朝廷传播开来,说她一次竟偷偷到过我的寓所。我郑重声明这事纯属捏造,毫无事实依据,夫人不过是用完全天真无邪的坦诚和友谊对待我罢了。她是经常到我家来,但每次都是公开的,马车里还带着三个人,通常是她的姐姐、她的小女儿和某个要好的朋友。宫里其他夫人也经常是这样的呀。我还问过身边的仆人,什么时候他们看见过有马车停在我的门口,里面坐着不认识的人。每次一有人来,总是先有仆人通报。我的习惯是立刻迎到门边,问候之后,十分小心地用手拿起马车和两匹马(如果是六匹马,车夫总是先解下四匹),放到桌上。桌子周边我安了个可拆卸的护板,五英寸高,防止发生意外。桌子上经常有四辆马车,里面坐满了人,我坐在椅子上,把脸俯向他们。我和其中一辆车上的人交谈时,其他车上的车夫就驾着马车在桌子上四处走。在这样的交谈中,我度过了许多愉快的下午。我向财政大臣和那两个告密的人(我要说出他们的名字,让他们好自为之)克鲁斯特里尔和德伦洛提出挑战,让他们证明除了内务大臣莱瑞索以外,什么人隐姓埋名来找过我。我前面已经提到过,莱瑞索是国王特派的信使。如果不是涉及一位高贵夫人的名誉,我也不会唠叨这么多,名誉受损对于我倒无所谓。我的爵位是"那达克",财政大臣却不是。众所周知,他只是一个"克拉姆格拉姆",比我低一级,就像英国的侯爵和公爵一样。但是我知道,实际上他的职位比我高。那些虚假的谣言我是有一次偶然得知的,至于怎么知道的我就不提了;这些谣言使财政大臣好一段时间给他太太脸色看,对我就更没好脸色了。虽然后来他有所醒悟,和夫人重归于好,但我还是彻底失去了对他的信任。国王对我也很快失去了兴趣,他实在太受制于这位宠臣了。

第七章

> 作者得到消息，有人蓄意指控他犯有严重的叛国罪，只好逃到布莱夫斯库——他在那里受到接待

在我继续往下叙述自己如何离开这个国家之前，应该把一桩两个月来一直在进行着的反对我的阴谋告诉读者。

到那时为止，我的全部生活对朝廷来说，还是很陌生的。我地位低微，没有资格知道朝廷里的事。关于君王和大臣们的处世方式，我倒是听说过，也从书上读到过不少。但从来没有想到在这样一个遥远的国度里，它们也会产生如此可怕的影响。我本来以为他们的统治方式和欧洲大不一样。

我正准备去拜访布莱夫斯库的国王，一位在朝廷有相当地位的大臣（一次他触怒了国王，我帮了他的大忙）夜里坐着暖轿十分神秘地来到我的家，没有通报姓名，热切求见。把轿夫打发走，我将这位大人连同轿子放进上衣口袋，吩咐可靠的仆人：如果有人来，就说我很累，睡觉去了。我闩紧门，按平时的习惯将轿子放到桌上，在旁边坐下来。寒暄过后，我发现客人满脸关切，问及原因，他要我耐心听他道来。这是一件关乎我的地位和生命的大事。他的话大致是这样的，我一送走他就赶快用笔记下来了：

"你要知道，"他说，"最近国务会议的几个委员会都极为秘密地商谈着你的事情，不过直到两天前国王陛下才做出了最后决定。

"你也清楚，斯开瑞什·博格兰姆（'葛贝特'，即海军大将）从一开始就是你的死敌。最初原因是什么我不清楚，但自从你大胜布莱夫斯库以后，这种仇恨与日俱增。此事让他这位海军大将很没面子。他与财政大臣弗林奈普（他由于自己夫人的事对你抱有敌意是众所周知的）、陆军大将利

莫托克、掌礼大臣拉尔肯、大法官贝尔莫夫一起准备了一份反对你的弹劾书，指控你犯有叛国和其他重大罪行。"

这段开场白让我听得急不可耐，总想打断他。因为我知道自己只有功没有罪。他要我安静，听他继续讲下去：

"为了感谢你对我的恩情，我冒着杀头的危险，探听到了事情的整个过程，还弄到了一份弹劾书的原文。

对巨人山昆布斯·弗莱斯纯的弹劾书

第一条 大国王卡林·德法·普鲁恩在位时曾制定法律，规定凡在王宫范围内小便者，一律以严重叛国罪论处。当事人昆布斯·弗莱斯纯公然违背该项法令，借口扑灭王后寝宫的火灾，竟以小便灭火，心怀叵测，忤逆不忠，形同恶魔。又擅自进入王宫内院坐卧，不仅违反该项法令，而且越权渎职，等等。

第二条 当事人昆布斯·弗莱斯纯曾将布莱夫斯库王家舰队押来我王家码头，陛下后命其收捕布莱夫斯库所有残余船只，削布莱夫斯库为行省，遣总督统辖，摧毁并斩尽杀绝所有大端派流亡者及该国不愿立即放弃大端邪说之徒。弗莱斯纯系奸诈忤逆之徒，借口不愿违背良心去摧毁一个无辜民族的自由与生命，竟然抗拒洪福齐天尊贵威严的国王陛下的成命。

第三条 布莱夫斯库国遣使臣来我朝廷求和，当事人弗莱斯纯系奸诈忤逆之徒，竟帮助、教唆、安抚、款待该国使臣。当事人明知这些人系最近公然与陛下为敌、向陛下公开宣战的敌国君主之走卒。

第四条 当事人昆布斯·弗莱斯纯不履行忠顺臣民的职责，仅凭国王陛下的口头允许，就准备前往布莱夫斯库。借此口头允诺，当事人背信弃义，意欲前往帮助、安抚、教唆布莱夫斯库国王。如前所述，该国王最近还与我王为敌，公然向陛下宣战。

"还有一些其他条款，这些是我摘录的最重要的部分。

"在关于这宗弹劾案的几次辩论中，必须承认国王陛下还是宽大为怀的，经常提到你的功绩，竭力减轻你的罪过。财政大臣和海军大将坚持将你处死，要在夜里放火焚烧你的房子，让你极其痛苦地死去，落得个可耻的下场；陆军大将要带领两万人，用毒箭射你的脸和手；秘密指使你的一些仆人将你的衬衫、床单洒上毒汁，这样你自己就会抓烂皮肉，被折磨而死。陆军大将也赞成这个观点，所以很长一段时间大多数人都站在不利于你的一面。国王陛下竭力保全你的生命，最后争取到了掌礼大臣。

"关于此事，国王让内务大臣莱瑞索发表意见。大臣一向自认为是你的好朋友，从他发表的意见来看，你对他印象不错还是有道理的。他承认你的罪行很大，但还有值得宽恕的地方，而宽大为怀正是君王最值得赞美的德行，国王陛下正是以此闻名天下。他说你和他是朋友尽人皆知，所以尊敬的阁员也许以为他是在袒护你。不过既然国王要他谈谈他的意见，他就坦率地表示一下自己的意见。如果陛下能顾念你的功劳，慈悲为怀，保留你的性命，他可以下令射瞎你的眼睛。他说依他愚见，这样比较公正，全世界都会为国王的宽容而欢呼，有幸做陛下朝臣的人也会因为秉公办事、宽宏大度而受到称赞。你的眼睛不会妨碍你的体力，这样也许对陛下更有用。再说因为看不到危险，可以更加勇敢。把敌人舰队拖回来时，你的最大困难就是怕射瞎了眼睛。以后你可以由大臣们替你看，最伟大的君王都是这么办的。

"这个建议遭到全体阁员的一致反对。海军大将博格兰姆勃然大怒，站起来说，他真奇怪内务大臣竟然想到要保全一个叛徒的生命。从国家利益来考虑，你所做的一切只会加重你的罪行。你既然能用小便将王后寝宫的火扑灭（提到此事他惊骇不已），也能用同样的方法使大水泛滥，淹没整个王宫；你既然能有力气将敌人的舰队拉回来，一有不满，就能有力量将舰队再拖回去。他还有充分的理由认为，你实际上是个大端派。叛逆总是先在心里盘算，然后才公然付诸行动。所以他以此指控你叛国，坚持应该将你处死。

"财政大臣的意见相同，他指出，为了维持你的生活，陛下的开支已经十分窘迫，几乎到了不能支撑的地步。内务大臣提出的弄瞎你的眼睛的方案，绝非消灭这个祸害的良策，甚至会加重祸害。按照一般情况来看，弄瞎一些家禽的眼睛，只会使它们吃得更快，长得更胖。神圣的国王和阁员就是你的审判官，他们凭着自己的良心完全可以认定你有罪，足以判你死刑，不需要法律明文规定的正式证据。

"但是国王陛下坚决反对处以极刑，仁慈地说，既然阁员们认为弄瞎你

第一卷 利立普特（小人国）游记

的眼睛的惩罚太轻了，那还可以附加其他刑罚。你的朋友内务大臣谦恭地要求再次发言，回答财政大臣反对他的理由。他说，既然财政大臣全权处理国王的财政，应该很容易对付这个祸害。他可以逐渐减少你的供应，因为你的饭量极大，没有足够的食物，你就会逐渐消瘦昏厥，失去胃口，结果是几个月之后枯萎地死去。到时你的体重减轻了一大半儿了，死尸发出的臭气就不会那么危险了。那时五千到六千个老百姓两三天就可以把你的肉割下来，用货车拉走，葬在远远的地方免得传染，留下骨架作为后人瞻仰的纪念品。

"多亏内务大臣的伟大友谊，整个事情才得以折中解决。国王严令，逐步饿死你的计划必须保密，但是弄瞎你的眼睛的判决却写进了弹劾书里，除了海军大将博格兰姆以外，大家一致同意。他在王后的眼里是个人物，所以听从王后陛下的唆使坚持将你处死。自从你用不光彩和不合法的手段扑灭她寝宫的大火后，她一直对你怀恨在心。

"三天以后，你的朋友内务大臣就将奉命到你家向你宣读弹劾书，随后还要表明国王陛下和阁员的宽大与恩典。正是如此，你才只被弄瞎眼睛。陛下以为你一定会感激涕零、低声下气地接受这一判决。接着二十名御用外科医生赶来，保证手术顺利进行。当你躺在地上，他们将用利箭刺进你的眼球。

"如何审慎地采取对策，还是你自己决定吧，一定要避免引起怀疑。我必须赶快像来时一样偷偷回去了。"

这位老爷走了，留下我一个人，满腹疑云，一片茫然。

这位君王和阁员采用了一种惯例（有人跟我说这种惯例和以往不太相同），就是每当朝廷做出一项严酷的判决，不论是为君主泄愤，还是替宠臣报怨，国王总要在全体内阁会议上发表一番演说，表明他的宽容和仁慈，说明他的品质举世闻名，有目共睹。这篇演说会很快刊行全国。没有什么比这种对他仁慈的称颂更让人民恐怖了。因为看得出，这些颂词越夸大，越强调，刑罚越惨无人道，受害者越无辜。说到自己，我必须承认，无论出身或受的教育，我都没有做朝臣的资格。我的判断力不行，一点儿看不出这判决中宽大和恩典的地方，反而觉得（也许是错的）与其说是宽厚，不如说是苛刻。我有时这样想，就去接受审判吧，虽然我不能否认弹劾书上的几条事实，但总希望他们会减轻处罚的。我一生中也曾仔细阅读过许多由国家提出起诉的政治案件的审判，发现到头来都是由法官自以为是地结案了事。在如此关键的时刻，面对如此有权势的敌人，我怕这样的一个决定是靠不住的。一度我又竭力想反抗，我有自由，这个王国的全部力量也敌不了我，我可以轻轻松松地用石块将京城砸得粉碎。但是，一想到对国王宣过誓，他对我的恩德，授予我的"那达克"头衔，我很快就惊惶地打消了念头。我还没有这么快就学会朝廷那种报恩的方法，劝慰自己说，既然国王对我如此严酷，以前那些应尽的义务也就算了吧。

最后，我做出了一个决定。这决定也许会招来一些非议，那倒不一定没有道理。我承认是由于我的草率和没有经验，才保住了眼睛，获得了自由。要是我那时就知道君主和大臣们的本性（这是我后来在许多其他朝廷里观察到的），以及他们是如何对待罪行比我轻得多的犯人的，我就会心甘情愿地服从这么便宜的刑罚了。由于当时自己年轻急躁，又有国王的许可，允许我去朝见布莱夫斯库国王，我就抓住这个机会，趁三天还没有过去，送了一封信给我的内务大臣朋友，说明按照得到的许可，我打算当天早晨去布莱夫斯库。没等他的回信，我就到了舰队停泊的海边，抓了一艘大战舰，在船头系上缆绳，拉起锚，我脱掉衣服，把衣服连同胳膊下的被子扔进船中，然后拖起船，半涉水半游泳到布莱夫斯库的王家码头。那里人们早已盼着我了。他们给我派了两名向导，带我前往首都，首都也叫布莱夫斯库。我把向导拿在手里，直到离城门不到两百码远的地方。我让他们向一位大臣报告我来了，让他知道，我在这里等候国王的命令。大约一个小时后，回信说国王已经率王室成员和朝廷重臣来迎接我了。我向前走了一百码，国王及其随员从马上下来，王后和贵妇人都下了车。看不出他们有什么恐惧和疑虑。我俯卧在地上吻了国王和王后的手，告诉陛下，我是来践约的。征得自己国王的许可，前来拜见这样一位伟大的君主，真是荣幸。我愿用我的力量为他效劳，这与我为自己国王尽力是一样的。我只字未提自己失宠的事，因为到那时为止，我还没有接到正式的通知，完全可以装作对此事一无所知。我已经出了他的势力范围，推想国王是不可能公开那个秘密的，然而不久我就发现自己错了。

我不想劳驾读者听我叙述在宫廷里被接待的细节了，这种接待是和这么一位伟大君王的慷慨气度相称的。我也不想说自己没有房子和床，不得已裹着被子睡在地上的窘境了。

第八章

作者侥幸找到了离开布莱夫斯库的方法，经历一番周折，安全回到自己的祖国

来到布莱夫斯库三天后的一天，我出于好奇沿着这座岛的东北海岸散步，发现一点五海里远的海上有个东西，看起来像一只翻了的小船。我脱下鞋袜，蹚水走了二三百码，见那东西被潮水推着离我更近了。接着看得清清楚楚，真是一条小船。我猜想可能是被暴风雨从大船上吹落的。我迅速返回城里，请求国王从他上次损失后剩下的战舰中，选二十艘最大的借给我，还请求将海军中将率领的三千名水手全部借给我。这支舰队绕道而行，我抄直路回到我先前发现小船的地方。潮水把小船推得更近了，水手们带着我事先拧好的缆绳，缆绳很结实。战舰一到，我就脱下衣服，蹚着水前进。走到离小船不到一百码的地方，我不得不游着往前去。水手们把缆绳的末端抛给我，我将它系在小船前部的一个孔上，又把另一端系在一艘战舰上。可是我发现这些都不管用，因为我的脚够不到底，没法工作。不得已，我只好游到小船的后面，用一只手尽可能推着小船向前。潮水很帮忙，我一直向前游，直到用脚能触到地，这时下巴刚好露出水面。我歇了两三分钟，又开始使劲推。一直到海水只够到我的腋窝。现在最艰巨的工程已经完成，我拿出放在另一艘战舰里的绳索，先将一头系在小船上，另一头系在供我调遣的九艘战舰上。风向很顺，水手们在前面拖，我在后面推，直到我们离海岸不到四十码的地方。潮水退后，我把小船弄出水，在两千人的帮助下，用绳子和机器将船底朝天翻过来，发现小船只是稍稍受了点儿损伤。

我不想把自己遇到的种种困难说给读者听了。总之，我花了十天的时间，制作了几把桨，然后把小船划进了布莱夫斯库的王家码头。那里人山人海，都在等着我的到来，见这么一艘大船，人们不禁万分惊讶。我对国王说，上天赐我这条船真是我的运气，它能载着我去别的地方，说不定从那里我就可以回到自己的祖国了。我请国王下令供应材料让我把船修好，也请他发给我离境许可证。国王先是好心劝了我一番，接着就同意了。

这些日子里我一直纳闷，为什么没有听到我们国王关于我的事情给布莱夫斯库朝廷来过什么紧急文书呢？后来有人悄悄告诉我，国王陛下没想到我会知道他的计划，以为我只是按照他的许可，到布莱夫斯库践约去了，而此事朝廷上下都清楚，几天以后仪式结束我就会回来的。但是我的迟迟不归终于让他痛苦起来，经过和财政大臣以及那一小撮阴谋家商量后，他派遣一名要员带着对我的弹劾状来到布莱夫斯库。这位使臣被引见给布莱夫斯库国王，他申明他的主人的宽宏大度，只不过判了刺瞎我双眼的刑罚，而我却逃脱正义的审判；如果我两个小时之内不回去，将剥夺我"那达克"的称号，宣布我为叛国贼。使臣接着说，为了保持两国之间的和平友好，他的主人希望布莱夫斯库王兄下令将我的手脚捆绑起来遣送回利立普特，以叛国罪受到惩罚。

布莱夫斯库国王和大臣们商量了三天，然后做出答复，其中说了许多请求原谅的客气话。他说，把我捆绑送回去，王兄也知道那是不可能办到的。虽然我曾经夺走过他的舰队，但在议和中我帮过忙，他对此感激不尽。而且两国不久就可以宽心了，因为我在海边找到一艘庞大的船，可以载我出海。他已经下令在我的帮助和指导下修复它。希望几个星期后两国就可以摆脱这么个负担不起的累赘了。

使臣带着这个答复回利立普特去了。布莱夫斯库国王把事情的一切经过都告诉了我，同时告诉我（在极其保密的情况下），如果我愿意继续为他效劳，他将尽力保护我。虽然我相信他的真诚，但我下定决心，只要有可能回避，我不会再和君主、大臣们推心置腹了。我万分感激他的好意，谦卑地请求他的原谅。我告诉他，既然命运赐给我一条船，不管吉凶如何，我都决意冒险出洋了。我不愿意两位伟大的君王为我彼此不和。我倒没发现国王有一丝不悦，后来一次偶然的机会，我发现他对我的决定还挺高兴，大部分大臣也是如此。

这种种考虑促使我决定比原计划提早离开。朝廷中人巴不得我快点儿走,也乐得帮忙。五百名工人在我的指挥下,用十三层最最结实的亚麻布折在一起做成两面帆。我费了很多事,将二三十根最粗最牢的绳子拧在一起,做成小船的缆绳。找了半天,终于碰巧在海边发现了一块大石头,用它做船锚。我弄到三百头牛的油脂,用来涂抹船身和做其他用途。砍大树做船桨和桅杆简直苦不堪言,多亏王家船匠的大力帮助,只让我做粗活,他们再精加工。

一切准备就绪用了将近一个月的时间。我派人向国王请示,准备离开。国王和王室成员出了宫。我匍匐在地上,国王仁慈地伸出手让我亲吻,王后和王子也让我吻了手。国王陛下送给我五十个钱袋,每个钱袋两百块"斯普拉格",还送了我一幅他的全身画像。我怕弄坏,立刻放进一只手套里。告别的仪式太复杂了,所以不必再向读者多啰唆。

我在船上储备了一百头牛和三百只羊的肉,相应数量的面包和饮料以及许多熟肉,都是由四百名厨师事先制作好的。我还带了六头活母牛和两头活公牛,以及六只活母羊和两只活公羊,准备带回祖国去繁殖。为了在船上喂它们,还带了一大捆干草和一袋谷子。我本来还想把十二个当地人带走,但此事国王无论如何不答应,除了对我的口袋仔仔细细搜查以外,

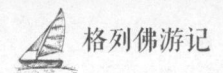

还要我以名誉担保不带走他的任何臣民,哪怕这些人心甘情愿也不行。

就这样尽我的可能准备好了一切之后,我就在一七〇一年九月二十四日早晨六时开船了。向北走了将近十二海里路,这时正刮着东南风。晚上六点钟时,西北方向约一点五海里远的地方,我发现一座小岛。继续向前走,我在岛的避风处抛锚停船。岛上似乎没有人迹。我吃了点儿东西就休息了,一觉睡了至少六个小时,因为我醒了两个小时后天才放亮。那是个晴朗的夜晚。太阳出来后,我吃了早饭,起锚航行。风向很顺,我按照袖珍罗盘的指引,继续沿着昨天的航向前进。我的愿望是只要有可能,我就可以到达范迪门兰东北的一个岛上。那天我什么也没发现,但第二天下午三点来钟的时候,算来那时离开布莱夫斯库已经七十二海里了,我忽然发现一艘正向东南行驶的帆船,当时我正朝正东航行。我大声呼喊,但是没有反应。好在风势渐弱,我发现自己正向帆船靠近。我扬帆前进,半个小时后,那艘船发现了我,扯起了一面旗,还鸣枪示意。没想到我还有希望再次见到我亲爱的祖国和我留在那里的亲人,那样的快乐真是难以表达!那船降帆慢行,就在九月二十六日傍晚五六点钟我终于赶上了它。看到船上的英国国旗,我的心直跳。我把牛羊装在口袋里,带着我所有的货物和给养上了那艘船。那是一艘英国商船,经南太平洋和北太平洋由日本返航。船长是戴普津①的约翰·比德尔先生,很有教养,是个出色的水手。现在我们位于南纬三十度。船上大约有五十人,我碰见一位老同事彼得·威廉姆斯,他对船长夸奖我人不错。这位绅士对我非常友好,想要我告诉他从哪里来,到哪里去,我答了几句,他以为我是在说胡话,经历的种种危险使我的大脑出了问题。我从口袋里掏出黑牛和黑羊,他非常惊讶,这才相信我说的是实话。我又给他看布莱夫斯库国王送我的金币、国王的全身像以及那个国家其他一些稀罕玩意儿。我送给他两袋金币,每个钱袋两百块"斯普拉格",还承诺到英国送给他一头怀孕的母牛和一只怀孕的母羊。

旅行中的细节我就不啰啰唆唆烦劳读者了。总之,大部分还是顺利的。一七〇二年四月十三日我们到达唐兹港②。不幸的是,船上的老鼠叼走了我的一只羊,后来我在一个洞里发现了羊的骨头,肉已经被吃光了。其

---

① 戴普津,印度孟买以北的一个城市。
② 唐兹港,英格兰肯特郡海岸的锚地,在多佛尔东北约十英里。

余的牲畜我安全地把它们带上岸，放牧到格林威治①的一个滚木球场上吃草。那里的草很嫩，它们吃得非常痛快。在漫长的旅途中，我总是担心它们吃不好，活不下来。一旦船长给我几块精致的饼干，我就把饼干研成粉末，掺上水，当作它们日常的食物。在接下来我留在英国不长的一段时间里，我把这些牛羊拿给许多上层人士和其他人看，得到了一笔可观的收入。在作第二次旅行前，我把它们卖了六百英镑。因为自从回来后，我发现它们繁殖得特别快，尤其是羊。但愿这种精细的羊毛能给毛纺业带来好处多多。

我和家人一起只住了两个月，出去再看看异国风光的想法让我待不下去了。我给妻子留下一千五百英镑，在瑞德里夫为她建了一所好房子。其余存货我带走，是一部分现金和一部分物品，希望能给我带来好运。我的大伯父约翰，在易平②给我留了一份地产，每年大约有三十英镑的收入。我又把脚镣巷的黑牛旅馆长年租出去，一年的收入不止三十英镑。所以我一点儿也不担心走后，家人要靠教区接济。我儿子约翰尼，随了叔叔的名字，这时已上小学，很知道上进。女儿贝蒂（现在已经出嫁，有了孩子）那时在家做针线活。和妻子儿女告别时，大家都掉了泪。我上了一艘三百吨载重量的商船，准备前往苏拉特③。指挥这艘船的是利物浦④人约翰·尼古拉斯船长。

关于这次航行的情况，我将在第二卷游记里叙述。

---

①格林威治，伦敦以南的一个市镇。
②易平，英格兰汉普郡的一个城市。
③苏拉特，印度孟买以北的一个城市。
④利物浦，英国西部的商业大港。

第二卷
布罗卜丁奈格(大人国)游记

第一章

一场大风暴的描述——船长派一只长舢板去取淡水,作者也上了这只船,想看看这地方怎么样——他被遗弃在岸上。当地人抓住了他,把他送到一个农民家里。这家人接待了他。就在那里发生了几件大事——描写当地居民

也许是命中注定了要辛辛苦苦一辈子,回家两个月以后,我又离开了祖国。一七〇二年六月二日,我在唐兹上了约翰·尼古拉斯船长的冒险号,准备前往苏拉特。船长是康沃尔郡①人。我们一帆风顺地到了好望角,在那里上岸补充淡水,但是又发现船身漏水,于是只好卸下货物,在那里过冬。船长不幸染上了疟疾,我们只好等到第二年的三月底才离开好望角。重新开始航行后,一直到马达加斯加②海峡,旅程都非常顺利。但是航行到这座岛的北部大约南纬五度的地方,我们遇上了这一海域的西北风。这股风一般风向不变,从十二月初开始,一直持续到次年五月初。四月十九日那天,风变得非常猛烈,比平时的方向偏西,这样一连刮了二十天。我们被吹到了摩鹿加群岛③东部,据船长五月二日的观测,大约在北纬三度的地方。这时风停了,海上出奇地平静。我非常高兴。但是船长凭着在这一带海域航行积累的丰富经验,吩咐我们做好迎接大风暴的准备。第二天,果然刮起了南风,也就是南季节风。

---

① 康沃尔郡,英格兰西南部的一个郡。
② 马达加斯加,印度洋上靠近非洲东海岸的一个大岛。
③ 摩鹿加群岛,印度尼西亚的一个群岛。

说不定大风会狂吹起来，于是我们收起了斜帆，同时准备收起前桅帆。可是天气突变，我们为了谨慎起见，又收起了尾帆。船反正已经离开了航行方向，我们与其小帆前进或下帆随波逐流，倒不如扬帆顺风行进。所以，我们卷起前桅帆，把它收起来，并把前桅帆的下端索拖向船尾。舵转到船身迎风的一面，船就迅速顺风行驶了。我们把前桅落帆索拴在套索桩上，可是帆撕裂了，我们又把帆杠卸下来，把帆放在船里，解掉了上面的东西。这是一场异常凶猛的大风暴，海浪冲击，十分惊险。我们拖住舵柄上的绳索，帮着舵工改变船的方向，让中桅直立着，不准备把它降下来，因为这样航行一直还算顺利。再说中桅在上面，船也比较安全，我们又可以操纵。风暴停了，我们挂起了前桅帆和主帆，把船停下来。接着，我们又挂起了尾帆、中桅主帆和中桅前帆。现在航向是东北偏东，风向西南。我们不能让右舷受风，就放松了迎风转帆索和帆桁挂索，收起下风转帆索，拉紧上风转帆索，把它牢牢拴在套索桩上。又把尾帆上下角索拉过来，改变航路，一路满帆，顺风直行。

这场风暴中，风往西南偏西方向狂吹。估计我们被风吹着向东航行了一千五百海里远，以至船上最年长的水手也说不出我们现在到底在哪里了。船上的储备还可维持，船很坚固，水手们也都很健康，不幸的是缺少淡水。我们认为还是维持原来的航线，不必转向北方航行，那也许会到达大鞑靼①的西北部，驶入冰冻的海洋。

一七〇三年六月十六日，中桅上的一个水手发现了陆地。十七日我们见到了一座大岛或大陆（我们不知道到底是哪里），岛的南岸有一个小的半岛伸入海中，小海湾太浅了，一百吨以上的船只都不能停泊。我们的船在距离小港湾不到三海里的地方抛锚停泊，船长派出十二名武装水手带着桶，乘着长舢板上岸找淡水。我请求和他们一起去，上岸观光观光，看看是不是会有所发现。登陆以后我们发现：岸上既没有河流，也没有泉眼，更无人迹可循。水手们沿岸搜寻着，希望在海边找到淡水。我独自一人往另一方向走出一英里多。到处是光秃秃的岩石，没什么意思，我觉得有些乏味，转回身慢慢往港湾走。抬眼见大海上水手们已经上了舢板，拼命向大船划去。我大声叫他们，但已经无济于事。这时才发现一个巨人在海里

---

① 大鞑靼，指西伯利亚。

迈着大步拼命追赶着他们，海水还不到他的膝盖。我们的船离他一点五海里远，由于海底到处是尖利的岩石，巨人没能追上那条船。这些是我后来知道的。我无心观望这番惊险，赶快沿着刚才返回的那条路奔跑，爬上一座陡峭的小山。在这儿我才得以参观这里的景色。原来这是一片耕地，但最先让我吃惊的是草的高度。在一片像是种着牧草的地里，草有二十英尺高。

我走上一条大路，虽然我这么叫，这条路还只是巨人们去麦田的小径。我走了好半天，也没看到头。快收割了，麦子长得有四十英尺高。我用了一个小时才走到田地的尽头，圈地的篱笆至少一百二十英尺高，树木也都非常高大，估计不出具体的高度。两块地之间有阶梯，四级台阶，最上面一级横着一块大石头。对我来说爬上去是不可能的，因为每一级都有六英尺高，最顶上那块石头有二十英尺多高。我努力想从篱笆上找到一条缝隙，这时发现一个巨人从对面地里向台阶这边走来，个头和我在海边见到的那个一样。他像一座尖塔，每一步我猜都不会小于十码。我又惊又怕，一头钻进麦田里躲起来。他走到台阶上面，回头向右手边说了什么，声音比大喇叭还响。由于是从高处发出来的，起初我以为是在打雷呢。这时七个和他一模一样的巨人从那块地里走过来，手里都拿着镰刀。每把刀有我们的六倍那么大。这几个人的衣着没有第一个那么好，可能是仆人或者劳力。他说了些什么，他们就在我藏身的地里收割起麦子来。我尽可能远地躲着他们，但是行动起来很困难，因为麦秆之间的距离有时还不到一英尺，所以很难挤过去。不过我跑得还是很快，一直跑到被风雨吹成一堆的麦子前，再也跑不动了。麦秆交结在一起，我爬不过去。倒下的麦芒又尖又硬，能刺过衣服扎进肉里。与此同时，我听到收割的人已经离我不到一百码了。精疲力竭、神志沮丧、悲伤、绝望压倒了我。我躺在田埂中间，希望自己这样死掉算了。想着要守寡的妻子和没有父亲的孩子，心中不禁哀叹，后悔自己不听亲戚朋友的劝告，非要再次旅行，真是愚蠢荒唐透顶。激动之余，我不禁想起了利立普特来，那里的人们把我当成这个世界上最大的怪物。在那里我一只手就可以拖走王家舰队，还可以做出其他大事业。这些事情都将被永远载入利立普特的史册。虽然当时为千百万人所见证，他们的子孙后代也很难相信。现在我在这个民族中间，就像孤零零一个利立普特人在我们中间一样。这可能还不是最惨的，因为据说人类的凶残和野蛮是与体格成正比的。这些庞然大物第一次见到我会不会一口吃了我？还是哲学家说得对：没有比较就分不出大小。命运如果这样也许更好，让利立普特人找到这样一个民族，这个民族对利立普特人的尊重，就像利立普特人对我一样。即使眼前这些是如此的庞然大物，说不定世界上某个遥远的地方也会有比他们高大得多的人类，只是我们还没有发现罢了。

　　又恐惧又困惑，我禁不住这样胡思乱想起来。这时，一个收割的人走到离我趴着的地方还不到十码的田埂上，我忽然意识到他再迈一步也许会把我踩死，或者用他的镰刀把我一劈两半。等他再迈步时，我就大声叫起来。巨人停下来，低头四处找了一阵，最后发现我躺在地上。他迟疑了一下，小心翼翼地看着我，像对待一个危险的小动物，生怕被它抓到或者被咬一口。我在英国遇到黄鼠狼时不也是这样的吗？最后他才从我的背后，用拇指和食指捏着我的腰部，为了更好地观察我，把我提起来，放到离眼睛不到三码远的地方。我猜到他的用意，命运告诉我，当他把我拿到离地六十英尺高的地方，一定不能挣扎，虽然他也害怕我滑下去，紧紧捏着我的腰。我抬眼望着太阳，双手合在一起，做出恳求的样子，低声下气地哀求，说着适合自己当时处境的话。因为我知道他随时有可能把我摔在地上，就像我们平时总想把自己厌恶的小动物弄死一样。不过我福星高照，他看来喜欢我的声音和样子，开始好奇地研究我，诧异我竟能发出清晰的人语，虽然他一个字都听不懂。我禁不住呻吟起来，泪流满面，低着头，尽量让他明白，他的拇指和食指夹得我有多么痛苦。他看来理解了我的意思，撩起衣服下摆，轻轻把我放进去，飞快地带着我跑到他的主人那里。他的主人是个殷实的农民，就是我先前在地里见到的那个人。

　　仆人把发现我的经过描述了一遍（我从他们的谈话中猜想），农民拿起一根小草根，手杖一样大小，撩起我的衣服的下摆，看看是不是我天生就有这种外壳，又用嘴吹吹我的头发，好仔细看看我的模样。他叫来身后的人，问他们以前是否在地里见过和我类似的小东西（这是我以后知道的），然后轻轻地把我放到地上，让我趴着。我赶紧爬起来，慢慢地来回踱步，好让他们相信我没有逃跑的意图。他们围着我坐成个圆圈，以便更好地观察我的举动。我摘下帽子，向农民深深鞠了一躬，然后双膝跪下，举起双手，抬起眼睛，尽量大声地说了几句话。我从口袋里掏出装着金币的钱包，低声下气地献给他。农民用手接住，拿到眼前仔细研究，用别针（从他的衣服袖子上摘下来的）的尖头来回拨弄，还是搞不懂这到底是什么东西。我示意他把手放到地上，打开钱包，将金币倒在他的手上，六个西班牙大金币，每个值四皮斯勒①，还有二十到三十个小硬币。我见他用舌头舔舔小指尖，再用指尖拈起一个最大的金币，接着又拈起一个，但是看来很困惑，做手势让我把金币放回钱包，把钱包放回口袋。我向他献了好几次，他都是这样表示，我还是恭敬不如从命。

这次，农民相信我是一个有理性的动物了。不时跟我说话，声音大得像水磨一样刺耳，不过发音很清楚。我尽量大声用各种语言回答，他把耳朵贴到离我不到两码远的地方，也是徒劳，我们彼此根本无法沟通。他让仆人们干活去，从兜里拿出一块手帕，对折后铺在左手上，接着手心朝上放到地上，示意我走上去。只有不到一英尺高，我很轻松就上去了。我想自己只有服从，又恐怕自己掉下去，所以就直挺挺地躺在手帕上。他用手帕裹着我，只露出头部，这样更安全，就这么把我带回家了。他叫来妻子，把我拿出来给她看，她惊叫一声跑开了，就像在英国，女人见了一只癞蛤蟆或蜘蛛一样。但是过了一会儿，她见我举动安详，又能服从她丈夫的手势，渐渐打心眼儿里喜欢起我来。

中午时分，仆人送来了饭。只有一大盘肉（这样的菜和农民的生活比较相称），盘子直径大约二十四英尺。一起吃饭的有农场主、他的妻子和三个孩子，还有一个老祖母。大家围坐起来，农民把我放到离他不远的桌子上，离地板三十英尺那么高。我害怕极了，尽可能远离桌边，生怕掉下去。农民的妻子把一小块肉切碎，又把面包弄碎，用木盘端到我跟前。我向她深鞠一躬，拿出刀叉，狼吞虎咽地吃起来，这让他们大大开心了一回。女主人叫女仆取来一个小杯子，大概能盛两加仑的样子，倒上酒。我用两只手费了好大劲儿端起来，恭恭敬敬地喝下去，并且用英语尽量提高嗓音祝愿女主人身体健康。桌上的人都笑了，声音几乎把我的耳朵震聋了。这酒不难喝，有点儿像淡苹果酒。主人做手势叫我到他的盘子旁边去，我一直惊魂未定（宽容的读者自然会体谅到这点并原谅我的），所以在

---

① 皮斯勒，古时候西班牙的一种钱币。

通过描写格列佛的心理活动，如"生怕""恭恭敬敬""惊魂未定"，以此来正面表现格列佛面对"巨人"时内心的恐惧，又通过描写盘子的大和桌子的高，侧面烘托出格列佛在这些庞然大物面前的恐慌。这又与前面"小人国"中格列佛需要百十号人伺候的场景形成鲜明对比。一大一小的变化，使小说趣味盎然。

桌上走的时候，不小心给一块面包皮绊了个跟头，趴在桌上，好在没伤着。我赶快爬起来，看到这些好人关切的样子，就举起帽子（为了表示礼貌，我把帽子夹在胳膊下），在头上摇了摇，欢呼了三声，以示我没有受伤。但是在我往我的主人（以后我一直这样称呼他）跟前去的时候，坐在他旁边的小儿子，一个十岁左右的小调皮，抓住我的双腿，把我高高拎在半空，吓得我手脚发抖。好在他爸爸一把将我夺过来，随手打了他一个耳光，力量之大能把欧洲的一队骑兵打倒，并呵斥他离开桌子。我害怕男孩记仇，想起我们小时候如何对待麻雀、兔子、小猫和小狗，我就跪下，指着男孩，尽可能让我的主人明白，我希望他原谅这个孩子。父亲照办了，孩子重新回到桌边坐下。我走过去吻了孩子的手，他父亲也拉了他的手，让他轻轻抚摸我。

正吃饭的时候，女主人心爱的猫跳到她的膝盖上。我听到背后一阵声响，简直像十二个织袜工人在工作，一回头，发现是猫在那里打呼噜。女主人一边喂它，一边抚摸它时，我看到了它的头和一只爪子。据我估计，它比一头公牛的三倍还大。虽然我远远站在桌子的一头，离它有五十多英尺；并且女主人怕猫扑过来用爪子抓我，紧紧搂着它，但这畜生的狰狞面孔总是让我觉得不安。好在没什么危险，主人把我放到离它不到三码远的地方，它都没有在意我。常常听人们说，并且旅行中经验也是如此：如果在猛兽面前逃跑或者表现出恐惧，会引得它追逐你、袭击你。因此在这危险关头，我决心要显出毫不在乎的样子，昂首挺胸在猫头前不到半码的地方走了五六个来回。它好像更怕我，把身子缩了回去。对狗我还摸不透，只见三四只进到屋里，像在一般普通农家一样。其中一头獒犬，足有四头象那么大；另一头猎犬，虽然没有獒犬高，但比獒犬大。

午饭快要吃完的时候，保姆抱着个一岁大小的孩子进来了。他一看见我,就大喊大叫起来,声音大得能从伦敦桥传到切尔西①。他像一般孩子一样,呀呀了半天要拿我当玩具玩。母亲溺爱孩子,把我拿起来,递到孩子跟前。孩子抓住我,就把我的头往嘴里放。我大吼一声,孩子吓坏了,一松手把我扔了。如果不是女主人用围裙在下面接住了我,我的脖子肯定会跌断的。保姆用一个铃铛让孩子安静,铃铛是一个中空的盒子,里面装了几块大石头,系在孩子腰上。这也没用,保姆没办法,最后只好喂他奶吃。她的乳房大得吓人,我必须承认从来没有见过比它更让人反胃的东西。我真不知道用什么来比方,才能让好奇的读者对乳房的大小、形状和颜色有个概念。乳房挺着有六英尺高,至少十六英尺长,奶头有我半个头大,再没有什么比奶头的颜色和乳房上面的黑点、粉刺和雀斑更让人觉得恶心了。她坐着喂奶,我站在桌子上,所以看得很清楚。我不禁想起我们英国太太们又白又嫩的皮肤,在我们眼里她们是多么美丽呀。可那只是因为她们和我们身材相当,皮肤上的缺点不易被发现。如果透过放大镜,最光滑、最白皙的皮肤也会变得粗糙不平,颜色难看。

记得在利立普特的时候,那些小人儿的肤色在我看来是世界上最美的。这个话题我还对那里的一位学识渊博、交往密切的朋友谈起过。他说从地上抬眼看,我的容貌比较好看,比较光滑;当我把他托在手上,让他离近看我时,坦白地讲,第一次真把他吓了一跳。他说我的脸上有好多大坑儿,胡子茬比野猪的鬃毛还要硬十倍,皮肤几种颜色混在一起,看起来让人不舒服。这里我应该为自己辩解一句,其实我和我们国家大多数男人一样漂亮,多次旅行也没有被太阳晒黑。另一方面,这位朋友却经常讲起,宫廷里哪位贵妇有雀斑,哪位嘴太大,还有一位的鼻子太大。我是一点儿看不出来。老实说,他的这种感想是很正确的。为了不让读者把这里的巨人想象得丑陋不堪,我不禁想公正地为他们说句话。他们其实是个很标致的民族,特别是我的主人,虽然是个农民,但是我从离他六十英尺的地方看上去,他的相貌是很端正的。

午饭后,主人去监督雇工了。临走时,从他的语气和手势看,嘱咐了一番女主人,让她好好照顾我。我十分疲劳,直想睡觉。女主人看出来了,把我放到她的床上,给我盖上一块洁白的新手帕。手帕比战舰上的主

---

① 切尔西,伦敦西南部的一个区,从伦敦桥到切尔西约有五英里。

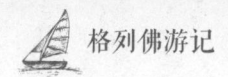
格列佛游记

帆还要大,而且粗糙得多。

　　睡了将近两个小时,我在梦中见到了妻子和孩子们,醒时不觉悲从中来,抬眼又看见自己孤独一人,躺在这么一所阔大的房子里,二百多英尺宽,二百多英尺高,身下的床二十码宽。女主人忙家务去了,将我锁在房里。床离地八码高,一股迫切的生理需要逼得我必须下去。我不敢喊,我这样的声音,就是喊也没有用,因为从我睡觉的房间到这个家的厨房远着呢。正在我前思后想的时候,两只老鼠顺着窗帘爬上来,在床上东闻闻,西嗅嗅,一只几乎踩到我的脸。我吓坏了,抽出腰刀自卫。这些可怕的家伙竟敢从两面夹击,一只用前爪抓住了我的衣领。幸运的是,在它还没伤着我之前,我一刀刺破了这家伙的肚子。它倒在我的脚下,另一只见同伴的下场,转身逃命,背上挨了我一刀,血淋淋地流出来。经过这场搏斗,我在床上慢慢地来回踱步,调整呼吸,恢复精神。这些家伙大得像獒犬,但是行动敏捷得多,凶猛异常。如果睡前我解去腰带,恐怕现在早被撕成碎片,变成老鼠的腹中物了。我量了一下死老鼠的尾巴,差一英寸就两码长。把这家伙的尸体拖下床真让我恶心。血还在流,我发现它还有口气,就在它的脖子上又砍了一刀,让它彻底送了命。

　　女主人没多久就回来了。一进门发现我浑身是血,立刻跑过来,把我拿在手上。我微笑着指指死老鼠,示意我没受伤。她非常高兴,叫女仆用火钳把死老鼠扔出窗外。她把我放在桌子上,我把沾满血的腰刀给她看,又用衣服的下摆把刀擦干净,放回鞘里。我已经被一件事折磨得什么也干不成了,所以极力让她明白,我想下地。她让我下了地,羞耻心让我不知怎样表达,只能指着门,连连鞠躬。费了好大劲儿,好心的女主人终于明白了我的意思,把我拿起来,走到花园里,将我放下来。我走到一边,在两码远的地方,叫她背过头,别跟着我。我在两片酸模叶子之间解决了自己的生理需要。

　　希望尊敬的读者原谅我老是叙述一些琐碎的事情。在没有头脑的凡夫俗子看来这也许没有意义,但对于哲学家来说,却能开阔思路,激发想象,对公众和个人都有益处。这也是我将本篇及其他一些游记公之于众的唯一目的。我不想借助感人的修辞和华丽的文体,只想着重叙述事实。但是这次旅行的情节在我心里留下深刻印象,牢牢记在脑海里,因此写出来没有漏掉一件事情。经过严格校对,我删去了初稿中不太重要的几个章节,怕因为冗长琐碎受到批评。旅行家经常遇到此类非难,其实也不无道理。

第二章

描写农民的女儿——作者被带到市镇上,接着又被带到京城——旅程中的详情

我的女主人有个九岁的女儿,就她那个年纪来说,做得一手好针线活,很会打扮她的娃娃。她和妈妈把娃娃的摇篮收拾好,让我在里面过夜。摇篮放进一个橱柜的小抽屉里,为了防老鼠,抽屉又放在一个吊板上。和这些人相处的时间里,我一直睡在这张床上,随后我开始学习他们的语言,能表达自己的意愿,他们对我逐渐习惯起来。女孩很灵巧,我在她面前换了一两次衣服,她就会给我穿衣脱衣了。不过只要她让我自己穿衣服,我从来不会麻烦她的。她给我缝了七件衬衫和床单一类的东西,虽然用的都是能找到的最精致的好布,不过摸起来却比粗麻布还要粗糙。她经常把这些衣服洗得干干净净,并且成了我的老师,教我学习语言。我不论指着什么东西,她都会告诉我用他们的话怎么说。几天的时间,我就能说出我想要的东西了。她是个和善的小姑娘,身高不到四十英尺,跟同龄的女孩比略微矮些。她叫我"格里尔德瑞格",开始只有这个家的人这样称呼我,后来整个国家的人都知道我这个名字了。这个词和拉丁语的NA-NUNCULUS、意大利语的HOMUNCELETINO、英语的MANNIKIN(矮人、侏儒)一个意思。我在这个国家能够活下来多亏了她的照顾,那段时间我们从来没分开过。我叫她我的"格兰黛克利齐",意思是小保姆。如果我不郑重提到她对我的照顾和关爱,那我真是忘恩负义。我衷心希望能够报答她的恩德。我担心她因为此事失宠,尽管我是清白的,并且出于无奈。

左邻右舍都知道了,传说我的主人在麦田里发现了一头怪物,有"斯

普拉克纳克"大小，外形极像人，会模仿各种动作，能说自己的语言，还会学着说话。两条腿走路，性情温顺，叫他来他就来，叫他干什么他就干什么，四肢匀称，脸色比贵族家的三岁女孩还要白嫩。附近的一个农民，是我主人的好朋友，特意前来打听这件事的虚实。我立刻被请出来，放到桌子上。我的小保姆指挥我走路，让我抽出腰刀上下挥舞，向客人敬礼，用他们的话问好，对客人说"欢迎欢迎"。这个人上了年纪，老眼昏花，为了看得更清楚戴上了眼镜。他的眼睛就像房间窗户上射进来的两轮满月，我实在忍不住大笑起来。他们意识到我为什么发笑以后，也都跟着笑起来。呆头呆脑的老头子有点儿恼羞成怒。他是个出名的吝啬鬼，并且我以后的遭遇证明：这么说一点儿不冤枉他。可恶的老头让主人在赶集的日子把我带到城里去展览。进城骑马要走半个小时，离家大约二十二英里。看到主人和他的朋友在一起嘀嘀咕咕，对我指指点点，我觉察到有些不好的兆头，无意中听到的一星半点儿词句，更增加了我的想象。第二天，格兰黛克利齐，我的小保姆告诉了我事实真相，她是巧妙地从妈妈的嘴里套出来的。小姑娘抱着我，又羞又恼地哭起来。她害怕那些粗俗无礼的农民会伤害我，我也许被碾死也许被他们拿来拿去弄断手脚。她说我的性情那么谦逊，那么尊重自己的身份，把我拿去赚钱，给那些卑劣无比的俗人做玩物，我一定受不了。她还说爸爸妈妈保证过"格雷瑞格"是她的，可是她发现这也许是个和去年一样的把戏。那时他们假装给了她一头小羊，可一等羊儿长肥了，就把它卖给屠夫了。我自己这方面，肯定地说，倒是没有小保姆想得多。不过有个强烈的愿望一直缠绕着我，就是有朝一日我一定要获得自由。被当成怪物，带着四处跑，对我实在是个耻辱。但我只身在一个完全陌生的国度里，就是将来能回到英国，我遭遇的这种不幸也不该受到责备。即使大英帝国的国王遇到我的境况，也会一样悲惨。

我的主人听从朋友的建议，在又一个赶集的日子里把我用箱子盛着带到邻镇的集市上。他的小女儿，我的小保姆坐在车后座上一起跟了来。箱子四边很密封，留了个小门让我出入，还有一些通风孔。女孩很细心地把玩具娃娃的被褥铺在里面，让我躺在上面。虽然只有半个小时的路程，可还是把我给晃坏了，身上感到非常不舒服。因为他们的马迈一步近四十英尺，迈得也高，车就像船在大风暴里上下起伏，不过频率要快得多。走了差不多从伦敦到圣奥尔本①那么远,我的主人在一个他经常落脚的旅店里停下来。和店主商量了一会儿,做了一些必要的准备后,他又雇了个"格鲁特雷德",就是宣传的人,到镇上去宣传,叫大家到绿鹰旅馆去看怪物。怪物比"斯普拉克纳克"(这个国家的一种动物,外形很好看,大约六英尺长)小一点儿,身体各部分极像人,会说话,还能表演各种把戏。

我被放在旅馆一个大房间的桌子上,房间三百英尺见方。小保姆站在桌边矮凳子上,照顾我,指挥我干这干那。我的主人怕观众拥挤,一次只准进来三十个人。女孩指挥我在桌上走来走去,用她知道我能理解的话问我问题,我就尽量大声回答。我几次向观众敬礼,说欢迎他们,还说了一些我学过的别的话。我拿起一个盛了酒的顶针为观众的身体健康干杯,这顶针是格兰黛克利齐给我当杯子使的。我又抽出腰刀,照着英国剑客的姿势挥舞了一会儿。小保姆递给我一节麦秆,我把这当枪舞了一阵,用的是我年轻时练过的把戏。一整天我表演了十二场,他们一再逼着我演出同样的把戏,直到我疲劳厌倦得半死。看过我的神奇表演后,人们大肆宣扬,大家都挤破门地想来看我。我的主人为了自己的利益,除了小保姆谁也不让碰我,在桌子四周用长板凳隔开一段距离,让观众够不到我。不过一个倒霉的学生还是用榛子照着我的头扔过来,差点儿打着我。否则那么大的力量,一定会敲碎我的脑袋,因为榛子足有小南瓜那么大。不过看到这个小流氓被痛打一顿,轰出门去,我也知足了。

我的主人当众宣布,下次赶集还带我来演出,同时给我预备了一辆稍微舒适的车子。他这么做是有道理的,因为第一天的旅途加上八个小时的表演,我累坏了,两条腿几乎站不起来,话也没法说了,至少三天时间我才恢复过来。并且即使在家我也得不到休息,方圆一百英里的绅士听说我的传闻,都赶到主人家看我。当时带着妻子、儿女来看我的不下三十人(这个乡下人口多)。每个家庭我主人都按一屋子的人收费。所以那段时间虽然没有去赶集,一个星期除了星期三我也很少休息,因为星期三这一天是他们的安息日。

我的主人发现我实在有利可图,决定带我到全国各大城市去。准备好长途旅行中必需的东西,安排好家里的事情,他就辞别了妻子,于一七○

---

① 圣奥尔本,伦敦西北约二十英里的一个城市。

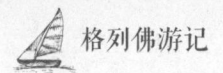

三年八月十七日前往位于这个国家中部，距离我们的家三千英里的首都。那时我来到这个国家快两个月了。我的主人骑在马上，让格兰黛克利齐坐在他身后。她把装我的箱子拴在腰间，抱在膝上。女孩把箱子四壁铺上她能找到的最柔软的棉布，棉布下面垫得厚厚的。她又把娃娃的床放在里面，预备了床单、衬衫等必需品，将一切都安排得十分便利。我们只带了一个伙计，他骑着马驮着行李跟在后头。

  我的主人计划让我在沿途的所有城镇演出，或者去离开大路五十到一百英里的村子里，为大户人家演出，想多挣点钱。一路上很轻松，每天走不上一百五六十英里。格兰黛克利齐为了照顾我，故意抱怨说骑马颠簸得太累了。她经常顺着我的意思，把我从箱子里放出来，让我透透气，看看乡间的风景，不过总是用绳子拴着我。我们过了五六条大河，每一条与尼罗河或恒河相比，都宽阔许多，也深得多。很少有像伦敦桥下泰晤士河那样的小河。这次行程历经十个星期，我在十八个大城市演出，还去了许多乡村。

  十月二十六日，我们到了京城，他们的话叫"劳布拉格鲁德"，意思是宇宙的骄傲。我的主人在离王宫不远的大街上找了个住处，照例先贴出海报，详细描述了一番我的相貌和才能，又租了一间三百到四百英尺宽的大房子，做了一张直径六十英尺的桌子供我在上面表演，距离桌边三英尺的地方加了一条三英尺高的栏杆，提防我掉下去。我一天表演十场，以满足人们的好奇心。现在我已经把他们的话说得很好了，他们对我讲话我也完全听得懂。另外，我还学习他们的字母，能解释一两个句子。这些是格兰黛克利齐在家里，或者来的路上有空时教我的。她带着一本比《三松地图集》[①]大不了多少的小册子，这是一本给姑娘们看的普通读物，上面是一些宗教知识简介。她就用这本书教我认字母、翻译词义。

  [①]《三松地图集》，法国地理学家三松（1600—1667）绘制的地图集，长约二十五英寸，宽二十英寸。

第三章

作者被带到朝廷里——王后从农民手里把他买下来,献给了国王——他和国王的大学者辩论——朝廷为作者准备了一个房间——深得王后的宠幸——为自己祖国的荣誉辩护——和王后的矮子吵架

每天频繁地演出,连续几个星期过后,我的健康状况就不行了。主人从我身上得到的越多,就越变得贪得无厌。我没有一点儿胃口,瘦得成了一副骨头架子。农民看出了这一点,以为我要死了,决定从我身上捞一把。他正在左右盘算的时候,一个朝廷的"沙德瑞尔"(即引见官)命令我主人立刻带我去宫里演出,给王后和宫里的贵妇们解闷。有的贵妇人已经看过我的表演,早把我的美貌、举止和聪慧等情况向她汇报了。王后陛下和她身边的人非常喜欢我的表演。我双膝跪下,请求王后赏脸让我吻她的脚。但是他们把我放到桌上后,尊贵的王后却把小拇指伸给我。我立刻就用双臂抱住,极其尊敬地吻了她的指尖。她大致询问了我的国家和我的旅行情况,我用自己所会的几个词,尽量清楚地回答她。她又问我是否愿意住在宫里。我鞠躬到桌面,谦恭地说:"我是我主人的奴仆。不过如果按照我的意愿,能为陛下效劳,奉献自己的终生,实在是莫大的荣幸。"她接着问我的主人是否愿意把我卖个好价钱。我的主人认为我活不过一个月了,正想摆脱我,就要了一千块金币的价钱。金币当场就点给了他,每块足有八百个葡萄牙金币那么大。不过按照这个国家和欧洲各种东西的比例，他们这么高的价钱，却比不上英国的一千个畿尼①。所以我对王后说："我现在既然是陛下最卑贱的臣仆，请求王后开恩，让格兰黛克利齐留下来为陛下效劳，继续做我的保姆和老师。她总是那么细心仁慈地照顾我，了解我的一切需要。"陛下同意了我的请求，农民也很快答应了，他巴不得自己的女儿进宫呢，可怜的小姑娘也掩饰不住自己的喜悦。我原先的主人要走了，他向我道别，说为我找了个好地方。我什么也没说，只是微微鞠了一躬。

王后发现了我的冷淡，农民离开以后她问到原因，我大胆告诉她："除了我的旧主人偶然在地里发现了我，没有把我这个可怜、无辜的小动物的脑袋打碎，这一点我很感激以外，他再没什么值得我感激的了。他带着我到大半个国家演出，今天又把我卖了这么个好价钱，这一切足以补偿我欠他的恩情了。那种生活实在太艰苦，体力是我十倍的动物恐怕也要累死。每天给那些下流的人娱乐解闷，这种苦差事把我的身体累垮了。如果不是我的旧主人觉得我不行了，他才不会这么便宜把我卖了呢。现在有了伟大陛下的庇护，我再也不怕受到虐待了。陛下您是大自然的造化、世界的宠儿、万众的欢乐源泉、造物主的凤凰。我希望我旧主人的担心是毫无根据的，因为陛下您的感化，我的精力已经恢复。"

我说得结结巴巴，措辞也欠准确，以上只是大致内容。后面的部分是按照他们独特的文体套用的，有的句子是格兰黛克利齐进宫时教我的。

对我言语上的缺陷，王后十分宽容，惊奇我这么个小东西，竟然如此聪慧，有才学。她把我带到国王面前，他刚刚开完内阁会议。国王面容庄重威严，开始没仔细地看我就漫不经心地问王后迷上"斯普拉克纳克"多久了。难怪他这么说，当时我正趴在王后的右手上。但是聪明幽默的王后把我放到写字台上，让我介绍自己的身世，我简单说了几句。站在宫门口的格兰黛克利齐，一刻也不离开我。她被叫进来，证实了我到她父亲家以后的经历。

国王虽然和他的学者一样非常博学，并且擅长哲学研究，特别是数学，不过他仔细看过我的外貌和走路的姿势后，却以为我是哪位富有创意的工匠制造的发条玩具。直到我开口讲话，他听了我的声音，发现我说的

---

① 畿尼，英国的一种金币，值二十一先令。

不仅规范,而且很合情理时,才禁不住大吃一惊。但是我讲了自己是怎么来到他的国家以后,他开始不太满意,以为那是格兰黛克利齐和她父亲合起来教我的,好拿我骗个好价钱。因为这种想法,他又问了我几个其他问题,得到的回答倒还是很合情理。我除了有点外国口音,夹杂着一些我在农民家里学到的乡下土话,语法不太合乎宫廷礼节、不够规范以外,没什么别的缺点。

国王召来三个大学者,根据这个国家的规定,他们这个星期值班。几位绅士对我的外貌好一番研究之后,发表了不同意见。他们一致认为,按照大自然的规律,我是不可能产生出来的。因为我没有生存能力,行动既不敏捷,又不会爬树,也不会挖地洞。他们非常仔细地看过我的牙齿后,认为我是食肉类动物。大多数四足动物都比我强壮,甚至田鼠都比我敏捷。他们想不出我靠什么生活,除非吃蜗牛或其他昆虫。但是他们又提出许多理论证据,证明连这一点我也不可能做到。一个半瓶醋学者认为我是个流产的胎儿,不过这一观点遭到另两个人的反对,因为从我健全精巧的四肢看,我已经有几岁的年纪了,这从我的胡须也看得出来,他们透过放大镜能清楚地看到我的胡茬。他们认为我也不是侏儒,因为我实在太小了,王后最心爱的侏儒,这个国家最矮的小人儿,也有将近三十英尺高。一番争论之后,他

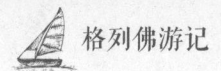

们一致认为我只是一个"雷普拉姆·斯卡盖",字面意思即"天生畸形物"。这种判断方法完全合乎现代欧洲哲学的精神。现代欧洲的教授们蔑视古老的玄秘主义逃避现实的老方法,因而发明了这种解决一切困难的好办法,极大地推动了人类知识的进步。而亚里士多德①和他的门徒们,只是在用老办法竭力掩饰他们的无知。

听了这个决定性的结论,我请求说几句话。我郑重地对国王说,我来自一个国家,那里有几百万像我这样的男人和女人,所有动物、树木和房屋,都和我的身材大小相称。所以在那里我可以自卫,可以找到食物,就像陛下的臣民在这儿一样。这就是我给几位先生的全部答复。对此,他们只是轻蔑地笑了笑,说农民教我教得真好。国王毕竟有些见识,送走了学者,召见了农民。他当时还没有出城。先盘问他一个人,接着让他跟我和小姑娘对证。陛下开始相信我们说的可能是真的了,希望王后吩咐人特别精心地照顾我,让格兰黛克利齐继续留下来负责,因为他看出我们彼此非常要好,宫廷为她提供了一个舒适的房间,派了一位女教师教育她,还有两个仆人做侍女,但照顾我还是她的工作。王后又命令细木匠做了个箱子给我当寝室,式样应事先征得格兰黛克利齐和我的同意。木匠手很巧,在我的指点下三个星期就制作成了一个十六英尺见方、十二英尺高的木箱子,有格和窗,一扇门,两个壁橱,很像一间伦敦式的卧室。天花板上安了两个合页可以升降,王后的装饰工人为我做了张床,从上面放进去,每天格兰黛克利齐亲手拿出去晾一晾,晚上再放进来,然后从上面把我锁住。一个以制造精致小玩意儿著称的细工匠用象牙一类的材料,为我做了两把有后背和扶手的椅子、两张桌子,还有一个给我放东西的柜子。房间的四壁、地板和天花板都垫得厚厚的,防止那些人搬运我的时候粗心大意发生意外或者在马车上颠坏我。怕老鼠闯进来,我要在门上加把锁。铁匠尝试几次后,才为我做成了一把他们见过的最小的锁。就是这把锁也比我在英国一般绅士家门上见到的锁要大。我把这把锁放在口袋里,但格兰黛克利齐把它弄丢了。王后叫人用能找到的最薄的丝绸给我做衣服,不过还是比英国的毯子都厚。刚开始觉得很笨重,后来慢慢习惯了。衣服是按照

---

① 亚里士多德(前384—前322),古希腊哲学家。作者蔑视中世纪的亚里士多德学派,但对亚里士多德本人十分敬重,在第三卷述及。

这个国家的式样做的，有点儿像波斯人的样子，又有点儿像中国人的样子，穿起来端庄大方。

王后非常喜欢我的陪伴，吃饭时也离不开我。在女王的餐桌上她的左肘边，替我放了一张桌子和一把椅子。格兰黛克利齐站在我旁边的一个凳子上照料我，凳子放在地板上。我有一整套银盘子、银碟子和其他餐具，和王后的餐具比起来，比我在伦敦的玩具店里见到的、小孩过家家用的餐具大不了多少。这些东西我的小保姆总是洗得干干净净地装在一个银盒子里，银盒子平时放在她的口袋里，吃饭时我要用就拿出来给我。和王后一起吃饭的只有两位公主，大公主十六岁，小公主那时是十三岁零一个月。王后总是把一块肉放在我的盘子里，让我自己切着吃。她喜欢看着我这个小家伙吃东西，以此来解闷。王后的饭量其实不大，但她一口吃得下十二个英国农民一顿吃的东西，有一段时间让我看了觉着恶心。她咬着一只百灵鸟的腿，足有九只大火鸡那么大，连骨头一起嚼得粉碎；她把一小块面包送进嘴里，也有两个价值十二便士的面包那么大。她用一只金杯喝酒，一口能喝下一大桶（能盛五十二加仑）。她的餐刀是镰刀拉直了的两倍长，勺子、叉子以及其他餐具也和餐刀同样比例大小。记得一次出于好奇，格兰黛克利齐带我到宫里去看人们吃饭，十几副刀叉一齐举起来时，我还从来没见过比这更可怕的景象。

每到星期三（我前面说过，这一天是他们的安息日），国王、王后总是和王子、公主们一起在国王的内宫会餐。现在我深得国王的喜爱，我的小桌椅就放在他左手边的盐罐前面，他愉快地询问我关于欧洲的风俗、宗教、法律、政府和学术的情况。我就尽我所能向他说清楚。国王头脑清晰，判断准确，对我说的一切发表了很聪明的感想和见解。必须承认，一谈到我亲爱的祖国，谈到我们的贸易、海陆战争、宗教派别、政党纷争，我不禁说得多了点儿。国王所受的教育使他成见很深，他禁不住把我托在右手上，用另一只手轻轻抚摸着我，一阵开心的大笑后，问我："那你看我是辉格党还是托利党？"然后转身对手执差不多有王权号①的主桅那么高的白色权杖、一直侍候在他身后的首相说：人类的尊严多么微不足道，像我这么小的昆虫竟然会模仿。他敢肯定我们也有爵位和官衔；把自己的

---

① 王权号，当时英国最大的一艘船。

小巢小洞称为房屋和城市；也会装模作样，穿衣打扮；也会恋爱、争斗、辩论、欺骗和背叛。他这么说着的时候，我气得脸上一阵红，一阵白。我那高贵的祖国原是艺术、军事的权威，欧洲的仲裁人，道德、虔诚、荣誉和真理的中心，世界的骄子，让全世界敬仰的国家，想不到他竟如此瞧不起。

不过就我当时的地位来说，这种侮辱是没有什么值得愤慨的。仔细考虑一下，我开始怀疑自己是否真受到了侮辱。几个月来我和这些人在一起的所见所闻，目光所到之处事物大小非常相称，我最初对他们身躯和面孔的畏惧也消失了。如果现在我见到一群英国的老爷太太衣着华丽，穿着过生日时的衣服，在那里装腔作势，鞠躬行礼，高谈阔论，我会忍不住像这里的国王和达官显贵们对待我一样笑话他们了。王后经常把我托在手上，站在一面镜子前。看到我们两个人照出的全身，我都不禁要笑话自己。这种荒谬的对比实在太强烈了，我真的怀疑自己的实际身高比往日缩小了好多好多。

没有什么比王后的矮子更让我气愤和屈辱了。他是这个国家有史以来身材最矮的人（我肯定他不到三十英尺高），但当他看到还有一个小家伙比他身材还要矮小得多时，不禁傲慢无礼起来。每当我在王后的接待室里，站在凳子上和宫廷里的老爷太太们谈话时，他总是昂首阔步，大摇大摆地从我身边经过，还要说上一两句讽刺我矮小的俏皮话。作为报复，我只能叫他一声大哥，提出挑战要和他摔跤，说上几句诸如此类常挂在侍卫嘴边的俏皮话本是很平常的。一天吃饭的时候，我说的一句什么话惹恼了他，这个坏小子站在王后的椅子上，拦腰抓住我，我当时正好好坐着，没防备。他把我扔进一个盛乳酪的大银碗里，一溜烟儿跑开了。我连头带耳掉进去，如果不是水性好，可能就会吃苦头了。格兰黛克利齐那时刚巧在房间的另一头，王后吓了一跳，不知怎样救我才好。当小保姆跑过来救我，把我捞起来时，我已经吞了一夸脱①乳酪了。他们把我放回床上。除了一身衣服全弄坏了以外，我并没有受伤。矮子结结实实挨了一顿打，为了惩罚他，又逼着他把我在里面打过滚的乳酪喝了。从此以后，他再没有重新得宠。不久，王后就把他赐给了一位名门贵妇，我从此再看不到他了。为此

---

① 夸脱，容量名，等于四分之一加仑。

我非常得意,如果不是这样真不敢保证这个坏小子以后还会用什么恶毒的手段来报复我呢。

在这之前,他也曾用卑鄙的手段耍弄过我,逗得王后大笑不止,不过同时她也真的恼了,如果不是我宽宏大量给他求情,王后会立刻叫他滚蛋。王后从盘子里拿起一根髓骨,敲出骨髓后,又把骨头像以前一样竖立着放回盘中。矮子趁着格兰黛克利齐去餐具架拿东西的空子,爬上她照料我吃饭站着的凳子,双手抓起我,把我两条腿并起来捏紧就往盘子上立着的骨头里塞,一直塞到我的腰部。我卡在那里动弹不得,样子非常狼狈。当时我觉着大声叫喊有失体面,所以将近一分钟以后,别人才发现我这个样子。好在国王很少喝热汤,我的腿才没有被烫着,只是袜子和裤子弄得一团糟。亏了我求情,矮子只挨了顿鞭子,没受到别的惩罚。

因为我胆子小,王后经常问我,是不是我们国家的人们都像我这么懦弱。事情是这样的:夏天这里苍蝇多得烦人,这些讨厌的昆虫每个足有达斯特堡①的百灵鸟那么大,吃饭的时候,不停地在我耳边嗡嗡叫,让我一刻也不得安宁。有时落在我吃的东西上拉屎、产卵,我都看得清清楚楚。当地人却看不到,他们的大眼睛看东西没有我那么敏锐。有时苍蝇落在我的鼻子、额头上,飞快地叮一下,味道很难闻。我能轻易找到它们身上的黏性物质,自然学家告诉我们,正是这种物质使苍蝇能在天花板上行走。它们一落到我脸上,我就受不了,经常手忙脚乱地进行自卫。矮子惯用的伎俩是抓着一大把这种昆虫,像我们小学生常干的一样,突然扔向我的鼻子,故意吓唬我,取悦王后。我的对策是在它们飞舞时,用小刀把它们斩成一段一段,我的敏捷身手让他们佩服不已。

记得一天早晨,格兰黛克利齐跟往常晴天时一样,把我和箱子拿到窗台上透气(我不敢让他们把箱子挂在窗外的钉子上,像我们在英国挂鸟笼那样)。我拉起一扇窗户,在桌子旁边坐下,准备吃块甜饼作为早餐。二十多只黄蜂循着香味飞进了屋子,嗡嗡声比几只风笛奏出的低音还响。有几只飞到甜饼上,把甜饼撕碎抢走了。有的飞到我头上脸上,闹哄哄地缠着我,吓得我就怕挨蜇。好在我还有勇气站起来,拔出腰刀,向空中进攻。杀死了四只,其余的都逃走了。我赶紧关上了窗。这些昆虫有鹌鹑那么

---

① 达斯特堡,伦敦西北三十英里的一个城市。

大。我拔出蜂刺，发现每根有一英寸半长，像针一样尖。我把这些刺小心收好，后来在欧洲各处，我把蜂刺拿出来，和其他一些稀罕玩意儿一起展览过。回到英国后，我把其中三根赠给了格雷欣学院①，自己留下了一根。

人类世界中的小动物，如苍蝇、黄蜂，对格列佛而言竟成了怪兽一般的存在，实在让人发笑。斯威夫特选取生活中的寻常之物，让我们感受到，如果换个角度观察这个世界，竟会变得如此不同，实在幽默有趣！有兴趣的同学可以把沈复的《童趣》找来进行比较阅读，体会变换观察视角带来的趣味。

---

① 格雷欣学院，伦敦英国皇家学会的所在地。

第四章

描写这个国家——修改现代地图的建议——王宫和京城的概况——作者的旅行方式——主要庙宇的描写

现在我想就自己在首都劳布拉格鲁德周围两千英里内的旅游见闻,给读者做一个简短的描述。王后陪着国王出行,从来不出这两千英里的范围。国王去边境视察,她就在原地等他回来,我总是陪在她身边。国王的领土长约六千英里,宽三千到五千英里。因此我不得不得出结论:欧洲的地理学家认为日本和加利福尼亚之间只有汪洋大海实际上是个极大的错误。我一向认为肯定有一片陆地与鞑靼大陆①相平衡,所以他们应该修正地图和海图,在美洲的西北部加上这片辽阔的陆地。我随时准备给他们提供帮助。

这个王国是个半岛,东北部被一座高三十英里的山脉阻断。顶部的火山使人无法翻越。最有学问的人也说不清山那面有什么人居住,或者是否有人居住。其他三面环海。整个国家没有一个海港,河流入海处的海岸到处布满尖利的岩石,海上总是波涛汹涌,没有人敢驾驶哪怕最小的船出海。所以这里的人们与世界上的其他地方完全隔绝,没有任何往来。但是大河里到处都是船只,盛产味道鲜美的鱼。他们几乎不到海上捕鱼,因为海里的鱼跟欧洲的鱼一样大小,不值得捕捞。这一片大陆得天独厚,才能生产出超常大小的动植物,至于原因何在,看来只能让哲学家去解释了。不过有时人们也能捉到个把碰巧撞到岩石上的鲸,老百姓就痛快地大吃一

---

① 鞑靼大陆,指欧洲东部和亚洲。

顿。我知道这些鲸非常大,一个人背都背不动。有时出于好奇,他们用有盖子的大筐把鲸运到劳布拉格鲁德。我在国王的餐桌上见过一条,这也算是一道珍品了。我发现国王并不十分喜欢,大概是这条鱼大得让他恶心吧。不过我在格陵兰①见过一条更大的。

这个国家人口稠密,有五十一座大城市,将近一百个有围墙的城镇,还有许许多多村庄。为了满足读者的好奇心,我就详细描述一下劳布拉格鲁德吧。这座城市被一条河分成了近乎相等的两部分,有八万户人家。城市长三"格隆格朗"(约等于五十四英里),宽两"格隆格朗"半。这是我按国王的命令在王家地图上量出来的,他们特意为我把一百英尺长的地图在地上铺开,我光着脚在上面几次步测了直径和周长,又按比例进行了计算,所以测量结果还是相当准确的。

王宫不是一座规则的大厦,由许多建筑物组合而成,占地方圆七英里左右。主要房间二百四十英尺高,长和宽也都与之相称。国王赐给格兰黛克利齐和我一辆马车,她的女教师经常带她坐车去逛街,逛商店,我也总是坐在箱子里和她们一起去。当然,在我的要求下,小姑娘也经常把我拿出来,放到手上,这样我们从街上经过时,我可以更方便地观察房屋和行人了。估计我们的马车有威斯敏斯特教堂②的大厅那么大,不过没那么高,我也说不太准确。一天,女教师吩咐车夫在几家商店门口停车,乞丐们瞧准机会,拥到马车两边,使我这个欧洲人看到了一次最可怕的景象。一个女人乳房上长了个毒瘤,瘤子大得吓人,上面布满了洞,两三个洞大得我可以很轻松地爬进去,将整个身子藏起来。有一个家伙脖子上长了个粉瘤,

> 在大人国,格列佛所见之人的缺点都被放大了。此处写的这个欧洲女人让人恶心作呕,边读边思考:斯威夫特这样写有什么目的?

---

① 格陵兰,北大西洋和北冰洋之间的一个大岛。

② 威斯敏斯特教堂,伦敦最著名的大教堂,其大厅跨度六十七英尺六英寸,高度接近八十五英尺。

第二卷 布罗卜丁奈格（大人国）游记

比五个羊毛包还大。还有一个安了一双木头做的假腿，每条腿都有二十英尺高。最可恶的情景是那些在他们衣服上爬动的虱子。肉眼我就能清楚地看到这些害虫的腿，比在显微镜下看一只欧洲虱子清楚得多。它们吸人血的嘴跟猪嘴一样噘着，这我还是第一次看到。如果我有合适的工具（可惜丢在船上了），非常想解剖了看一看，虽然那实际上太叫人恶心，我可能立刻会反胃呕吐。

除了我平时外出用的大箱子以外，为了出去旅游方便，王后又下令为我做了个小一点儿的长宽约十二英尺、高十英尺的小箱子。因为另一个放在格兰黛克利齐腿上太大了，放在马车上又太笨重。小箱子还是同一个工匠做的，在整个制作过程中我加以指导。旅行用的小屋是个标准的正方形，三面的正中都开着窗户。每扇窗的外面用铁丝做成的格子拦着，防止长途旅行时发生意外。第四面没安窗户，固定了两个结实的铁环。每当我要外出旅行时，就用一根皮带穿过铁环，将箱子系在带我的人的腰间。遇上格兰黛克利齐不舒服的时候，他们经常把我交给信得过的、稳重诚实的仆人。我或是陪国王和王后出游，或去花园看看，或是去朝廷拜访达官贵妇。大官们不久就开始知道我并且高看我了，我猜想原因主要是他们主子对我的偏爱，而不是我本身的优点。旅途中，我在车里坐烦了，骑在马上的仆人就把我的箱子在腰上系好，放在他面前的一个垫子上。这样我就可以透过三面窗户，饱览这个国家的风光。我在这间小房子里有一张行军床，一张从天花板上垂下来的吊床，两把椅子和一张桌子；床和桌子端端正正地用螺丝固定在地板上，以防被车马颠得东倒西歪。这些震动有时非常剧烈，但由于我在长期的航海生活中已经习惯了，所以并不觉得太烦恼。

每当我想到市镇上看看时，总是坐在我的旅行小屋里，格兰黛克利齐把小屋放在膝盖上，坐着一种这个国家的敞篷轿子，由四个人抬着，后面还跟着两个王后的侍从。人们经常听人说起我，都非常好奇地拥到轿子周围。小姑娘就说好话让轿夫停下来，把我拿在手上好让大家看得更清楚。

我很想看看这个国家的一座重要的庙宇，特别是它的钟楼。据说这座庙宇是整个王国最高的。有一天小保姆带我去了，但老实说，我很失望地回来了。因为从地面到塔尖最高处总共不过三千英尺。想想这些人在身材上和我们欧洲人的差别，庙宇的高度就没有什么值得惊奇之处了。按照比例来说,也根本不能与索尔兹伯里教堂①的尖塔相比(如果我没记错的话)。对于这个国家我终生都将感激不尽,所以我不想贬损它。应当承认,不论这座著名的塔楼高度上有什么缺陷,其美丽和坚固都会弥补它的不足。庙宇的墙壁将近一百英尺厚,用每块四十英尺见方的石头砌成。墙的四周的几处壁龛里,供奉着大理石雕刻的、比真人还要大的神像和帝王的雕像。一个雕像的小手指头掉了,落在垃圾堆里没人注意,我量了一下,发现它正好长四英尺零一英寸。格兰黛克利齐把它用手帕包起来,放进口袋里带回了家,和其他小玩意儿搁在一起。像其他同龄的孩子一样,小姑娘非常喜欢玩这些东西。

国王的厨房实际上也是一座壮观的建筑,拱形屋顶,大约六百英尺高。厨房里的大灶比圣保罗大教堂②的圆顶小十步,后者我回国后特地去量了一次。但是如果我描述一下厨房的炉格子,大锅大壶,烤架上正烤着的大块肉,恐怕没有人相信我的话,至少严厉的批评家认为我有点儿言过其实了,人们经常这样怀疑旅行家。因为害怕受到如此责难,我好像又走到另一个极端。如果有一天,这本书刚好被译成了布罗卜丁奈格语(该王国的人一般称自己的国家为布洛丁耐格),并流传到这里的话,国王和老百姓们就有理由抱怨我侮辱了他们,错误地把他们描写得这样渺小。

国王陛下的养马房养的马一般不超过六百匹,这些马的身高通常在五十四到五十六英尺之间。但是,每逢重大的日子国王出行时,为了显示其威仪,总要有五百匹马组成的警卫队相随。在我看过他的一部分陆军演练以前,我以为这是我见过的最壮观的景象。有关陆军演练的情形,我将另找机会叙述。

---

① 索尔兹伯里教堂,在伦敦西南八十四英里的威尔茨,是英国最高的教堂,高四百零四英尺。
② 圣保罗大教堂,伦敦城内的著名教堂,其圆屋顶宽一百零八英尺。

第五章

作者的几次冒险经历——观看执行死刑——作者表演航海技术

如果不是因为我身材矮小，遇到几次可笑而麻烦的事故，我在这个国家真的生活得很快活。我选几件讲给大家听。格兰黛克利齐经常用较小的箱子带着我去王宫的花园里，有时让我出来，或放在手上，或放在地上让我走走。矮子还在王后身边的时候，一次跟我们一起去花园。小保姆放我下来，我和矮子一起，走到一片矮矮的苹果树下面时，我偏偏卖弄小聪明，开玩笑把他暗示成苹果树。刚巧他们的语言和我们的语言在这方面有相似之处。我走到一棵树下时，这坏小子瞧准机会，在我头上猛劲摇起树来，十几个苹果劈头盖脸砸下来，每个都有布里斯托尔的啤酒桶那么大。我一弯腰，一个苹果一下就把我砸得趴在地上，好在别的地方没有受伤。因为是我惹起的祸端，所以根据我的请求王后饶恕了他。

还有一天，格兰黛克利齐把我放在一片平滑的草坪上玩耍，她自己和女教师到近处散步去了。这时忽然下起了冰雹，我一下子就被砸倒在地上。我倒在地上，冰雹无情地击打着我的全身，就像打来了一阵网球一样。我尽量匍匐前进，脸朝下保护着自己，躲到淡黄色的百里香花坛旁边的一个背风处。我遍体鳞伤，整整十天出不了门。这也没什么值得大惊小怪的，大自然在这里的一切变化都遵循一样的比例，一个冰雹有欧洲的一千八百倍大。这是经验之谈，因为我后来感到好奇，称过冰雹的重量。

就在这个花园里，还发生过一件更惊险的事。那一次。我的小保姆嫌麻烦，没带箱子就把我带了出来。她自以为已经把我放到了一个安全的地方（我常常请求她让我这样，好一个人静静地思考），和她的女教师一起，还有其他几个女伴到花园里别的什么地方玩耍去了。在看不到她，也听不到她的声音的时候，花园总管的一只小白狗不知怎么忽然闯进了花园，在我躺着的地方跑来跑去找东西吃。闻到我的气味，马上跑过来把我叼在嘴上，径直跑到主人那里，摇着尾巴轻轻把我放到地上。我还算运气，这只狗受过良好训练，用牙叼着我，但没伤到我，甚至衣服也一点儿没撕破。可怜的园丁吓坏了，他熟知我，对我也很好。他用两只手轻轻捧起我，问我怎么样了。我吓得喘不过气，一句话也说不出来。几分钟后我才缓过劲儿，他把我安全送到小保姆手里。这时她已经回到离开我的地方，正因为看不到我，叫我也不答应，急得什么似的。为了那只狗，她把园丁大声训斥了一顿。不过事情很快瞒过去了，宫廷里谁也不知道，女孩子是害怕王后生气；事实上，我也不愿意事情传出去，对我也不怎么光彩。

这件意外发生以后，格兰黛克利齐再不让我离开她半步了，一刻看不见也不行。我老早就怕这样的结局，所以我一个人出去时遇到的几件不幸的事都瞒着她。有一次，一只鹞鹰在花园上空盘旋，突然冲向我。如果不是我及时拔出腰刀，迅速跑到枝叶茂密的树架下面，它肯定会把我抓走的。还有一次，我正走到一座鼹鼠刚堆起来的小丘上，一下子掉进了这种动物往外运土的洞里，一直没到了脖子。我这次弄脏了衣服，只好撒个谎替自己掩饰，当时撒的什么谎就不值得再去想了。再就是一次我独自走路，只顾想着我那可怜的英格兰，一下绊倒在蜗牛壳上，摔伤了右小腿。

我一个人独自散步的时候，说不出到底是高兴还是苦恼。小一点儿的鸟儿也根本不怕我，照样在不出一码远的地方蹦蹦跳跳，找着毛毛虫和其他食物，就像周围没有任何生物似的对我视而不见，神态非常安闲。记得一次，一只画眉竟然大胆地从我手上抢走了甜饼，那是格兰黛克利齐给我当早餐的。我有时想试着捉这些鸟，它们竟敢反身扑向我，啄我的手指，使我不敢近前。然后它们又和以前一样若无其事地跳来跳去找毛毛虫和蜗牛了。但是有一天，我找了根很粗的棍子，使出全身力气扔向一只红雀，侥幸一下把它打倒了。我用双手掐住红雀的脖子，得意地提着向保姆跑去。可是这只鸟只是被打昏了，一醒过来就扇着翅膀扑打我的头和两肋。尽管我抓着它，伸直胳膊让它够不着我，可还是一次次想干脆放了它算了。很快，一个仆人过来解救了我，拧断了它的脖子。第二天，王后下令把这只鸟做给我吃了。我好像还记得,那只红雀看起来比英国的天鹅还要大。

侍从女官们经常邀请格兰黛克利齐到她们的房间里去,并且要她带上我一起去,想乘机看看我、摸摸我。她们经常把我从头到脚脱个精光,让我躺在她们的胸膛上,我讨厌她们这样,说实话,她们的皮肤有一股难闻的味道。我不愿说也不想说这些善良的女人的坏话,我极其尊重她们。我想是因为自己个子矮小,所以嗅觉比她们更敏锐。这些漂亮的人儿在她们情人眼里,或者她们彼此之间,一点儿不让人觉得讨厌,就像我们英国这样的人儿一样。她们身上自然发出的味道还可以忍受,要是一喷上香水,我立刻就会昏过去。这使我想起在利立普特的时候,一天天气暖和,我运动了一番,过后一位好友竟然冒昧地说我身上气味很大。虽然我和许多男子一样,并没有这方面的毛病。我想他的嗅觉比我的灵敏,就像我的嗅觉比这里的人灵敏一样。在这点上,我禁不住要为我的主人王后、我的小保姆格兰黛克利齐说句公道话,她们是和英国任何一位小姐太太一样芬芳的。

我的小保姆带我去拜访侍从女官们时,最让我不安的是:她们对我一点儿都不讲礼貌,好像我是个微不足道的生物一样。她们在我面前脱得精光,换上衬衣;把我放到梳妆台上,让我面对她们赤裸的身体。老实说,我一点儿也不感觉诱惑,除了恐怖和厌恶以外,没有什么别的感觉。她们的皮肤看起来那么粗糙不平,颜色不一;离近了会发现她们皮肤上到处是切面包垫板一样大小的黑痣,垂下来的头发比包裹用的绳子还粗,更不用说身上的其他部位了。她们毫无顾忌地在我面前小便,把喝下去的水解掉,每次至少有两大桶(一桶合五十二点五加仑),溺器能盛得下足足三大桶①小便。这些女官中最漂亮的是那个活泼、调皮的十六岁女孩。她有时让我两腿分开骑在她的一个乳头上,还玩许多其他的把戏,请读者见谅,我就不一一详细描述了。但是我感觉十分不愉快,就让格兰黛克利齐编了个借口,再不去见这个女孩子了。

有一天,女教师的侄子来玩。他是位年轻绅士,硬要拉着她们俩去观看执行死刑。罪犯把年轻人的一位好友谋杀了。他们说服了格兰黛克利齐,她很不愿意去,因为她生性善良。至于我,虽然厌恶这种场面,但受

---

① 大桶,能盛二百五十二加仑。

好奇心驱使又想去看,觉得景象一定很不一般。犯罪分子被绑在为此而特意搭建的断头台上的一把椅子里。屠刀有四十英尺长,一下子就把罪犯的脑袋砍了下来。从动脉血管和静脉血管里涌出大量鲜血,血柱喷得很高,就是凡尔赛宫的喷泉①也比不上它。人头落在断头台的地板上,发出砰的一声,吓了我一跳,虽然我站在半英里以外。

王后经常听我说起海上航行的事,而且一见我心情不好,就想方设法为我消愁解闷。她问我会不会使帆划桨,做一点儿划船运动是不是对我的身体有益。我回答说,使帆划桨我都在行。尽管我的正式职业是船上的内、外科医生,但是必要时候也干普通水手的活儿。不过想象不出在他们国家我怎么能够划船,这里的一艘单人小艇也有我们的一流军舰那么大,像我能划的小船在他们江河里是永远也不会有的。王后陛下说,只要我能设计出来,她手下的细木匠就能照样做,她还能为我准备一个划船的场所。那人是一个灵巧的工匠。在我的指导下,他十几天就造出一艘船具齐全的游艇,足足容得下八个欧洲人。船造好之后,王后十分高兴,把船抱在怀里就去见国王。国王随即下令把船放到一只盛满了水的水箱里,并把我放到船上让我试试。可是地方太小了,我无法使用两把小桨。好在王后早就想出了另外一种办法。她吩咐细木匠做了一个三百英尺长、五十英尺宽、八英尺深的木头水槽,水槽外面涂上沥青以防漏水。那个水槽就靠墙放在王宫外殿的地上。靠近槽底的地方有一个水龙头,以便水臭了可以放出来,然后两个仆人用不了半个小时就可以将水槽重新注满水。我经常在里面划船消遣,也给王后和贵妇们消愁解闷。我划船的技术很好,动作也灵巧,让她们看得非常开心。有时我张起帆,贵妇们就用扇子来助我一阵大风,这时候我只须掌舵就行了。她们扇得疲倦的时候,就让几名侍从用嘴吹气推动帆前进,我则随心所欲,时而向左,时而向右,卖弄我的掌舵本领。每次划完船,总是由格兰黛克利齐把我的船拿到她的房间,挂在钉子上晾干。

进行这种运动我只出过一次事故,那次差点要了我的性命。一位侍从把船放进了水槽,这时照管格兰黛克利齐的那位女教师多管闲事,把我拿

---

① 凡尔赛宫的喷泉,指凡尔赛宫的"海王池",是法国国王路易十四在十八世纪初叶修建的。喷泉喷水高达七十四英尺。

起来要放到船上，可我不知怎么竟从她的手指缝里滑落了。真是不幸中的万幸，我被这位好太太胸衣上的一根别针挡住了，要不我一定会从四十英尺的高空跌到地上。别针的针头从我的衬衣和裤带中间穿过，把我吊在半空，一直到格兰黛克利齐跑过来才将我救下来。

一位仆人每隔三天负责给我的水槽换一次新水。他一时大意，没发觉竟把水桶里的一只大青蛙倒进了水槽。青蛙一直躲在水底，后来他们把我放到船上了，青蛙见有了个可以休息的地方，就爬上船来，把船弄得直向一边歪。我只好把全身的重量靠到另一边来维持船的平衡，不让船翻了。青蛙上船后，一跳就有半个船身远，接着就在我的头上跳来跳去，把可恶的黏液弄得我脸上、衣服上到处都是。它那肥大的模样，可以说是一切动物中最难看的了。但是，我要求格兰黛克利齐让我一个人对付它。我用桨狠狠地打了它一顿，最后才逼得它跳出了小船。

不过我在这个王国经历的最危险的一件事是一只猴子弄出来的。这只猴子是御厨的一位管理员养的。那次格兰黛克利齐有事到别处去了，也许她是去看什么人，就把我锁在了她的小房间里。天气很暖和，房间的窗户都开着，我住的那只大箱子的窗户也开着。因为这只箱子又大又方便，我经常住在里面。当时我正安安静静坐在桌旁沉思，忽然听到什么东西从小房间的窗口跳进来，接着就在房间里从这头跳到那头。尽管我十分害怕，可还是壮着胆子向外看了一眼，不过，我坐在那里没敢动一动。接着我看到了那个顽皮动物，它在那里上蹿下跳，一刻不停，最后跑到了箱子跟前。它见到箱子似乎又惊又喜，从门口和每个窗口向里张望。我躲到房间（木箱子）最远的角落里，可是猴子从四面向里探头探脑，吓得我惊慌失措，竟没想起来可以躲到床底下，这我本来很容易就可以办到的。它龇牙咧嘴还吱吱叫，过了好半天终于发现了我。它从门口伸进一只爪子，像猫逗老鼠玩一样。尽管我躲来躲去，最后还是被它抓住了上衣下摆（上衣是用本地布料做的，又厚又结实），把我拖了出去。它用右前爪抓起我来，就像保姆给小孩喂奶似的把我抱着，就跟我在欧洲见过的猴子抱小猴的姿势一模一样。我越挣扎，它就抓得越紧，所以觉得还是顺从的好。相信它把我当成一只小猴子了，因为它不时用另一只前爪轻轻抚摩我的脸。正玩得高兴，小房间的门口传来一阵响动，似乎有人开门，这打断了它的兴头。它立刻蹿上原先进来的那个窗户，用三只爪子走路，腾出来那只爪子抱着我，从窗台穿过导水管和檐槽，一直爬到邻屋的房顶上。猴子抱我出去的一刻，我听见格兰黛克利齐一声尖叫。那可怜的姑娘快要急疯了。王宫的这一带闹闹哄哄，仆人们赶着去找梯子。宫里好几百人都看见那猴子坐在一个屋脊上，用一只前爪像抱婴儿一样抱着我，用另一只前爪喂我，把从嘴部嗉袋里挤出的食物硬塞进我的嘴里。我不肯吃，它就轻轻拍打我，惹得下面许多人哈哈大笑。我想这也不该怪他们，因为看见这样子，除了我以外毫无疑问谁都会觉得好笑的。有几个人往上扔石头，想把猴子赶下来，可这种行为立刻被严令禁止，要不然我早已脑浆迸裂了。

这时候梯子架好了，好几个人爬了上来。猴子见情况不妙，几乎被人包围住了，而三条腿毕竟跑不快，就把我放到屋脊的一片瓦上，自己逃掉了。我在离地三百码的高处坐了半天，时刻担心被风刮下来，或者自己头晕目眩，从屋脊一直滚到屋檐下。多亏我的保姆的一个跟班，一个诚实可靠的小伙子爬了上来，把我装到他的马裤口袋里，安全地带到了地面。

那猴子硬塞进我喉咙里的脏东西差一点儿噎死我，亏了我亲爱的小保姆用一根小针从我嘴里帮我挑出一些，我又呕吐了半天，这才大大减轻了我的痛苦。不过我还是很虚弱，那可恶的畜生捏坏了我的腰，使我不得不在床上躺了两个星期。国王、王后及宫里所有的人每天派人来探望我的病。王后陛下在我卧病期间几次亲自看望我。猴子被杀死了，上面还下令，宫里以后不准再饲养这种动物。

康复之后我去觐见国王，向他谢恩。我经历的这番惊险让他大大开心了一回。他开着玩笑问我：我在猴子爪子底下都想了些什么，喜不喜欢它给我吃的东西，喂我的方式怎么样，房顶上的新鲜空气是不是很开胃。他还想知道，在我自己国家遇到这种情况，我会怎么办。我告诉这位君王，我们欧洲不出产猴子，大多数猴子都是当稀罕物从别的地方买来的。猴子的个儿都很小，要是它们袭击我，我一个人就能对付十几只。至于我最近遇到的那只可怕的畜生（确实有一头大象大小），如果不是我当时吓坏了，没想到拔出我的腰刀（我说着的时候，手拍着刀柄，样子很可怕），当它把爪子伸进屋子时，我真应该给它一下子，把它砍伤，好让它比伸进来还快地把爪子缩回去。我说这些话时语气坚决，就像一个人唯恐别人不相信他的勇气似的。可是我的这番话只是引起一阵哄堂大笑。侍从们虽然在国王面前毕恭毕敬，也忍不住笑起来。这件事使我想到，人要是处在一个任何人都比他强大得多、任何人他都无法与之比拟的环境里，还要妄自尊大，是一种多么徒劳的尝试呀。回到英国以后，对一些像我这样不自量力的人我还真没少见呢。不是也有一个卑鄙小人，出身既不高贵，容貌也不出众，既少才智，又无常识，竟然自高自大，将自己与英国最伟大的人物相提并论吗？

我每天都给朝廷上下提供几个笑料。格兰黛克利齐虽然极其爱我，但每每我做了一点点儿傻事，她认为可以讨好王后，都会立刻告诉她，极力讨得王后的欢心。一次，女孩感觉不舒服，她的女教师便带她坐车跑了一个小时的路，到离城三十英里以外的一个地方去呼吸新鲜空气。她们在那里下了车，走到一块田地的小径上。格兰黛克利齐放下我的旅行箱子，让我出来走走。路上有一堆牛粪，我想跳过去显显身手。不幸的是，一跳跳得太近了，正好落在牛粪中间，膝盖以下都陷了进去。我费了半天劲才蹚着走出来。我浑身污秽，一个跟班用他的手帕费力地把我揩干净。我的保姆一路上只好让我待在箱子里。王后不久就知道了此事，跟班也很快把这件事传播开来。一连几天大家都以我为笑柄乐个不停。

> 讲完这个故事之后，格列佛跳出来议论了一番，这有什么用意呢？

第六章

作者讨好国王和王后的几种方法——他展示自己的音乐才能——国王询问有关英国的情况,作者对他进行了描述——国王发表意见

每周我有一两次参加国王的早朝,经常看见理发师给他剃须,那情景刚开始确实有点儿吓人,剃刀看起来有普通镰刀的两倍长。按照这个国家的习俗,国王陛下一周只刮两次胡子。一次我说服理发师,让他把刮下来的肥皂沫给我一点儿,我从里面拣出四五十根粗硬的胡子茬,找来一块好木头,削成梳子背的形状,又向格兰黛克利齐要来一根最小的针,在梳背上等距离地钻上一些洞。我用刀把胡子茬斜着削尖,做成了一把十分好用的梳子。我原来那把梳子齿儿断得太多,几乎不能用了,这把梳子做得非常及时。我也知道这个国家不会有哪个工匠手艺那么精巧,能照着原来那把的样子给我另做一把。

这使我想起一件好玩的事情来,我把许多空闲时间都花在了那上面。我请王后的侍女为我收集王后梳子上的头发,一段时间我还真积攒了不少。我和一位木匠朋友(他是奉命给我做零碎活的)商量了一下,他在我的指导下做了两把和我箱子里的椅子一样大小的椅子框架,在我设计的椅背和椅面上用细钻头钻了很多孔。我用选出来的最粗的头发穿过小孔,按照英国藤椅的式样编织起来。椅子做成了,我把它们当作礼物送给了王后。王后将椅子放在房间里,常常当稀罕物拿给别人看。见了的人也确实个个都啧啧称奇。王后要我坐到一把椅子上去,我坚决拒绝了,坚持说我绝不能把我身体上最不体面的部分放到这些珍贵的头发上,那可是曾在王

后头上增添过光彩的呀!由于我一向具有机械方面的才能,我又用这些头发做了一只约五英尺长的好看的小钱包,并且用金线把王后的名字绣了上去。求得王后的恩准,我把钱包送给了格兰黛克利齐。不过说实在的,钱包中看不中用,几个大点儿的钱币它就吃不住了。所以格兰黛克利齐除了装点儿女孩喜欢的小东西以外,什么都没敢往里放。

国王喜欢音乐,宫廷里经常开音乐会。他们经常带我去,把我放在箱子里,再把箱子放到桌子上听演奏。但是声音太大,我几乎听不出什么曲调。就是将英国皇家军队所有的锣鼓和号角放在你的耳边同时吹打,也赶不上这里的声音。我一般让他们把我的箱子挪到离演奏者尽量远点的地方,再关上门窗,拉上窗帘。后来我发现他们的音乐并不难听。

年轻时我会弹一点儿古钢琴。格兰黛克利齐的房间里就有一架琴,一个老师一周两次来教她弹奏。我之所以叫它古钢琴,是因为它和古钢琴有相似之处,弹奏的方法也一样。我忽发奇想,可以用这种乐器给国王和王后演奏英国曲子。但这实在太难了,因为这架琴将近六十英尺长,每个琴键都有一英尺宽。所以我伸开双臂才只能够着五个键,并且琴键下去要

用拳头猛砸才行,这样实在太费力了,也没什么效果。我想出了这么个办法:准备了两根和普通棍棒差不多大小的圆棍,一头粗一头细,粗的一头我包上一块老鼠皮,这样敲起来既不损伤琴键表面,又不影响音乐。钢琴前面放上一个长凳,比琴键大约低四英尺。他们把我放在长凳上,我斜着身子飞快地在上面跑过来跑过去,用手里的两根圆棍该敲哪个键就猛敲哪

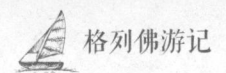

个键,这样交替着演奏了一首快步舞曲,两位陛下听得都非常满意。但是这对我来说,实在是生平做过的最剧烈的运动了,即使这样,我每次也只能敲到十六个键,结果就不能像艺术家那样同时奏出高音和低音,这也是我表演时的最大缺憾了。

我以前说过,国王具有出色的理解力,经常吩咐人把我连箱子带到他的房间,放到桌子上,然后让我从箱子里拿出一把椅子,在箱子顶上离箱子边三码的地方坐下来,这样我就和他的脸在一条水平线上了。我们以这种方式交谈过多次。有一天我直言不讳地对他说,他对欧洲及世界上其他地方表现出的蔑视,似乎与他具有的杰出智力不大相称。人的头脑并不和身高成正比。相反,在我们国家,我们注意到,身体最高的人头脑并不发达。其他动物像蜜蜂、蚂蚁和那些比它们大得多的动物比起来,更具有勤劳和聪明灵巧的好名声。陛下怎样看我并不重要,我倒是希望有生之年为陛下做一些让你刮目相看的事情。国王专注地听我说着,渐渐开始对我产生了从未有过的好感。他希望我尽可能准确地叙述一下英国政府的情况,虽然君王一般都喜欢他们自己的制度(他从我以前的谈话中推想,别的君王也是这样的),但如果有什么值得借鉴的,他倒也乐意听听。

敬爱的读者,你们替我想想,此刻我多么希望自己能有德摩斯梯尼[1]或西塞罗[2]的口才呀!那样我就可以用适当的方式,歌颂自己祖国的丰功伟绩,表达对祖国国泰民安、世运昌盛的赞美。

我首先告诉国王,我们的领土包括两个岛屿,三大王国,由一位君主统治,另外,我们在美洲还有殖民地。说到我们的土地多么肥沃,我们的气候如何宜人,我详详细细地讲了好半天。然后我又详尽描述了英国议会的设立情况。议会的一部分由一个著名的团体组成,叫上议院。它的成员血统最高贵,承袭最古老、最富足的祖传产业。我接着说道,这些人在文武方面都一直接受特殊的教育,使他们生来就有资格做国王和国王的辅佐;使他们能帮助国家立法;能成为一切上诉都得到处理的最高法庭的法官;能具有勇敢、正直和忠诚精神,随时准备充当捍卫国王及王国的战士。他们是王国的荣耀和保障,是盛名远扬的祖先的好后代。他们的祖先

---

[1] 德摩斯梯尼(前384—前322),古希腊政治家、演说家。

[2] 西塞罗(前106—前43),古罗马政治家、演说家。

因其美德而享荣耀,子孙后代因此而兴旺不衰。除此之外,上议院还有一部分神职人员,享有主教头衔,他们的主要职责是管理宗教事务,负责带领教士向人民传教。这些人是由国王及其最英明的谋士,在全国范围内,从生活最圣洁、学识最渊博的教士中选拔出来的,他们确实是教士和人民的精神领袖。

议会的另一部分是被称作下议院的一个集体,成员都是些重要的绅士。由人民自由选举产生。这些人才能出众,热爱国家,代表了整个国家的智慧。上下两院组成欧洲最严正的议会,整个立法机关就由他们和国王一起掌管。

我接着说到法庭。法官们都是些德高望重、精通法律的人,他们主持审判,对人民的权利和财产纠纷作出判决,同时惩罚罪恶,保护无辜。我还提到我们节俭的财务制度,提到了我们海陆军队的勇猛和成就。我先估计每个教区或政党约有几百万人,然后计算出全国的总人口。我也没有忽略我们的体育和娱乐,以及任何一件我认为能够增加我们祖国荣耀的琐碎的事。最后我对英国近百年来的主要事件做了一番简短的历史的叙述。

我被召见了五次才谈完这些事,每次几个小时。国王从头至尾听得非常认真,不时就我说的做做笔记,要问我的问题也做成备忘录。

这几次长篇谈话之后,国王第六次召见我。他一边对照笔记,一边逐项提出他的疑点、质问和不同意见。他问,我们用什么方法培养年轻贵族的身心?他们在早期最应该接受教育的时期做些什么?如果哪家贵族绝了嗣,采取什么办法补充议会里的空缺?那些就要被封为新的贵族的人应当具备哪些必备的条件?会不会由于国王一时心血来潮,或者给哪位宫廷贵妇或首相一笔贿赂,或者违反公众利益,阴谋加强一党的势力,就能使这些人一跃成为贵族?这些新贵族对本国的法律知识了解了多少?怎样获得这些知识?如果没有其他办法必须上法庭时,他们是如何处理同胞的财产纠纷的?他们是否从不贪婪、偏私、受贿,不会搞阴谋诡计?我说的那些神职人员是否总是因为对宗教事务具有渊博的知识,生活非常圣洁,才得以提升到那样的高位?难道他们做普通牧师时从未趋炎附势?从未奴颜婢膝地在某些贵族门下充当卑贱无行的牧师?选进议会后他们难道就不对贵族的意志百依百顺吗?

他还希望知道,选举那些我称为下议院的人,是否需要什么伎俩?一个外来户，腰包里有的是钱，是否就可以做些活动让村里选民投他的票，而不选自己的地主或邻近最值得考虑的绅士？人们为什么那样强烈地要往议会里挤呢？我承认这事又麻烦又很费钱，没有薪金和年俸的人会因此弄得倾家荡产。这表面看起来像是大家品德极高，有为公众服务的精神，但国王却怀疑那是不是总是出于至诚。他还想知道这些热心的绅士会不会想到牺牲公众利益来迎合一位软弱、邪恶的君主或一个腐败内阁的意志，从而使自己破费的金钱和经历的麻烦得到补偿。他还提出了很多问题，并且就各个部分对我逐一提问，大量的疑点和异议我不好也不便在此复述了。

关于我谈到我们法庭的情况，国王希望知道几点。这一方面我能很好胜任，因为我从前曾打过一场历时很久的官司，花了很多钱才得到判决，差点儿弄得倾家荡产。他问我：裁决一个案子一般需要多长时间？要花多少钱？如果判决明显不公正，或故意为难人，或欺压一方，辩护人或原告有没有申请抗辩的自由？教派或政党是否被发现对执法公正有影响？那些替人辩护的律师是否受过衡平法常识的教育？他们是否只了解一省、一国、或者其他地方性习俗？律师或者法官们认为自己有任意解释法律的自由，那他们是否也参与起草法律？他们是否有时会为一桩案件辩护，一会儿又反驳这桩案件，他们会不会援引判例以证明出尔反尔的意见依然有理？律师这帮人是富人还是穷人？他们为人辩护，发表意见，是否得到金钱方面的报酬？特别是，他们能否被选为下院议员？

他接着对我国的财政制度进行攻击。他说，他觉得我的记忆力不行了，因为我算出我们的税收每年在五百万到六百万，可是我提到的各项支出，他发现比这多出一倍还多。这一点他记录得特别详细。因为他本来是希望了解一下我们的做法或许对他是有用的，计算时不会被人欺瞒。但是，如果我说的是真的，他就不明白了，一个国家怎么会像私人那样超支呢？他问，谁是我们的债权人？我们到哪儿弄钱还债？听我说到耗资巨大的大规模战争时，他非常吃惊，说我们一定是个好争吵的民族，要不四邻就都是坏人，而我们的将军一定比国王还来得阔气。他问，我们除了进行贸易、订条约，或者出动舰队保卫海岸线以外，在岛国之外还有什么事情？最令他不解的是，他听我说起一个正处于和平时期的自由民族还要到国外去招募一支常备军。他说，既然统治我们的是我们自己认可的代表，他不明白我们还要怕谁，要和谁去战斗。对此，他愿意听听我的意见：一个家由自己或子女家人来保护，难道不强似花少许薪饷到街上胡乱找几个流氓来保护？这些流氓把全家人杀了，不就可以多赚一百倍的钱吗？

我通过计算几个教派和政党的人数来推算全国的总人口。他笑话我这种计算方法，称这种方法为"离奇的算术"。他不明白这种政治为什么要强迫那些对公众怀有恶意的人要么改变自己的主张，要么使他们的观点公之于众，而不让他们把自己的主张隐瞒起来。任何一个政府，要是它强迫人改变自己的意见，那就是专制；而任人公开自己对大众有害的意见又意味着软弱，因为尽可以让人在衣橱里私藏毒药，却不能让他拿毒药当兴奋剂去四处兜售。

他说，在我们的贵族绅士的各种娱乐中我说到了赌博。他想知道，他们大致从什么年龄开始玩这种游戏？玩到什么时候才收手？玩这要花掉他们多少时间？会不会玩到倾家荡产？邪恶堕落的人会不会因为玩的手段高明而变成巨富，以至我们的贵族老爷有时也得仰人鼻息，终日与下流人为伍，完全不思上进？赌输之后，贵族老爷们会不会也去学那些卑劣手段并用之于他人？

他对于我诉说的近百年来我国的大事记感到十分惊讶，不以为然地说，那不过是一大堆阴谋、叛乱、暗杀、大屠杀、革命和流放，是贪婪、党派纷争、虚伪、背信弃义、残暴、愤怒、仇恨、嫉妒、淫欲、阴险和野心所能产生的最恶的恶果。

国王又一次召见我时，不厌其烦地对我所说的一切扼要地总结了一下。他把他提出的问题和我的回答进行了一番比较，接着把我拿在手上，轻轻抚摩着我，发表了这样一席话，这番话连同他说话时的神态我永远忘不了："我的小朋友格里尔德瑞格，你对你的祖国发表了一篇最为堂皇的颂词。你已经十分清楚地证明：无知、懒惰和腐化有时也许正是一个立法者必备的唯一条件；那些有兴趣、有能力曲解、混淆和逃避法律的人，才能最好地解释、说明和应用法律。我想你们有几条规章制度原本还说得过去，可是那一半已经废除了，剩下的也全被腐败政治所玷污和抹杀了。从你所说的一切来看，在你们那里获取什么职位似乎都不需要什么道德，更不要说人要有美德才能封爵了。教士升迁不是因为其虔诚或博学；军人晋级不是因为其品行或勇武；法官高升不是因为其廉洁公正；当上议会议员不是因为其爱国，参政大臣也不是因为其智慧而分别得到升迁。至于你，"国王接着说，"一生中大多数时间在旅行，我非常希望你迄今为止还没有沾染你们国家的许多罪恶。但是，从你所叙述的和我费了好大劲儿才从你嘴里挤出的回答来看，我不得不得出这样的结论：你的同胞中，大部分人是大自然从古至今容忍在地面上爬行的小小害虫中最有害的一种。"

第七章

  作者热爱祖国——他提出一项对国王非常有利的建议竟遭到拒绝——国王对政治一无所知——这个国家的学术很不完善，而且范围狭窄——该国法律、军事和国内政党的情况

  因为我热爱祖国，所以就不能把我的故事的这一部分隐去不说。当时我就是表示愤慨也是枉然，换来的总是一阵嘲笑。我只好耐着性子，听凭别人对自己高贵而可爱的祖国进行莫大的侮辱。我真的感到非常痛苦，无论哪位读者处在我这样的场合一定也会非常痛苦。但是这位国王偏偏又特别好奇，对于每件琐碎的事情都要问个明白。要是我不尽量答复得使他满意，我就是知恩不报，就是失礼。不过我还可以为自己辩白的是，我巧妙地避开了他的许多问题，对于每一个问题的回答，严格地讲都比事实不知要好多少倍。我总是对自己祖国有所偏袒，这是一种值得称颂的美德。哈立卡那修斯的狄奥尼修斯①就劝说历史学家多说祖国的好话，这一点是很有道理的。我决心掩饰祖国在政治方面的缺陷和丑陋，竭力宣扬她的美德和长处。在和这位国王的多次谈话中，我曾尽最大努力这样做，但是不幸没有成功。

  但是我们还应该多多原谅这位国王，他和世界上的其他地方完全隔绝，对其他国家的最常见的风俗人情全然不知。由于这种无知才产生了许多的偏见和狭隘的思想。如果把住在这样遥远地方的一位君主的善恶观念当成全人类的标准，那一定是令人难以接受的。

---

①狄奥尼修斯（？—约前8），古希腊历史学家和修辞学家。

为了证实我说的话，进一步说明狭隘的教育产生什么样的悲惨结果，我在这里插进来一段令人简直难以相信的叙述。为了讨好国王获得更大的宠幸，我告诉他：三四百年前，有人发明了一种调配的粉末。一点儿火星落到一堆粉末上，哪怕这堆粉末高得像座山，也会立刻燃烧起来，烈焰腾空，声音和震动比打雷还厉害。根据管子的大小，把一定量的这种粉末塞进铜管或者铁管里，就可以射出一枚铁弹或者铅弹，那股力量又快又猛，什么也阻挡不住。用这种方法将最大的弹丸打出去，不仅可以立刻消灭一支军队，而且可以将最厚的墙夷为平地，可以将载有一千名士兵的船只击沉。如果把所有的船用链子穿在一起，弹丸能穿过桅杆和船索，将几千人拦腰炸断，把一切消灭干净。我们常常将粉末装进空心的大铁球里，用一种机器把大铁球向我们正在围攻的城市发射出去，准会把道路炸断，把房屋炸得粉碎，碎片四处纷飞，所有走近的人都会被炸得脑浆迸裂。我知道这种粉末的成分，那是一种很便宜、很普通的东西，我也知道配制的方法，并且可以指导工人制造出和陛下王国的事物大小相称的炮管，最长不超过两百英尺。只要二十到三十根这样的炮管，装进适量的粉末和铁球，就可以在几个小时内摧毁领土内最坚固的城墙。如果京城的人民胆敢违抗陛下的旨意，甚至可以将整个京城炸毁。我谨将这一计策献给国王陛下，略表寸心，来报答我多次受到的恩典和庇护。

国王听到我谈论这种可怕的机器和我提出的建议，却大为震惊。他很诧异像我这么一个卑微无能的昆虫（借用他的说法）竟有如此不人道的念头，并且说得这么随随便便，似乎将这种毁灭性的机器所造成的流血和破坏的结果看得很平常，丝毫无动于衷。他说，最先发明这种机器的人一定是魔鬼之流、人类的公敌。至于说到他自己，他坚决地说，虽然没有什么比艺术或自然界的新发现更令他愉快了，但他宁愿抛却半壁江山，也不想参与这样一件秘密。他命令我，要想保全性命，就永远不要再提此事了。

死板的教条和短浅的目光就产生这样奇怪的结果！这位君主具有种种令人尊敬、爱戴和敬仰的品质，具有卓越的才能，无穷的智慧，高深的学问，治理国家的雄才，也受到人民的拥戴；只因为有一种毫无必要的顾忌，竟将已经到手的机会轻易失去了，这真是我们欧洲人想不到的。如果抓住这个机会，他就会成为自己属下人民生命、自由和财富的绝对主宰。我这么说丝毫不想降低这位卓越君王的种种美德。我很清楚，在这一点上，英国的读者可能会因此小看这位君王的品德。我认为他们有这种缺陷是因为无知，他们至今还没能像欧洲一些比较精明的才子将政治发展成一门科学。我记得很清楚，有一天我和国王谈话时偶然提到，关于政府这门学问，我们已经写过几千本书。完全出乎我的意料，这竟使他轻视我们的智慧。他说一切矫揉造作、阴谋诡计都叫他厌恶和鄙夷，不管这是出于一位君王，或是一位大臣。他既没有敌人，也没有敌国，所以他不明白我说的国家机密是什么。在他看来，治理国家的知识范围很小，那不外乎常识和理智，正义和仁慈，从速判决民事、刑事案件，以及其他一些不值一提的简单事项。他还提出这样的建议：谁能使原本生产一串谷穗、一片草叶的土地长出两串谷穗、两片草叶来，谁就比所有政客更有功于人类，对国家的贡献就更大。

这个国家的学术十分贫乏，只有伦理、历史、诗歌和数学等几个门类。应该承认，他们在这几方面的成就是很卓著的。他们的数学仅仅用在有益于生活的事情上，用在改良农业和一切机械技术上，所以在我们看来是不足称道的。至于什么观念、本体、抽象、先验，我却无法将哪怕一点点概念灌输进他们的大脑。

他们的字母表上一共就只有二十二个字母，他们的法律条文也没有一条的字数超过这个数目。实际上，仅有很少几条法律有这么长。他们的法律都是用最简洁明白的文字写成，这个国家的人民也没那么聪明，能在条文里找出一种以上的解释；同时对任何法律条文妄加解释都要处以极刑。至于民事诉讼或刑事审判的程序，他们的判例很少，所以两方面都没有什么值得夸耀的特别技巧。

他们记不清从何时起就和中国人一样有了印刷术。可他们的图书馆并不大，大家都认为国王那一个最大了，才不过一千多卷藏书，陈列在一个一千二百英尺长的长廊里。我可以从那里自由借阅我喜爱的图书。王后的细木匠在格兰黛克利齐房间里设计制造了一个二十五英尺高的木机械，像一个立着的梯子，每层踏板五十英尺长。这实际上就是个可以挪动的梯子，梯子底端离开墙壁十英尺。我将要看的书斜着靠在墙壁上，先爬到梯子的最顶端，脸对着书，从一页书的顶端看起，按照书上一行的长度，从右到左移动八到十步，直到我的视线不能再低了，我就下来一层一直到最底下一层。之后我再爬上梯子，用同样的方法开始阅读另一页。遇到翻页

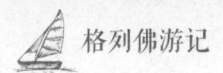

的时候，我必须用双手才行，因为书页像纸板一样又厚又硬。最大的对开本书籍的书页长短也没有超过十八到二十英尺的。

他们的文章风格清丽、雄健、流畅，但是并不华丽，因为他们最忌堆砌不必要的辞藻，最忌使用各种不同的说法。我仔细研读过不少他们的书，尤其是关于历史和道德方面的书籍。其他方面的书，我最喜欢老是摆在格兰黛克利齐卧室里的一本小小的旧书了，那是格兰黛克利齐的女教师的，这位老成持重的太太喜欢阅读关于道德和宗教的著作。这本书论及了人类的弱点，除了在妇女和俗人中外，并不怎么受人推崇。不过我却很想知道这个作家关于这样的题目能有什么样的论述。作者讨论的是欧洲道德学家常常议论的各种主题，指出人本身是个多么渺小、卑鄙、无能的动物，既不能抵御恶劣的天气，又不能抵挡凶猛的野兽；其他动物，论气力、论速度、论视力、论勤劳，各有所长，都远远胜过人类。他又说，近代世界一切都在衰败，连大自然都退化了。跟古时候的人类比起来，现在的大自然降生的只能是些矮小的早产儿。他说：不仅原始的人种比现在大得多，而且从前确有巨人存在，他认为这种说法是合理的；因为不但历史和传说都有记载，在全国各地发掘出来的巨大骨骼和骷髅，都足以证明原始人类超过现在瘦小的人类。他认为，自然规律绝对要求我们刚开始时长得更为高大，更为强壮，那么房上掉下一片瓦，小孩扔过来一块石头，或失足跌进一条小溪这样的意外就不至于使我们送命。根据这种推论，作者提出了几条对人生处世有用的道德法则，在这里就不必加以转述了。至于我自己，不由得在心里想，这种因与自然发生争吵而吸取道德方面的教训的才能，天底下倒是都一样。但事实上，人们也只是发发牢骚，口出怨言罢了。经过严密的调查，我认为他们和自然的争吵，也和我们一样，都是毫无根据的。

至于他们的军事，他们夸耀说国王的陆军有步兵十七万六千人，骑兵有三万两千人马。我们称它陆军也很勉强，实际上这支军队是由各个城市的手艺人和乡下农民组成的，指挥官由贵族和乡绅担任。他们不领薪饷，也不受赏赐。他们的操练无可挑剔，纪律也很好，不过我却看不出有什么了不起的优点。既然每个农民都由自己的地主指挥，每一个市民都由本城的领袖统率，这些领袖又都是照威尼斯①城的规矩那样选出来的，他们怎么

---

① 威尼斯，意大利北部的一个城市。

会违反纪律呢？

我经常看到劳布拉格鲁德的民兵整队到城郊一片面积二十平方英里的广场上去操练。总人数不会超过两万五千名步兵，六千名骑兵。但是我无法计算出确切数目，因为他们占的地盘太大了。骑士骑在大战马上约有九十英尺高。我见过一整队这样的骑兵，一声令下，同时抽出剑来，在空中挥舞。我简直想象不出用什么来描绘这样壮丽辉煌、惊心动魄的场面！看起来就像万道闪电同时在天空中向四面八方耀射。

我倒觉得奇怪，既然任何外国和这个国家都无路可通，这位君王为何想到军队，或者为何教导人民进行军事训练呢？但是不久之后我就通过谈话和阅读历史知道了其中的道理。原来几十个世纪以来，他们也犯了全人类的通病：贵族争夺权势，人民争取自由，君主则要绝对的专制。无论王国的法律把这三个方面协调得多么好，总会有一方出来破坏法律，由此酿成的内战不止一次。最近的一次内战由当今国王的祖父平定了。于是三方达成共识，今后设置民兵团，严格执行它的职责。

第八章

国王和王后巡行边境——作者随侍——他详述离开这个国家的细节——他回到英国

我总是禁不住强烈希望自己有一天能恢复自由。虽然我还想不出用什么办法,也提不出一个能够实现这个愿望的计划来。我搭乘的那艘船据说是第一艘漂流到这一带海岸附近的船。国王严格下令,什么时候再发现一艘这样的船,一定要将它俘虏上岸,所有水手和乘客要装进囚车运到劳布拉格鲁德。他一心要给我找一个和我一样高矮的女人,来为我传宗接代。可是我宁愿死也不想遭受这样的耻辱,留下后代像温顺的金丝雀一样让人养在笼子里;也许到时候,还会被当成稀罕玩意儿卖给各地的贵人。我的确受到优待,是伟大国王和王后的宠臣,整个朝廷的人也都喜欢我,但是我所处的地位却有损人类的尊严,我也永远忘不了被撇在家乡的妻子儿女。我想跟自己可以平等交谈的人们生活在一起,在街上和田地里走路,用不着害怕自己会像青蛙或小狗一样被人踩死。但我没有想到获救如此迅速,获救方式也不同寻常。这件事的全部经过我要在这里如实叙述出来。

我在这个国家已经待了两年。大概在第三年年初时,格兰黛克利齐和我陪同国王和王后到王国的南部海岸巡行。我还和往常一样,让他们把我放在旅行箱里带着。这箱子我以前描写过,是一个长宽约十二英尺、很舒适的房子。我要他们用丝绳系在房顶的四角给我安了一张吊床。有时我让骑马的仆人把我放在他前面,这样可以减轻颠簸。一路上,我经常睡在吊床上。在屋顶上稍稍偏离吊床的位置,我吩咐细木匠开了一个一英尺见方的天窗,好让我热天睡觉时透透气。窗上有一块木板,顺着一道槽可以来回拉动,这样我就可以随时关上天窗。

我们的行程结束时,国王觉得最好还是到弗兰夫拉斯尼克的行宫去住几天。弗兰夫拉斯尼克这座城市距离海岸不到十八英里。格兰黛克利齐和我都很疲倦了,我有点儿着凉,可怜的小姑娘病得门都出不了。我很想去看看大海,要是有什么机会,这是我唯一可以逃生的地方了。我装作病得很重,要带一个仆人去海边呼吸呼吸新鲜空气。我很喜欢这个仆人,有时他们也把我托付给他。我永远忘不了格兰黛克利齐是怎样才勉强答应的,也永远忘不了她一再嘱咐仆人要小心照看我。她当时流了那么多眼泪,好像多少已经预见到将要发生的一切。仆人提着我的箱子出了行宫,走了大约半个小时,来到海边的岩石上。我让他放我下来。我把一扇窗户推上去,惆怅而忧郁地对着大海张望。我觉得不大舒服,就对仆人说我想在吊床上打个盹儿,希望那样会好一点儿。我爬上吊床,仆人怕我受凉把窗户关紧。我很快睡着了。后来所能猜测到的是:我睡着了,仆人以为没有什么危险,就到岩石中间找鸟蛋去了。因为我先前看见他四处寻找,并且真在岩缝里捡到一两个。就算这样吧。我忽然惊醒,感觉箱子上的铁环被人猛力扯了一下。那个铁环原是为了方便携带装上去的。我觉得箱子被人高高举在空中,然后以极快的速度向前飞奔。开头的震动差点儿把我从吊床上掀下来,不过接着就平稳了。我尽量提高嗓门大喊几声,但毫无用处。我从窗户看出去,除了天空和云彩以外,什么也看不见。我听到头上有翅膀扇动的声音,才开始意识到自己的悲惨处境。原来是一只鹰叼着箱子上的铁环,打算像对付缩在壳里的乌龟一样,把箱子摔在岩石上,再啄出我的肉身,把我吃掉。这种鸟非常机灵,嗅

觉也灵敏,从老远的地方就能发现猎物,即使它们躲在比我这两英寸厚的木板更安全的地方也没有用。

过了一会儿,我觉得翅膀扇动得越来越快,箱子摇摇晃晃像刮风天的路标牌子一样。我听到几声碰撞的声音,想是那只鹰受到了袭击(我现在完全肯定用嘴衔着箱子上的铁环的一定是只鹰)。接着,我猛然感觉自己直往下掉,这样过了大约一分多钟,速度之快令人难以置信,我差点喘不过气来。忽然啪的一声巨响,我不再下降了,那声音我听起来比尼亚加拉大瀑布①还要响。随后又是一分钟,我的眼前一片黑暗。接着箱子又重新漂起,我从最上面的窗户见到了光亮。这时我才发现自己是掉进了海里。箱子浮在水面上,由于我的体重加上箱子里盛的东西,还有为了使箱子牢固而钉在箱盖四角和箱底的厚铁板的重量,使箱底浸在水里大约五英尺。我那时就这样猜想,现在也这样认为,大概有两三只鹰也想分到一块甜点心,就来追赶这只衔着箱子的鹰,这只鹰为了自卫,不得不扔下我同它们搏斗。箱子底下钉的铁板最坚固,所以箱子下落时得以保持平衡,撞在水面上也没有跌得粉碎。箱子的接缝处咬得很严实,门也不是用铁合页钉上去的,而是像窗户那样能够推上拉下,所以我这小屋关得严严实实,一点儿水没有漏进来。因为缺乏空气,我都快要闷死了。我就先冒险拉开箱顶上那块透气用的活动木板,这才非常吃力地从吊床上爬下来。

这时候我多么希望能和格兰黛克利齐在一起,我离开她才不过一个钟头呀!说句心里话,我自己虽然正遭遇着不幸,但还是不禁为我可怜的保姆伤心。她失去了我一定会非常痛苦,王后一生气,她这辈子就完了。许多旅行家也许还不曾遭遇过我这么大的困难和痛苦。在这危险时刻,我随时担心我的箱子会被撞碎,一阵狂风一个巨浪也至少会将它掀翻。只要窗玻璃上有一道裂口,马上就会要了我的命。幸亏窗户外边安着结实的铁线格网,那本来是用来防止旅行时发生意外的,要不窗玻璃哪还保得住?我看到有几处缝隙已经开始渗水,尽管进来的水不多,我也尽量设法将漏缝堵住。我无法推开箱子盖,要不然我一定会打开它,坐到箱子上去,那样我至少可以多活几个小时,总比这么关着要强。可是,就算我在一两天里躲过了种种危险,到头来除了饥寒交迫悲惨地死去,我还能指望别的什么

---

① 尼亚加拉大瀑布,在美国靠近加拿大的边境上,是世界上最大的瀑布。

呢？我在这种处境下度过了四个钟头，时时刻刻以为自己死到临头。我也确实希望自己死掉算了。

我已经告诉过读者，箱子没有开窗的一面安着两个结实的铁环，经常骑马带我出去的仆人就从铁环里穿进一根皮带，把箱子绑在他腰间。我正在发愁，忽然听到，至少我以为听到了，箱子安着铁环的一侧嘎嘎作响。我马上想到有什么东西在海水里拖着箱子向前走，因为我能感觉出拖曳的力量。激起的浪花几乎淹没了窗顶，差不多又使我陷入黑暗。虽然我不明白到底是怎么回事，但这还是给了我一线获救的希望。我冒险拧开了把椅子钉在地板上的螺丝，将椅子挪到正对天窗的下面，再用螺丝把椅子固定好。我爬上椅子，把嘴尽量凑近窗口，用我懂得的各种语言高声呼救。接着我又把手帕系在我随身携带的手杖上，伸出窗外，在空中摇动了好几下。要是附近有什么船只，水手们就会猜到箱子里面关着个倒霉鬼。

我发现自己所做的一切都没有什么效果，但是我分明觉得箱子在向前移动。过了一个小时，或者更久一些，箱子安着铁环没有开窗的一面撞在什么硬东西上。我担心是礁石，这时感觉比以前颠簸得更厉害了。我清楚地听到箱子盖上有响动，像是缆绳穿过铁环的轧轧声。接着我发现自己一点点地往上升，至少比原来升高了三英尺。我又把手杖连着手帕伸出去，大声呼救，直喊到嗓子都快嘶哑了。我的喊叫有了反应，我听到外面大叫了三声，这真叫我欣喜若狂，只有亲身体验才会懂得这种快乐。这时我听到头顶上有脚步声，有人用英语对着窗口喊："下面有人吗？快说话呀！"我回答说我是英国人，命运不济，遭遇了人类从未遭遇的大灾难。我说尽了好话，求他们快把我从这个暗牢里救出去。上面的声音回答说，我现在安全了，因为我的箱子已经拴到他们的船上；木匠马上就来，在盖子上锯一个大洞就可以把我拉出来。我回答说，这是不必要的，也太浪费时间，只要一个水手用指头钩住铁环，把箱子从海里提到船上，放到船长室去就行了。他们中间有人听我这样胡说，以为我是个疯子；还有人大笑起来。我绝对没有想到在我周围的人全和我一样身材，体力也差不多。木匠来了，几分钟就锯了个四英尺见方的缺口。接着放下一个小梯子，我爬上去，就这样被他们弄到了船上。此时我的身体虚弱极了。

水手们一个个都非常惊奇，问了我无数问题，我却无心回答。见到这么多矮子，我同样非常吃惊，因为这么长时间以来，我的眼睛已经习惯了刚刚离开的巨人们,所以就把这些人当成矮子了。船长托马斯·威尔柯克斯是个诚实可敬的施罗普郡①人,见我快要晕倒了,就把我带到他的船舱里,给我吃了强心药,让我安定下来。他让我睡在他的床上,劝我休息一会儿,这正是我最需要的。我在睡去之前告诉他,我的箱子里有几件贵重家具,丢了未免可惜,有一张漂亮的吊床、一张好看的行军床、两把椅子、一张桌子,还有一个柜橱。小屋的四壁都挂着,也可以说垫着绸缎和棉花。如果他叫水手去把我的箱子拿进舱里,我可以当面打开,把我的家当拿给他看。船长听见我说些稀奇古怪的话,以为我定是疯了。不过(我想他当时是为了使我安定下来),他还是答应按照我的要求吩咐他们去办这件事。他来到甲板上,派了几个人到我的小屋里,把我的东西都搬了上来,并且把墙上的衬垫也扯了下来(这些是我后来知道的)。但是椅子、柜橱和床都是用螺丝固定在地板上的,水手们不知道,硬扯了起来,全都弄坏了。他们又敲下几块木板,拿到船上用。想要的东西全拿光后,他们就把空箱子扔进了海里。因为箱底和四壁全是裂缝,箱子马上就沉到了海底。说真的,我很高兴没有亲眼看见他们的破坏行动,不然,相信那一定会使我感慨万端,一件件往事会涌上心头,而这些事我宁愿忘掉。

我睡了几个钟头,但是总睡不安宁,不断梦见我离开的那个地方和刚刚躲开的种种危险。不过一觉醒来,我觉得精力大为恢复。这时大概是晚上八点钟。船长以为我好长时间没吃东西了,就立即吩咐给我开饭。他很和蔼地招待我,觉得我态度并不粗野,说话也前后连贯。房间里只剩下我们两人的时候,他要我把旅行的情况告诉他,说说我是怎么乘坐那只大得惊人的木箱子在海上漂流的。他说,中午十二点左右,他正拿着望远镜瞭望,忽然在远处发现了那东西,还以为是一艘帆船,心想离开他们的航线不远,可以赶上前去,因为船上存的饼干已经快吃完了,希望能买到一些。船靠近了才发现他错了,就派人坐了长舢板去看看到底是什么东西。水手们回来都非常害怕,发誓说他们看到了一座漂流的房屋。他笑他们说傻话,就亲自坐了小船去看,同时吩咐水手随身带上一根结实的缆绳。当时风平浪静,他绕着我划了几圈,发现了我箱子上的窗户和保护窗户的铁线格网,又发现一面是整块木板,没有透光的地方,上面却有两个铁环。

---

① 施罗普郡,英格兰西南部的一个郡。

第二卷 布罗卜丁奈格（大人国）游记

他于是吩咐水手划到那一面，用缆绳拴住一个铁环，叫他们把我的柜子（这是他的话）往大船那儿拖。拖到船边后，他命令再拴一根缆绳到箱顶的铁环上，利用滑车把箱子吊起来。可是水手们一齐动手也只抬高了两三英尺。他说，看见我把手杖和手帕从洞里伸出来，就断定一定有什么不幸的人被关在里面了。我问最初发现我的时候，他和水手可曾看见天上有没有大鸟。他回答说，我睡觉的时候，他和水手们谈过此事，一个水手说他看见三只鹰朝北飞了，不过没说它们比普通鹰大。我想那一定是因为它们飞得太高的缘故。他当时猜不透我为什么会提出这样的问题。我接着问他，他估计我们离开陆地有多远了。他说据他最精确的计算，至少有三百海里。我告诉他，他几乎多算了将近一半的路程，因为我掉到海里的时候，离开我来的那个国家还不到两个小时。听我这么一说，他又以为我脑子有毛病了，暗示我是神经错乱，劝我到给我预备好的船舱里去睡觉。我告诉他，他待我这样好，又和我做伴，我早已恢复过来了，跟平时一样神志清醒。他这时严肃起来，说想坦率地问我一句，是不是我犯了什么大罪，受到哪国君主的处分，他们把我丢到那个柜子里面，就像别的国家对待重罪犯一样，不给食物，给他一条破船，流放到海上去漂流。他说虽然懊悔搭救了一个坏人上船，不过还是说话算数，等到了第一个港口就送我平安上岸。他接着说，我一开始对水手们胡说八道，后来又对他讲什么关于小房子、柜子之类的胡话，加上吃晚饭时神情、举止都很古怪，他觉得我越来越可疑了。

我请求他耐心听我讲一讲自己的故事。我就把我最后一次离开英国直到他发现我时为止的经历老老实实说了一遍。事实总是能说服懂道理的人。这位诚实可敬的先生有几分学问，头脑也很清楚，马上就相信我是坦诚的，说的是真话。但为了进一步证实我说的话，我求他吩咐人把我的柜橱拿进来，柜橱的钥匙还在我的口袋里（他已经把水手们怎么处理小房子的情形告诉了我）。我当着他的面打开柜橱，把我在那个国家收集的那点珍奇玩意儿拿给他看。说来真怪，我竟然能够从那里被救出来。这里面有我用国王的胡子茬做的一把梳子；还有一把也是同样材料，只不过装在王后剪下的拇指指甲上，我拿它做了梳子背；还有一些缝衣针和别针，长度一英尺到半码不等；四根黄蜂刺，像细木匠用的平头针一样粗细；几根王后梳头时掉下的头发；一枚金戒指，这是有一天王后格外恩赐给我的礼物，她从小指上取下，套在我头上像项圈一样。为了报答船长对我的款待，我请他收下这枚戒指，可他坚决拒绝了。我又拿出亲手从一位侍从女官脚上割下的鸡眼给他看，鸡眼有肯特郡①出产的苹果那么大，非常坚硬。回到英国后，我把它挖空做成了一只杯子，并且用白银镶了起来。最后我请他看了我当时穿在身上的紧身裤，那是用一只老鼠的皮做成的。

无论我送他什么他都不肯接受。只是有一颗仆人的牙齿，我见他十分好奇地端详，觉得他非常喜欢，就硬劝他留下。他千恩万谢地接受了，这么一件礼物其实不值得这样道谢的。那是一位技术笨拙的牙医从格兰黛克利齐一位害牙疼的仆人嘴里拔下来的，实际上是拔错了，它和嘴里其他牙齿一样是好好的。我把这颗牙洗干净放进柜橱。牙齿大约有一英尺长，直径四英寸。

船长听了我一番简单明了的叙述十分满意。他说希望我回到英国后，能够出一部书公开发表。我回答说，我认为我们的游记已经出版太多了，如果没有什么特别的内容就不可能有任何成就。所以我怀疑一些作家为了名利，或者为了博得无知读者的欢心，根本不考虑什么真实性。我的游记里只有普普通通的事，没有别的。我不会像大多数游记作者那样，笔下尽是些花、木、鸟、兽，或者未开化民族的野蛮风俗、偶像崇拜等华而不实的描写。尽管如此，我还是非常感激他的好意，并答应他考虑写书的事。

他说，有一件事他觉得很奇怪，就是我说话的声音为什么那么响。他问我是不是那个国家的国王和王后耳朵有点儿聋。我告诉他说，两年多来我一直习惯了这样大声说话。我也觉得很奇怪，他和水手们说话就像耳语，可我又听得很清楚。在那个国家里，我说话就像一个人站在大街上对着从教堂尖塔的窗子里向外探望的另一个人讲话一样。除非他们把我放到桌子上，或者托在什么人的手里，声音才不必那么响。我告诉他，我还注意到另外一件事，就是我刚上船时，水手们围着我站着，我还以为他们是我平生见过的最不起眼的小人儿呢。真的，我在那个君王的国土上时，两眼已经看惯了大东西，一照镜子就受不了，因为相比之下实在自惭形秽。船长说我们一块儿吃饭的时候，他发觉我看什么东西都带着惊奇的目光，好像总忍不住要笑。他当时觉着莫名其妙，只好以为我有点儿精神失常。

---

① 肯特郡，英格兰东南部的一个郡。

我回答说他说得很对。我当时觉得奇怪，菜盘只有三便士银币大小，一条猪腿不够一口吃的，酒杯还没有胡桃壳大的，这叫我怎么受得了。我接着又用同样的方式把他的其余家用器具和食品形容了一番。我在侍奉王后时尽管她盼咐人给我预备了一整套小型日用品，可我一门心思只留意周围的大东西，就像人们对待自己的错误一样，对于自己的渺小故意视而不见。船长很能领会我这善意的挖苦话，就引用了一句古老的英国谚语来回敬我，说他怀疑我的眼睛比肚子还大，因为他发现我虽然饿了一天，胃口却并不怎么好。他又开玩笑说，他愿意出一百英镑看看大鹰叨着我的小屋，再从高空把它丢进海里的情景。那一定是惊心动魄的奇观，值得写下来传之后世：这显然可以跟法厄同①的故事相媲美。他情不自禁用了这么个比喻，不过我却不大欣赏这种牵强附会的说法。

　　船长这次去的是越南的东津，目前正在返回英国的途中。船正朝东北方向行驶，前往北纬四十四度、东经一百四十三度的地方。我上船两天后就遇到了贸易风。我们就向南行驶了很长时间，又沿着新荷兰海岸航行，方向一直是西南西，过了好望角才转向南南西。一路上十分顺利，我就不把每天的航海日记拿来费读者的神了。船长在一两个港口停过船，派人坐长舢板去采购食物和淡水。不过我在到达唐兹锚地前一直没有下过船。我们于一七○六年六月三日到达唐兹锚地，这时离我脱险已经大约九个月了。我提出把我那些东西留下来作为乘船的费用，但是船长坚决表示分文不收。我们依依惜别，同时我要他答应以后到瑞德里夫的家里来看我。我还向船长借了五先令，雇了一匹马和一个向导回家。

　　一路上，我见到的房屋、树木、牛羊和行人都很矮小，就感到自己仿佛是在利立普特境内似的，担心踩到每一个遇到的行人，老是大声叫喊，叫他们给我让路。由于我这样无礼，有一两次几乎差点被人打得头破血流。

　　我向人打听着才找到自己的家。一个仆人开了门，因为我怕碰着头，就像鹅进窝一样弯着腰走了进去。我的妻子跑出来拥抱我，可是我把腰一直弯到她的膝盖以下，以为如果不这样她就够不到我的嘴。我的女儿跪下来要我给她祝福，可是我这么长时间以来已经习惯于站着仰头看六十英尺

---

① 法厄同，希腊神话中太阳神赫里阿斯的儿子。他得到父亲的许可，驾驶太阳车一天，但途中翻车，几乎使地球失火，后来他被大神宙斯用雷霆击死。

以上的高处，所以直到她站起身，我才看见她，这时才走上前去用一只手将她拦腰抱起。我居高临下看着我的仆人和家里来的一两位客人，就好像他们是矮子，我是巨人一样。我对妻子说，她太节省了，因为我发现她把自己和女儿都饿得不成样了。总而言之，我的举动令人莫名其妙。他们都和船长初次见我时一样，认为我精神有些失常。我提到这一点，是为了证明习惯和偏见的力量是很大的。

过了不长时间，我和家人、朋友就彼此理解，趋于正常了，可是妻子却坚决反对我再去航海了。但是我命中注定是要受苦的，她也没有力量阻止我，这一点读者以后就可以知道。我的不幸的航行的第二卷就写到这里吧。

第三卷
勒皮他 巴尔尼巴比 拉格奈格
格勒大锥 日本游记

第一章

作者开始第三次航海——为海盗所劫——一个心肠毒辣的荷兰人——他抵达一座小岛——他被接入勒皮他

我在家待了还不到十天,载重三百吨的大船好望号的船长,康沃尔郡的威廉·罗宾逊来到了我家。他以前在另一艘船上当船长,那船四分之一的股份是他的。我曾在他的船上当过外科医生,跟他一起到过黎凡特。我俩就像兄弟一样,简直就好像我并不是他的属下。他听说我回来了,就来看我,我原以为那只是出于友谊,老朋友这么长时间没见面了,互相看望一下也是很平常的事。可是他不断地来访,说他见我身体很好感到非常高兴,问我是否就这样安顿下来过日子了。他故意说,打算大约两个月之后去东印度群岛一带航海。一直到最后,虽然也说了几句抱歉的话,但还是明白地向我发出了邀请,请我到他船上去当外科医生。他说,除两名助手外,他手下还有一名医生,我的薪水也比一般的多一倍。他知道我有丰富的航海知识,经验至少和他不相上下,所以他无论如何可以保证采纳我的意见,真好像我可以和他一道指挥这船似的。

他说了很多客气话,我也知道他人很老实,就没办法拒绝他的邀请了。虽然我过去有过种种不幸的遭遇,但我要看看这个世界的渴望还是和以前一样地强烈。剩下来的唯一的困难就是怎样说服我的妻子。不过我最终还是征得了她的同意,她替儿女们的前途着想也就答应让我去了。

我们是在一七〇六年八月五日启航的,一七〇七年的四月十一日到达圣乔治要塞①。因为不少水手都病了,我们只好在那里停留了三个星期,让他们休整恢复一下。接着我们从那里开往越南的东津。但是由于船长想买的许多东西还没有买到,就算在几个月内也不可能都办到,他就决定在那里待上一段时间。为了能够支付一部分必要的开支,他买了一艘单桅帆船;平时,东津人和邻近岛上的人做生意就坐这种船。他在船上装了一些货物,派了十四名水手,其中三名是当地人。他任命我做帆船的船长,并且授权我在两个月内自行交易。在这段时间里,他自己在东津处理一些事务。

我们航行还不到三天,海上就起了大风暴。我们向正北偏东方向漂流了五天,过后又被吹到了东边。这之后天气晴朗,但从西边刮来的风却仍相当猛烈。到了第十天,有两艘海盗船在追赶我们;由于我那单桅帆船负载重,航行很慢,我们也没有自卫的条件,所以海盗船不久就追上了我们。

两艘海盗船上的人几乎同时上了我们的船,他们在海盗头目的带领下,气势汹汹地爬了上来。可当他们看到我们全都脸朝下在那儿趴着(这是我下的命令)时,就用结实的绳子将我们的双臂捆绑起来,留下一人看守,其余的都搜刮船上的财物去了。

这伙人中间,我发现有一个是荷兰人;虽然他并不是哪一艘贼船的头,却似乎有些势力。从我们的衣着打扮和相貌上,他推断我们是英国人,就用荷兰话对我们叽里呱啦地咒了一通,发誓说一定要把我们背对背地捆起来扔进海里去②。我能说一口相当好的荷兰话,就告诉他我们是些什么人,又求他看在我们是基督徒和新教徒,且英荷两国是比邻的紧密联盟的分上,能去向两位船长说说情,怜恤我们一点。我这话却惹得他勃然大怒;他把那些威胁的话又重复了一遍,同时转过身去对着他的同伙语气激昂地说了半天。我猜测他们说的是日本话,又听到他们时不时提到"基督徒"这个词。

一位日本船长指挥着两艘海盗船中较大的一艘。他会讲一点荷兰话,但说得很糟糕。他走到我跟前,问了我几个问题,我卑顺地一一做了回

---

① 圣乔治要塞,印度东南大城市金奈的旧名。
② 当时尽管英荷两国在军事上结成了联盟,但在商业上竞争却十分激烈。在斯威夫特的笔下,荷兰人的形象一向不太好。

答。听完之后他说，我们死不了。我向船长深深地鞠了一躬，接着转过身去对那荷兰人说，我真感到遗憾，竟然一个异教徒比一个基督徒兄弟还要宽厚很多。可是我马上就后悔自己说了这样的蠢话，因为这个心狠手辣的恶棍好几次都企图说服两位船长把我抛进海里（他们既然已答应不把我处死，就不会听他的话）；虽然没有得逞，却毕竟占了上风，竟说服他们要以一种比死还要令我难过的惩罚来整治我。我的水手被平均分作两半送上了贼船，那艘单桅帆船则另派了新的水手。至于我自己，他们决定把我放到一只独木舟里在海上随波漂流，给我的东西只有桨和帆以及只够吃四天的食品。那位日本船长倒是心肠很好，他从自己的存货中给我多加了一倍的食物，并且不准任何人搜我的身。我上了独木舟，那荷兰人还站在甲板上，把荷兰话里所有的诅咒和伤人的话一齐毫无保留地发泄在我的头上。

在我们看到海盗船以前大约一个小时，我曾经测量过一次方位，发现当时我们地处北纬四十六度，东经一百八十三度。我离开海盗船很远一段距离后，用袖珍望远镜看到东南方向有几座岛屿。当时正是顺风，我就扬起帆，打算把船开到最近的一座岛上去。我花了大约三个小时才好不容易到了那里。岛上全是岩石，不过我倒是捡到了不少鸟蛋；我划火点燃石南草和干海藻，将鸟蛋烤熟。晚饭我就只吃了鸟蛋，别的什么也没吃，因为我决意要尽可能地节省粮食。我在一块岩石下面找了个避风处，身底下铺上些石南草就过夜，睡得倒是相当地舒服。

第二天，我向另一座岛驶去；我时而扬帆，时而划桨，接着又驶向了第三座岛、第四座岛。但我就不烦读者来听我说那些困苦的情形了。总之，到了第五天，我来到了我所能看得见的最后一座岛屿，它位于前面那些岛的正南以东方向。

那座小岛离我所在海域的航程要比我事先估计的远了好多，我几乎用了五个小时才到那里。我差不多绕岛转了一圈，才找到一个登陆比较方便的地方。那是一个小港湾，大约有我那独木舟三倍宽。我发现岛上四处是岩石，只有几处点缀着一簇簇的青草和散发着香味的药草。我把我那一点点口粮拿出来，吃了一点，剩下的就全都藏到一个洞穴里，像那样的洞这地方有许多。我在岩石上找到好多鸟蛋，又找来一些干海藻和干草，打算第二天用来点火把蛋烤熟（我随身带有火石、火镰、火柴和取火镜）。整个夜里我就躺在我存放食物的洞里，床铺就是我预备用来燃火的干草和干海藻。我几乎没怎么睡，心烦意乱也就忘记了疲劳；这样一直醒着，想想在这么一个荒凉的地方我应该怎样才能不死，结局一定是很悲惨的。我感觉自己神情沮丧，一点力气都没有，也就懒得爬起来。等我好不容易鼓足精神爬出洞来时，天早已大亮了。我在岩石间走了一会儿；天气非常好，万里无云，太阳热得烤人，我只得把脸转过去背着它。就在这时，忽然，天暗了下来，可是我觉得那情形和天空飘过来一片云大不一样。我转过身来，只见在我和太阳之间有一个巨大的不透明的物体，它正朝着我所在的岛飞来。那物体看上去大约有两英里高，它把太阳遮了有六七分钟，可那并没使我感觉到空气凉爽多少，天空也没有变得更加灰暗，这情形就和我站在一座山的背阴处差不多。随着那乐西离我所在的地方越来越近，我看它像是一个固体，底部平滑，在下面海水的映照下闪闪发光。我站在离海边约两百码的一个高处，看着那个巨大的物体逐渐下降，差不多到了与我平行的位置，离我已经不到半英里了。我取出袖珍望远镜，用望远镜清清楚楚看到有不少人在那东西的边缘上上下下。边缘似乎是呈倾斜状，可是我分辨不出那些人在做什么。

  出于保护生命的一种本能，我打心眼里感觉到几分欢乐。我开始产生一种希望，觉得这件奇迹无论怎样似乎总能够把我从这个荒凉的地方以及我目前这种困境中解救出来。然而，与此同时，读者也很难想象出我当时有多么的惊讶，居然看到空中会有一座岛，上面还住满了人，而且看来这些人可以随意地使这岛升降，或者向前运行。不过，我当时还没有心思去对这一现象进行哲学研究，我只想看看这个奇怪物体会飞向何方，因为有一会儿它似乎在那儿停住不动了。没过多久，它靠我更近了，我看得见它的边缘四周全是一层层的走廊，每隔一段距离就有一段可供上下的楼梯。在最下面的一层走廊上，我看到有一些人拿着长长的钓竿在那里钓鱼，其他一些人在旁边观看。我向着那岛挥动我的便帽（我的礼帽早就破了）和手帕；当它离我更加近的时候，我就拼着命又喊又叫。随后我仔细看了一下，只见我看得最清楚的一面聚集了一群人。他们虽然没有搭理我的呼喊，可他们用手在指我，又互相之间在那儿指指点点，我知道他们已经发现我了。我看到四五个人急匆匆沿楼梯一直跑到岛的顶部，随后就不见了。我正确地判断出，这些人是为这件事被派去向有关首领请示去了。

  人越来越多；不到半小时，那岛就朝我飞来；它往上升，使最下面的一层走廊与我所站的高处相平行,彼此相去不到一百码。这时我做出苦苦哀求的姿势,尽可能地把话说得低声下气,可是没有得到回答。站在上面离我最近的那几个人,从他们的服装举动来看,我猜想大概是有几分地位的。他们不时地朝我望,互相之间又热烈地交谈了一阵。最后,其中的一个高喊了一声,声音清楚,语调文雅悦耳,听起来倒像是意大利语。我因此就用意大利语答了他一句,希望至少那语言的语调能使他们听着更舒服一点。虽然我们彼此都听不懂对方的话,可他们看到我那困苦的样子,也就很容易地猜到了我的意思。

　　他们打手势让我从那岩石上下来,走到海边去。我照他们的意思做了。那飞岛上升到一个适当的高度,边缘正好就在我头顶的时候,从最下面一层的走廊里就有一根链子放了下来,链子末端拴着一个座位,我把自己在座位上系好,他们就用滑轮车把我拉了上去。

第二章

勒皮他人的怪异习性——他们的学术——国王及其朝廷——作者在那里受到的接待——当地居民恐惧不安——妇女的情形

> 为什么斯威夫特要将飞岛国上勒皮他人的外貌描绘得如此丑陋？联系本书的讽刺手法以及作者写此书的目的，边读边思考这个问题。

我上岛以后，就被一群人团团围住了，不过站得离我最近的人看来地位较高。他们用惊异的神情打量我。可事实上我也和他们一样地惊奇，因为我还从未见过有什么种族的人其外形、服装和面貌有这么古怪的。他们的头一律不是偏右，就是歪左；眼睛是一只内翻，另一只朝上直瞪天顶。他们的外衣上装饰着太阳、月亮和星星的图形；与这些相交织的，是那些提琴、长笛、竖琴、军号、六弦琴、羽管键琴以及许许多多我在欧洲没有见过的乐器的图形。我发现四处都有不少穿着仆人服装的人，他们手里拿着短棍，短棍的一端缚着一个吹得鼓气的气囊，形同一把枷。我后来才得知，每一个气囊里都装有少量的干豌豆或者小石子儿。他们时不时地用这些气囊拍打站在他们身边的人的嘴巴和耳朵，那做法我当初还想不出来是什么意思，好像是这些人一门心思在冥思苦想，不给他们的发音及听觉器官来一下外部的刺激，他们就不会说话，也注意不到别人说话似的。正是因为这样，那些出得起钱的人，家里就总养着一名拍手（原文是"克里门脑儿"），就当是家仆中的一员，出门访友总是带着他。这名侍从的职责就是，当两三个或者更多的人在一起时，用气囊先轻轻地拍一下要说话的人的嘴，再拍一下听他说话的人的右耳朵。主人走路的时候，拍手同样得殷勤侍候，有时要在主人的眼睛上轻轻地拍打一下，原因是这主人总是在沉思冥想，显然会有坠落悬崖或者头撞上柱子的危险；走在大街上，也有不是将旁人撞倒，就是被旁人撞落到水沟里去的可能。

很有必要向读者说明这个情况，要不大家就会像我一样对这些人的行动感到莫名其妙：他们领着我沿楼梯往岛的顶部爬，然后从那儿向王宫而去；就在我们往上走的时候，一路上他们竟几次忘了自己是在干什么，把我一人给撇下了，直到后来由于拍手们提醒，他们才想起来。我这外来人的奇异服饰和面貌以及普通百姓的叫喊声，他们见了、听了似乎根本就无动于衷；这些百姓倒不像他们那样神志分散，而是心情非常放松。

我们终于进了王宫，来到了接见厅。我看到国王正坐在宝座上，高官显贵们侍立两旁。王座前有一张大桌子，上面放满了天球仪和地球仪以及各种各样的数学仪器。可国王陛下竟一点都没有注意到我们。他当时正在沉思一个问题，我们足足等了一个钟头，他才把这个问题解决。他的两边各站着一名年轻的侍从，手里都拿着拍子；他们见国王空了下来，其中的一个就轻轻地拍了拍他的嘴，另一个则拍了一下他的右耳朵；这一拍，他好像突然惊醒了过来似的，朝我以及拥着我的人这边看，这才想起他事先已经得到报告说我们要来这件事。他说了几句话，立刻就有一个手持拍子的年轻人走到我的身边，在我的右耳朵上轻轻地拍了一下。我尽可能地对他们打手势，说明我并不需要这样一件工具。事后我才发现，国王和全朝人士因此都十分鄙视我的智力。我猜想国王大概是问了我几个问题，我就用我懂得的每一种语言来回答他。后来发现我既听不懂他的话，他也听不懂我的话，国王就命令把我带到宫内的一个房间里去（这位君王以对陌生人好客而闻名，在这一点上他超过了他的每一位前任），同时指派两名仆人侍候我。我的晚饭送了上来，四位我记得曾在国王身边见到过的贵人赏光陪我吃饭。共上了两道菜，每一道三盘。第一道菜是切成等边三角形的一块羊肩肉、一块切成长菱形的牛肉和一块圆形的布丁。第二道菜是两只鸭子，给捆扎成了小提琴形状，一些像长笛和双簧管的香肠和布丁，以及形状做得像竖琴的一块小牛胸肉。仆人们把我们的面包切成圆锥形、圆柱形、平行四边形和其他一些几何图形。

用餐时，我壮着胆子问他们几样东西在他们的语言里叫什么；那几个贵人在拍手们的帮忙下，倒很乐意回答我的提问；他们相信，要是我能够同他们谈话，我对他们了不起的才能也就更加能够欣赏了。没过多久，我就可以叫他们上面包上酒，或我需要的别的东西了。

饭后，陪我的人就告退了。国王又命令给我派了一个人来，他也随身带着一个拍手。他带来了笔墨纸张和三四本书，打着手势让我明白，他奉命教我学习他们的语言。我们在一起坐了四个小时，我把大量单词一竖排一竖排地写了下来，另一边写上相应的译文。我的老师让我的一个仆人做出各种动作，如取物、转身、鞠躬、坐下、起立、走路等，这样我倒又设法学到了几个简短的句子，我把这些句子也都写了下来。他又把一本书上太阳、月亮、星星、黄道、热带、南北极圈的图形指给我看，还告诉我许多平面和立体图形的名称。他告诉我各种乐器的名称和功能，以及演奏每一种乐器时所用的一般性技术用语。他走后，我就将所有的单词连译文解释全都按字母顺序排列起来；这样，几天之后，我凭着自己记忆力强，多少知道了一些他们的话语。

我解释作"飞岛"或"浮岛"的这个词，原文是"LAPUTA"（勒皮他），可它的真正来源，我永远也没有能搞得清楚。"LAP"在古文里，意思是"高"；"UNTUH"是"长官"的意思。他们以讹传讹，说"LAPUTA"这个词是由"LAPUNTUH"派生而来。我并不赞成这种衍化，因为这未免有些牵强附会。我曾冒昧地向他们的学者提出了我的看法：勒皮他其实是"QUASI LAP OUTED"；"LAP"正确的意思应该是"阳光在海上舞蹈"；"OUTED"表示"翅膀"。不过我并不想把我的意思强加给大家，有见识的读者可自行判断。

受国王之托照管我的人见我衣衫褴褛，就吩咐一名裁缝第二天过来给我量身材做一套衣服。这位技工的工作方法和欧洲同行的制衣方式截然不同。他先用四分仪量我的身高，接着再用尺子和圆规量我全身的长、宽、厚和整个轮廓，这些他都一一记到纸上。六天之后，衣服才被送来，做得很差；因为他在计算时偶然弄错了一个数字，弄得衣服形都没有了。令我安慰的是，我见过的这类事太寻常了，所以也就不怎么在意。

因为没有衣服穿，又逢身体不适，我便在家多待了几天，这倒使我的词汇量扩大了许多。第二次进宫时，我能听懂国王说的许多话，同时我还

第三卷　勒皮他　巴尔尼巴比　拉格奈格　格勒大锥　日本游记

能回答他几句。国王下达命令，让本岛向东北偏东方向运行，停到拉格多上空的垂直位置上去；拉格多是全王国的首都，坐落在坚实的大地上，距离大约为九十里格，我们航行了四天半。这岛在空中运行时我一点也没有感觉到。第二天上午约十一点钟的样子，国王本人和随侍的贵族、朝臣以及官员预备好了他们所有的乐器，连续演奏了三个小时，喧闹声震得我头都晕了。后来亏得我的老师告诉我，我才明白是什么意思。他说，岛上的人耳朵已经听惯了这天上的音乐，所以每隔一段时间总要演奏一次，这时宫里的人都各司其职，准备演奏自己最拿手的乐器。

在前往首都拉格多的途中，国王曾下令本岛在几个城镇和乡村的上空停留，能够让下面的百姓递交请愿书。为此，他们将几根包装线粗细的绳子放了下去，绳子的末端系着个小小的垂体。老百姓们就把他们的请愿书系到绳子上，绳子就直接给拉了上来，样子非常像小学生们把纸片系在风筝线的一端那样。有时他们还收到底下送上来的酒食，那些是用滑轮扯上来的。

在学习他们的词汇方面，我的数学知识帮了大忙。这些词汇大多与数学和音乐有关，而我对音乐倒也并不生疏。他们的思想永远跟线和图形密切相关。比方说他们要赞美妇女或者其他什么动物，就总是用菱形、圆形、平行四边形、椭圆形以及其他一些几何学术语来形容，要不就使用一些来源于音乐的艺术名词，这里就不再重复了。我曾在御膳房里看到各种各样的数学仪器和乐器，他们就按照这些东西的图形将大块肉切好，供奉到国王的餐桌上。

他们的房屋造得极差，墙壁倾斜，在任何房间里见不到一个直角。这一缺点产生的原因是由于他们瞧不起实用几何学，他们认为实用几何学粗俗而机械；可他们下的那些指令又太精细，工匠的脑子根本无法理解，所以老是出错。虽然他们在纸上使用起规尺、铅笔和两脚规来相当熟练灵巧，可是在平常的行动和生活的行为方面，我还没见过有什么人比他们更笨手笨脚的。除了数学和音乐，他们对其他任何学科的理解力都极其迟钝，可以说是一片茫然。他们很不讲道理，对反对意见反应十分激烈，除非别人的意见凑巧和他们的一致，不过这种情况很是难得。对于想象、幻想和发明，他们全然无知，他们的语言中也没有任何可以用来表达这些概念的词汇。他们的心思完全封闭在前面提到的两门学问的范围内。

> 这里，斯威夫特写飞岛国的人们"对时事和政治十分关心""对于一个政党的主张辩论起来是寸步不让"，其实影射的是当时英国议会中充斥着的毫无意义的党派斗争。

但他们中的大多数，尤其是研究天文学的人，都对占星学十分信仰，不过这一点他们却耻于公开承认。最令我惊奇也是我觉得最不可思议的是，我发现他们对时事和政治十分关心，总爱探究公众事务，对国家大事发表自己的判断，对于一个政党的主张辩论起来是寸步不让。在我所认识的大多数欧洲数学家中，我确实也曾发现这么一种相同的脾性；可是我在数学和政治这两门学问之间，怎么也找不到有任何一点相同的东西，除非那些人这么来假设：因为最小的圈和最大的圈度数相同，治理这个世界，除了会处理和转动一个球体之外，并不需要有别的什么本领。可是我宁可认为这种性格来源于人性中一个十分普遍的病症：对于和我们最无关的事情，对于最不适合于我们的天性或者最不适于我们研究的东西，我们却偏偏更好奇，还更自以为是。

这些人总是惶惶不安，心里一刻也得不到宁静，而搅得他们不安的原因，对其他的人类简直不可能发生任何影响。令他们担忧的是，天体会发生若干变化。比方说，随着太阳不断向地球靠近，地球最终会被太阳吸掉或者吞灭。太阳表面逐渐被它自身所散发出的臭气笼罩，形成一层外壳，阳光就再也照不到地球上来了。地球十分侥幸地逃过了上一次彗星尾巴的撞击，要不然肯定早已化为灰烬；就他们推算，再过三十一年，彗星将再次出现，那时我们很有可能被毁灭。依据他们的计算，他们有理由害怕，当彗星运行到近日点时，在离太阳一定距离的位置上，彗星所吸收的热量，相当于炽热发光的铁的热量的一万倍。彗星离开太阳后，拖在后面的一条炽热的尾巴约有一百万零十四英里长。如果地球从距离彗核或者彗星主体十万英里的地方经过，那么运行过程中地球必然会被烧成灰烬，太阳光每天都在消耗，却得不到任何补充，到最后全部耗尽时，太阳也就完了，而地球以及一切受太阳光照射的行星，也都将因此而毁灭。

第三卷　勒皮他　巴尔尼巴比　拉格奈格　格勒大锥　日本游记

这么一些恐惧加上其他类似的临头的危险，使得他们无时无刻不在担惊受怕，既不能安眠，人生一般的欢乐也根本无心去享受。早晨碰到一个认识的人，就会询问太阳的健康情况，日出日落时它的样子怎样，可有什么希望能躲避即将来临的彗星的打击。他们交谈这些问题时的心情和那些爱听神鬼故事的男孩一样，爱听得要命，听完后又害怕得不敢上床去睡觉。

这个岛上的妇女非常轻松欢快，她们瞧不起自己的丈夫，却格外喜欢陌生人。从下面大陆到岛上来的这样的生客总是很多，他们或是为了市镇和团体的事，或是为了个人的私事，上宫里来朝觐；不过他们很受人轻视，因为他们缺少岛上人所共有的才能。女人们就从这些人中间挑选自己的情人。但令人气恼的是，他们干起来不急不忙，而且安全得很。因为做丈夫的永远在那里凝神沉思，只要给他提供纸和仪器，而拍手又不在身边的话，情妇情夫们就可以当着他的面尽情调笑，肆意妄为。

尽管我认为这岛是世界上最美好的一个所在，可那些人的妻女却都哀叹自己被困在岛上了。她们住在这里，生活富裕，应有尽有，想做什么就做什么，可她们一点都不满足，还是渴望到下面的世界去看看，去享受一下各地的娱乐。不过如果国王不答应的话，她们是不准下去的。获得国王的特许很不容易，因为贵族们已有不少经验，到时候劝说自己的夫人从下面归来是多么困难。有人跟我说，一位朝廷重臣的夫人，已经有几个孩子了，丈夫就是王国里最有钱的首相；首相人极优雅体面，对她相当宠爱；她住在岛上最漂亮的宫里，却借口调养身体，到下面的拉格多去了。她在那里躲了好几个月，后

来国王签发了搜查令，才找到衣衫褴褛的她。原来她住在一家偏僻的饭馆里。为了养活一个年老而又丑陋的跟班，她将自己的衣服都当了。跟班天天都打她，即使这样，她被人抓回时，竟还舍不得离开他。她丈夫仁至义尽地接她回家，丝毫都没有责备她，但过了没多长时间，她竟带着她所有的珠宝又设法偷偷地跑到下面去了，还是去会她那老情人，从此一直没有下落。

　　读者们也许会觉得，与其说这故事发生在那么遥远的一个国度，还不如说它发生在欧洲或者英国。可是读者如果能这样来想想倒也有趣，就是：女人的反复任性并不受气候或民族的限制，天下女人都是一样的。这，人们是很难想到的。大约过了一个月，我已经相当熟练地掌握了他们的语言，有机会侍奉国王时，他问的大部分问题我也都能用他们的语言回答了。国王对我所到过的国家的法律、政府、历史、宗教或者风俗一点也不感兴趣，不想询问，他的问题只限于数学。虽然他的两旁都有拍手可以不时地提醒他，他对我的叙述却非常轻视，十分冷淡。

第三章

在现代哲学和天文学中已经解决了的一种现象——勒皮他人在天文学上的极大进展——国王镇压动乱的手段

我请求国王允许我参观一下这座岛上各种稀奇古怪的事物,他十分宽宏并高兴地答应了,并且命令我的老师陪我前往。我主要想知道,这岛是怎样运行的,是由于人工原因,还是凭借了自然的力量。现在我就要来向读者作一个哲学上的解释。

飞岛,或者叫浮岛,呈正圆形,直径约有七千八百三十七码,或者说四英里半,所以面积有十万英亩。岛的厚度是三百码。在下面的人看来,岛的底部或者叫下表面,是一块平滑、匀称的金刚石,厚度约为两百码。金刚石板的上面,按照常规的序列埋藏着一层层的各种矿物。最上面是一层十到十二英尺深的松软肥沃的土壤。上表面从边缘到中心形成一个斜坡,所有降落到这个岛上的雨露都因斜坡沿小河沟流向中心,之后全都流进四个周界约半英里的大塘;这些大塘距岛的中心约有两百码。白天,因为太阳的照射,水塘里的水不断得到蒸发,所以不会满得溢出来。除此之外,国王有本事将岛升到云雾层以上的区域,因此他可以随意地不让雨露降落到岛上。博物学家们一致认为,云层怎样也不会升到两英里以上的高度;至少在这个国家还从来没有听说过有这么高的云层。

岛中心有一个直径约为五十码的窟窿,天文学家由此进入一个大的圆顶洞,叫"佛兰多纳·革格诺尔",意思是"天文学家之洞"。这个洞位于金刚石板上表面以下一百码的深处。洞内有二十盏灯长明不熄,金刚石板面的返照又将强烈的灯光投射到四面八方。这地方收藏着五花八门的六分仪、四分仪、望远镜、星盘以及其他天文仪器。决定该岛命运的东西是一块形状像织布工用的梭子一样的巨大的磁石。磁石长六码，最厚的地方至少有三码。磁石中间穿着一根极其坚硬的金刚石轴，依靠这轴，磁石即可转动。因为磁石在轴上绝对平衡，所以就算力气最小的人也可以转动它。磁石的外面套着一个四英尺深、四英尺厚、直径十二码的金刚石圆筒。圆筒平放在那儿，底部有八根六码长的金刚石柱子支撑着。圆筒内壁的中部，是一个深十二英寸的凹口，轴的两端就装在里面，可根据所需随时转动。

任何力量都没有办法将磁石从原来的地方搬开，因为圆筒、支柱和构成岛底面的那一部分金刚石板都是连在一块儿的。

飞岛就是借助于这块磁石，或升或降，或从一处移动到另一处。在这位君王统治的这部分土地上，那磁石的一端具有吸力，另一端具有推力。如果把磁石竖直，让有吸力的一端指向地球时，岛就下降；如果让有推力的一端指向地球时，岛就径直往上升。假如磁石的位置是倾斜的，岛的动向也是倾斜的，因为这磁石所具有的力量总是在与其方向相平行的线上发生作用。

飞岛凭借这种斜向的运行以便到国王领土的各个不同地区。为了解释岛的运行方式，让我们假设 AB 代表横贯巴尔尼巴比领地的一条线，CD 线代表磁石，D 是有推力的一端，C 是有吸力的一端，岛正停在 C 地上空。假如将磁石按位置摆好，让有推力的一端向下，那么，岛就会斜着上升被推到 D 处。到达 D 以后，让磁石在轴上转动，使有吸力的一端指向 E，岛就会斜着运行到 E。这时候如果再转动磁石，它处于 EF 的位置，让有推力的一端朝下，岛就会斜向往上升起到 F 的位置。到 F 后，只要把有吸力的一端指向 G，岛就朝 G 处运行。再转动磁石，令有推力的一端直指向下，岛就会从 G 运行到 H。这样根据需要随时变动磁石的位置，岛就可以按照倾斜的方向依次或升或降。通过这种交替升降（倾斜度不是很大），岛就从一块领地被送到另一块领地。

但是一定要注意，飞岛的运行不能超出下方领地的范围，不能升到超过四英里的高度。天文学家认为这是由于下面这个理由（他们曾就那块磁石写过大量成系统的著作）：磁力在四英里以上的高度就不发生作用；在地球这一带的地层里，以及在离岸四英里的海里，能对磁石发生作用的矿物

第三卷　勒皮他　巴尔尼巴比　拉格奈格　格勒大锥　日本游记

并非遍布全球，而是仅仅在国王的领土上。飞岛处在这么一个优越的位置，要一位国王让处于磁场引力范围内的任何一个国家归顺他的统治，就十分容易办到了。

如果把磁石放在与水平面相平行的位置，飞岛就静止不动，因为这种情况下，磁石的两端离地球的距离相等，一端往下拉，一端往上推，作用力相等，也就不会产生任何运动了。这块磁石由固定的几位天文学家管理，他们按照国王的指令时时移动它的位置。他们一生中的绝大部分时间都用在观察天体上，观察时所借用的望远镜比我们的要好。虽然他们最大的望远镜长度不出三英尺，望远的效果却比我们一百英尺的还要好得多，各种星宿看起来更加清清楚楚。这一先进条件使他们的发现远远超过了我们欧洲的天文学家。他们曾编制过一份万座恒星表，而我们最大的恒星表中所列的恒星还不到此数的三分之一。他们还发现了两颗小星星，或者叫卫星，在围绕火星转动；靠近主星的一颗离主星中心的距离，恰好是主星直径的三倍，外面一颗与主星中心的距离为主星直径的五倍；前者十小时运转二周，后者则二十一小时半运转一周；这样，它们运转周期的平方，就差不多相当于它们距火星中心的距离的立方；由此可见，它们显然也受着影响其他天体的万有引力的支配。

他们观察到了九十三颗不同的彗星，并非常精确地确定了它们的周期。如果这一点是真的（他们极有把握地断言这是真的），我们非常希望他们能把观察的结果公之于世，那样的话，目前这大有缺陷的彗星学说，也许就有可能像天文学的其他部分那样，能逐步达到完美的程度。

国王要是能说服他的内阁同他合作，他就可以成为宇宙间最最专制的君王。可那些人在下面的大陆上都各有自己的产业，再想想宠臣的地位又非常不稳定，所以从来都不肯跟国王一起奴役自己的国家。

一旦哪座城市发生叛乱，卷入激烈的内斗，或者拒绝像平常一样忠心或缴纳贡奉，国王就有两种可以使他们归顺的手段。第一种手段比较温和，就是让飞岛浮翔在这座城市及其周围土地的上空，使人们享受阳光和雨水的权利被剥夺，当地居民就会因此而遭受饥荒和疾病的侵袭。如果罪有应得，岛上还同时可以将大石头往下扔，把他们的房屋砸得粉碎，他们无力自卫，只好爬进地窖或洞穴去藏身。可要是他们依然顽固不化，甚至还想谋反，国王就要拿出他最后的办法来了：让飞岛直接落到他们的头上，用这种方法将人和房屋一起统统毁灭。不过，国王很少采用这种极端手段的，实际上他也不想那么做；大臣们也不敢建议国王采取这样的行动，因为底下有自己的产业，飞岛落下去了，不仅下面的人要憎恨他们，自己的产业也要受到极大的损害；而飞岛是国王的领地，不受任何影响。

　　但是，不到万不得已，国王是不会施行这种可怕的手段的，事实上，其中还有一个更重要的原因。因为，如果他想毁灭的城市中有什么高高耸立的岩石（这是大一点的城市里通常有的情况，当初选定有岩石的地点很可能就是为了防止这种灾难的袭击），或者城市里到处是高高的尖塔或石柱，那么，飞岛突然往下掉落，有可能就要危及岛底或者下表面。虽然我前面说过岛的底部是由两百码厚的一整块金刚石板构成的，但过大的震动也是有可能使它碎裂的；或者离底下房屋中的炉火过近而爆裂，就像我们的烟囱，尽管是用铁石做的，靠火太近，常常就会爆裂。所有这些，老百姓都非常明白，所以事关他们的自由和财产，他们心里明白，顽固不屈可以坚持到什么地步。要是国王已经忍无可忍，坚决要把一座城市碾作一堆废墟，他就会以体贴人民为借口，命令飞岛以极慢的速度降落，实际上是怕伤了那金刚石板底，因为哲学家们都认为，岛底要是坏了，磁石就再也不能使岛升起，整个岛就要跌落。

　　大约在三年前我还没有来到他们这地方的时候，在国王巡视他的领土的途中，曾发生过一次特殊事件，几乎把这个王朝毁灭了，至少是现在这么一个王朝。国王陛下首先巡视的是王国的第二大城市林达洛因。他离开三天后，一向抱怨其高压政策的当地居民就关起城门，把总督抓了起来，同时以惊人的速度劳作，在城的四角建起了四座巨塔（这座城是正方形的），高度都和矗立在城中心的那座坚固的尖顶岩石相等。在每座塔以及那岩石的顶端，都安装了一块大磁石；他们还预备了大量最易燃的燃料，为的是一旦磁石计划失败，能用它们来烧裂飞岛的金刚石板底。

　　林达洛因反叛的消息国王八个月后才得知。于是他下令让岛飘浮到这个城市的上空去。当地人民团结一致，已经储备好了粮食以供自给；城市的中心也有一条大河穿过。国王在他们的上空停留了几天，不让他们享受阳光和雨水。他命令把许多绳子放下岛去，可是没有一个人递上来的是请愿书，相反却是一些十分大胆的要求；他们喊冤，要求大幅度地减免赋

第三卷　勒皮他　巴尔尼巴比　拉格奈格　格勒大锥　日本游记

税，要求选举自己的总督；还有别的许多类似的过分要求。国王因此命令岛上全体居民从最底层走廊上往城中抛掷巨石；但居民们对此毒计早有所防范，他们连人带财物一起躲进了那四座巨塔以及其他坚固的建筑物和地窖。

这时国王已下定决心要镇压这些骄傲的人。他命令飞岛向离巨塔和岩石不到四十码的空中慢慢降落。但是负责这项工作的官员发现，飞岛下降的速度比平时快了许多，就是转动磁石也很难使它稳定下来，岛像是要直往下掉似的。他们立即把这件惊人的事报告了国王，请求陛下准许把岛往上升高一点。国王同意了。他召集会议，并命令负责磁石的官员参加。其中有一位年纪最大、经验也最丰富的官员获得国王的准许做了一个试验。他取一根一百码长的结实的绳子，当飞岛上升到城市上空他们感觉不到有吸力的位置时，就在这绳子的末端系上一块掺和着铁矿石成分的与岛底表面一样的金刚石，再从底层走廊慢慢地将绳子往塔顶放去。这金刚石放下去还不到四码，官员就感到有一股强大的力在把它往下拖，弄得他几乎收不回来。他接着又往下扔了几块小的金刚石，发现它们全都被吸到塔顶上去了。他又在其他三座塔以及那岩石上做了同样的试验，结果都是一样。

这次事件使国王的计划彻底破灭（其他情况就不再细说了），被迫答应这个城市提出的条件。

有一位大臣对我说过，如果飞岛那次降得离城市过近而无法再往上升，居民们就决定把它永远固定住，杀死国王和所有走卒，彻底改换一下政府。

根据这个国家的一项基本法律，国王和他的两个年龄大一点的儿子都不允许离开飞岛；王后也不准离开，除非她已经过了生育的年龄。

飞岛国镇压叛乱，要么剥夺这座城市享受阳光和雨水的权利，要么向其扔大石头摧毁房屋，可是无论哪一种，都是很残忍的手段，由此可见飞岛国国王的残暴。然而，当他们遇到劲敌，国王以及大臣们却又束手无策，只能认输，足见他们色厉内荏的性格特点。

第四章

作者离开勒皮他——他被送往巴尔尼巴比——到达巴尔尼巴比首都——关于首都及其近郊的描写——作者受到一位贵族的殷勤接待——他与贵族的谈话

虽然不能说在这座岛上我受到了虐待，可我必须承认，我觉得他们太不把我当回事了，多少有几分轻蔑。似乎除了数学和音乐，国王和普通人对其他学问都不感兴趣；这两方面我是远远不及他们，因此他们很不把我放在眼里。

另一方面，看过了这岛上所有稀奇古怪的东西之后，我也认为我该离开了，因为我从心底里厌烦这些人。的确，他们在那两门学问上是很了不起，我也推崇那两门学问，但是这两方面我也并非一窍不通；可他们未免太专心了，一味地冥思苦想，让我感到我从来还没有碰到过这么乏味的伴侣。我住在那里的两个月中，只和女人、商人、拍手和宫仆们交谈，这样，就更叫人看不起了，可我还只有从这些人那里才能得到合情合理的回答。

我痛下苦功，也正是如此我获得了不少关于他们的语言的知识。我厌倦困守在岛上总看别人的颜色，下决心一有机会就离开这儿。

宫里有一位大贵族，是国王的近亲，别人就因为这个原因才尊敬他。他被公认为是最无知、最愚蠢的人。他为国王立过不少功劳，天分、学历都很高，正直、荣耀集于一身；但对音乐却一窍不通，诽谤他的人传说，他连拍子都常常打错；他的教师就是费尽力气也教不会他怎样来证明数学上最最简单的定理。他乐于对我作出各种友好的表示，常常光临我住的地

第三卷 勒皮他 巴尔尼巴比 拉格奈格 格勒大锥 日本游记

方,希望我跟他说说欧洲的事情,以及我到过的几个国家的法律和风俗、礼仪与学术。他很注意听我讲话,对我所讲的一切,他都能发表非常有智慧的见解。他身边也有两名拍手侍候以显示其尊严,可除了在朝廷或者正式访问的时候,他从来都不用他们帮忙;我们单独在一起时,他总是叫他们暂时退下。

我就请这位高官代我说情,求国王准许我离开这里。他跟我说他非常遗憾地照办了。的确,他曾向我提供了几件于我大有好处的差事,我却婉言谢绝了他的好意,并对他表示感激。

二月十六日,我告别了国王和朝廷里的人。国王送了我一份价值约两百英镑的礼物,我的恩主即国王的亲戚也送了我一份同样价值的礼,还有他的一封推荐信,让我捎给他在首都拉格多的一位朋友。飞岛这时正停在离首都约两英里的一座山的上空,我从最底下一层走廊上被放了下去,用的还是上来时一样的方法。

这块大陆在飞岛君主统治下,一般人把它叫作巴尔尼巴比,首都叫拉格多,这我前面已经说过了。踏上坚实的土地,我感到几分小小的满足。因为我穿的衣服和本地人一样,学会的话也足以同他们交谈,这样我就毫无顾虑地朝这座城市走去。我很快就找到了我被介绍去的那人的房子,呈上他飞岛上那位贵族朋友的信,结果受到十分友好的接待。这位大贵人叫孟诺迪,他在自己家里给我预备了一间房子,我在这地方停留期间就一直住在那里。我受到了他十分殷勤热情的款待。

我到达后的第二天,他就带着我坐他的马车去参观这个城市。这个城市大概有伦敦一半大小,可是房子建得很奇特,大多年久失修,街上的人步履匆匆,样子狂野,双眼凝滞,大多还衣衫褴褛。我们穿过一座城门,走了约三英里来到了乡下。我看到不少人拿着各式各样的工具在地里劳作,却猜不出他们是在干什么。虽然土壤看上去极其肥美,但让人意外的是我却看不到上面有一点庄稼或草木的苗头。对城里和乡下的这些奇异的景象,我不禁感到惊奇。我冒昧地请我的向导给我解释一下:大街上,田野里,那么多头、手、脸在那里忙忙碌碌,却什么好的结果也弄不出来;正相反,我倒还从来都没有见过这么荒芜的田地,造得这么糟糕、这么颓败的房屋,也从没有见过哪个民族的人脸上、衣服上显示出这么多悲惨和穷困——这一切到底是怎么回事?

这位孟诺迪老爷是位上层人士,曾担任过几年拉格多政府的行政长官,由于阁员们的阴谋排挤,说他没有什么能力,就这样,结果被解职。国王对他倒还宽爱,觉得他是个善良的人,只是见识低劣可鄙罢了。

我对这个国家及其人民说了这些不客气的指责的话之后,他没有作出回答,只是对我说,我来到他们中间的日子还不长,下结论还为时过早,世界上不同的民族风俗也各不相同。他还说了其他一些普通的话,都是一个意思。但我们回到他府上后,他又问我,他这房子我觉得怎么样,是否发现有什么荒唐可笑之处,关于他家里人的服装和面貌我有没有要指责的,他是完全可以这样问我的,因为他身上的一切都很庄严、齐整、有教养。我答道,阁下精明谨慎,地位高,运气好,自然不会有那些缺点;本来别人的那些缺点也都是愚蠢和贫困所造成的。他说如果我愿意同他上大约二十英里外他的乡下住宅去(他的产业就在那里),我们就可以有更多的工夫来进行这样的交谈了。我说我完全听阁下安排,于是我们第二天早上就出发了。

行进中,他要我注意农民经营管理土地的各种方法。我看了却完全是摸不着思路,因为除了极少的几个地方外,我看不到一穗谷子,一片草叶。但走了三小时后,景色却完全变了。我们走进了美丽无比的一片田野;农舍彼此相隔不远,修建得十分整齐;田地被围在中间,里边有葡萄园、麦田和草地。我也记不得自己什么时候曾经见过比这更赏心悦目的景象。那位贵族见我脸上开始晴朗起来,就叹了口气对我说,这些是他的产业了,一直到他的住宅都是这样子。但他说,因为这些,他的同胞们都讥讽他、瞧不起他,说他自己的事料理得都不行,哪还能给王国树立好榜样。虽然也有极少一些人学他的样子,可那都是些老弱而又任性的人。

我们终于到了他的家。那的确是一座高贵的建筑,合乎最优秀的古代建筑的典范。喷泉、花园、小径、大路、树丛都安排布置得极有见识,极有趣味。我每见一样东西都适当地赞赏一番,可他却毫不理会,直到没有其他人在场的晚餐之后,他才带着一副忧郁的神情告诉我:他怀疑他应该拆掉他现在城里和乡下的房子了,因为他得按照目前的式样重新建造,所有的种植园也得毁掉,把它们改建成现在流行的样子,还得指示他所有的佃户都这么去做,不然他就会遭人责难,被人说成是傲慢、标新立异、做作、无知、古怪,说不定还会更加不讨国王的喜欢。

第三卷 勒皮他 巴尔尼巴比 拉格奈格 格勒大锥 日本游记

他还对我说,等他把具体的一些事告诉我之后,我也许就不会那么惊奇了;这些事我在朝廷时可能闻所未闻,因为那里的人一心埋头沉思,注意不到下方发生的事情。

他谈话的内容总起来大致是这样的:约在四十年前,有人或是因为有事,或是为了消遣,到勒皮他上面去了。一住就是五个月,虽然数学只学了一点皮毛,却带回了在那飞岛上学得的好冲动的风气。这些人一回来,就开始对地上的任何东西都厌烦,艺术、科学、语言、技术统统都要重新设计。为了达到目的,他们努力取得了王家特许,在拉格多建立了一所设计家科学院。这一古怪的想法在百姓中倒十分流行,结果是王国内没有一座重要的城市不建有这么一所科学院。在这些科学院里,教授们设计出新的农业与建筑的规范和方法,为一切工商业设计了新型的工具和仪器。应用这些方法和工具,他们保证一个人可以干十个人的活;一座宫殿七日内就可以建成,并且建筑材料经久耐用,永远也不用维修;地上所有的果实,我们让它什么时间成熟它就什么时间成熟,产量比现在还要多一百倍,他们还提出了无数其他巧妙的建议。唯一让人觉得烦扰的是,所有这些计划到现在一项都没有完成,全国上下一片废墟,房屋颓圮,百姓缺衣少食,景象十分悲惨。所有这一切,他们见了不仅不灰心,反而在希望与绝望的同时驱使下,变本加厉地要去实施他们的那些计划。至于他自己,因为没有什么进取心,也就满足于老式的生活方式,住在先辈们建造的房子里,生活中的事情都完全模仿祖辈,没有什么革新。还有少数一些贵族和绅士也都像他这么做,但他们却遭人冷眼和讽刺,被认为是艺术的敌人,是国人中无知的败类,全国普遍都在改革发展,他们却一味懒散,自顾逍遥。

这位贵人非要我去参观一下大科学院,说我肯定会感兴趣的;他就不再详细地谈论以前的事了,以免扫我的兴。他只叫我去看一看大约三英里外山坡上的一所破烂不堪的房子,并对此做了这样的说明:从前,在离他的房子不到半英里的地方有一座十分便利的水磨,它是靠从一条大河里来的水转动的,完全可以自给,并能帮助他的佃户。可是大约七年前,来了一伙这样的设计家,向他建议说,把这水磨毁了,在那座山的山坡上重建一个;打算在山冈上开一条长长的水渠,再用水管和机器把水送到山上蓄在那里,最后就用这水来给水磨提供动力,说是因为高处的风和空气可以把水激荡起来，更适合于水的流动，又因为水是从斜坡上下来，和平地上的河水比起来，只需一半的水动力就可以推动水磨了。他说他那时和朝廷的关系不太和睦，又有许多朋友的劝慰，也就接受了这个建议。他雇了一百人，花了两年工夫，结果失败了。设计家们走了，把责任全都推到他身上，并且一直都在怪他。他们又去拿别人做试验，同样说是保证成功，结果却一样地令人失望。

几天后，我们回到了城里。他考虑到自己在科学院名声不好，没有亲自陪我去，只介绍了他的一个朋友陪我前往。我这位老爷喜欢说我是个设计的崇拜者，而且是个十分好奇而轻信的人。他这话并不是没有什么道理，我年轻时自己就做过设计家之类的人物。

第五章

作者得到许可去参观拉格多大科学院——科学院概况的叙述——教授们所研究的学术

这所科学院不是一整座独立的建筑物,而是一条街道两旁连在一起的几所房子,因为年久失修,才买下来给科学院使用。

科学院院长很客气地接待了我,我就在科学院里待了一段时间。每一个房间里都有一位或一位以上的设计家;我相信我参观的房间不在五百间以下。

我见到的第一个人样子枯瘦,双手和脸黑得就像刚刚被烟熏过一样,头发胡子一把长,衣衫褴褛,有几处都被火烤煳了,他的外衣、衬衫和皮肤全是一种颜色。八年来他一直在从事一项设计,想从黄瓜里提取阳光,装到密封的小玻璃瓶里,遇到阴雨湿冷的夏天,就可以放出来让空气温暖。他告诉我,他相信再过八年,他就可以以合理的价格向总督的花园提供阳光了;不过他又抱怨说原料不足,请求我能否给他点什么,也算是对他尖端设计的鼓励吧,特别是现在这个季节,黄瓜价格那么贵。我就送了他一份小小的礼物,因为我那位老爷特意给我准备了钱;他知道,无论谁去参观,他们素来都是要钱的。

我走进了另一间屋子,却差点儿被一种臭气熏倒,急着就要退出来。我的向导却硬要我往前走,悄悄地求我不要得罪他们,要不他们会恨我入骨的。我因此吓得连鼻子都不敢堵。这间屋里的设计家是科学院里年资最高的学者,他的脸和胡子呈淡黄色;手上、衣服上布满了污秽。我被介绍给他的时候,他紧紧拥抱了我(我当时多么想找个借口不受他这种礼遇啊)。自从他到科学院工作以来,就是研究怎样把人的粪便还原为食物。他的方法是把粪便分成几个部分,去除从胆汁里来的颜色,让臭气蒸发,再把浮着的唾液除去。每星期人们供应他一桶粪便,那桶大约有布里斯托尔酒桶那么大。

我又看到有一位在做将冰煅烧成火药的工作。他还给我看了他撰写的一篇关于火的可煅性的论文,他打算发表这篇论文。

还有一位最巧妙的建筑师,他发明了一种建造房屋的新方法,即先从屋顶造起,自上而下一路盖到地基。他还为自己的这种方法辩护,对我说,蜜蜂和蜘蛛这两种最精明的昆虫就是这么做的。

有一个人,从出生开始眼睛就是瞎的,他的几名徒弟也都如此;他们的工作是为画家调颜色,先生教他们靠触觉和嗅觉来区分不同的颜色。真是不幸,那一阵子我见他们的功课学得很不到家,就是教授自己也往往弄错。不过这位艺术家在全体研究人员中极受鼓励和推崇。

在另一个房间里,我饶有兴致地看到有位设计家发明了一种用猪来耕地的方法。那方法不用犁和牲口,也省劳力,是这样的:在一亩地里,每隔六英寸,在八英寸深的地方埋上一些橡子、枣子、栗子和这种动物最爱吃的其他山毛榉果及蔬菜;然后把六百头以上的猪赶到地里去;猪为了觅食,几天工夫就可以把所有的土翻遍,这样不仅适于下种,猪拉下的屎也正好给土上了肥。当然,尽管通过实验,他们发现费用太大,也很麻烦,而且也几乎没有获得什么成就,可大家都相信这一发明大有改进的可能。

我走进了另一个房间,这里边除了有一条狭小的通道供学者进出,其他的地方,像墙上、天花板上全都挂满了蜘蛛网。我刚一进门,他就大声叫喊让我不要碰坏他的蜘蛛网。他悲叹世人犯了个极大的错误,长久以来竟一直在用蚕茧的丝,而他这里有的是家养昆虫,比蚕不知要好多

这些设计家的研究课题全都是荒诞不经,甚至是无聊而离谱的,但是他们却乐此不疲。作者写这些荒诞不经的设计有何用意?

第三卷　勒皮他　巴尔尼巴比　拉格奈格　格勒大锥　日本游记

少倍,因为它们既懂得织又懂得纺。他又进一步建议说,要是用蜘蛛,织网的费用就可以整个儿省下来;这一点,在他把一大堆颜色极其漂亮的飞虫给我看了之后,我就完全明白了:他用这些飞虫喂他的蜘蛛;他告诉我们:蛛网的颜色就是从这些飞虫而来,又因为他各种颜色的飞虫都有,就能满足每个人的不同喜好。只要他能给飞虫找到适当的食物如树脂、油或者其他什么黏性的物质,他就能够使蜘蛛纺出来的丝线牢固而坚韧。

还有一位天文学家,他承担了一项设计,要在市政厅房顶的大风标上安装一架日晷,通过调整地球与太阳在一年中和一天中的运转,使它们能和风向的意外转变正好一致。

我忽然感到一阵腹痛,我的向导于是就带我来到一间屋里,那儿住着一位以治疗这种毛病而闻名的医生。他能用同一种器具施行作用相反的两种手术。他有一个很大的、装有细长象牙嘴的手动吹风器。他把这象牙嘴插入肛门内八英寸,将肚子里的气吸出来;他肯定地说他这样能把肚子吸得又细又长,像一个干瘪的膀胱。不过要是病情来得又顽劣又凶,他就要把吹风器先鼓满气再将象牙嘴插入肛门,把气打进病人的体内,然后抽出吹风器重新将气装满,同时用大拇指紧紧地堵住屁眼。这样重复打上三四次,打进去的气就会喷出来,毒气就被一同带出(就像抽水机一样),病人的病也就好了。我看到他在一只狗的身上同时做了这两种试验,第一种不见任何效果,第二种手术后,那畜生胀得都快要炸了,接着就猛屙了一阵,可把我和我的同伴熏坏了。狗当场就死了,可我们走的时候,那医生还在设法用同样的手术让它起死回生呢!

我还参观了许多其他的房间,所见到的都是一些稀奇古怪的事,这里就不再向读者一一说明了。因为我很想把事情说得简单一点。

至此,我只参观了科学院的一部分,另一部分是专门辟给倡导沉思空想的学者们使用的。我再来介绍一位著名的、他们称之为"万能的学者"的人物,然后再来谈沉思空想的学者。这位"万能的学者"告诉我们,三十年来他一直在研究怎么样才能改善人类的生活。他有两大间屋子,里边放的尽是些奇奇怪怪的东西,有五十个人在那里工作。有些在从空气中提取硝酸钠,同时滤掉其中的液体分子,以此来将空气凝结成干燥而可触摸的物质。有些在研究把大理石软化做枕头和毛毡。还有些人在把一匹活马的马蹄弄僵,这样马奔跑起来就不会跌折了。这位学者自己此时正忙着两

129

个伟大的计划,第一个是用谷壳来播种,他坚持说谷壳才有真正的胚胎;他还做了几项实验来证明他的主张,不过我脑子笨,搞不懂。另一项计划是,在两头小羊的身上涂上一种树脂、矿石和蔬菜的混合物,不让羊长毛;他希望经过相当一段时间之后,能繁殖出一种无毛羊推广到全国各地。

我们走过一条通道,就到了科学院的另一部分,我前面已经说过,空想的设计家就住在这里。

我见到的第一位教授和他的四十名学生在这里工作。致意过后,他见我出神地望着那个占了房间大部分空间的架子,就说,看到他在研究如何运用实际而机械的操作方法来改善人的思辨知识,我也许要感到不解,不过世人不久就会感觉到它是有用的。他又扬扬自得地说,还没有任何人想到过这么高贵的点子呢。大家都知道,用常规的手段要想在艺术和科学上取得成就需要付出多大的劳动,而如果用他的方法,就是最无知的人,只要适当付点学费,再出一点点体力,就可以不借助任何天才或学历,写出关于哲学、诗歌、政治、法律、数学和神学的书来。接着他领我走到了架子前,架子的四边一排排都站着他的学生。这架子二十英尺见方,放在房子的正中间。它的表面是由许多木块构成的,每一块大约有骰子那么大,不过有些还要大一点。这些木块全都用细绳连在一起,每一方块的面上都糊着一张纸,纸上写满了他们语言中所有的单词及其不同的语态、时态和变格,不过没有任何次序。教授接下来要我注意看,因为他现在要准备开动机器了。一声令下,学生们各抓住了一个铁把手。原来架子的四边装有四十个把手,每个学生转动一个把手,单词的布局就全部改变了。然后他又吩咐三十六个学生轻声念出架子上出现的文字,只要有三四个词连起来可以凑成一个句子,他们就念给剩下的四名做抄写员的学生听,由他们记录下来。这一工作要重复做三四次。由于机器构造巧妙,每转动一次,木方块就彻底翻个身,上面的文字也就会换到其他位置。

这些年轻的学生一天把六个小时花在这项劳动上。教授把几卷对开的书拿给我看,里边已经收集了不少支离破碎的句子,他打算把它们全都拼凑到一起,用这丰富的材料,编撰一部包括所有文化和科学门类的全书贡献给这个世界。不过,要是公众能筹一笔资金在拉格多制造五百个这样的架子来从事这项工作,同时要求负责这些架子的人把他们各自搜集到的材料都贡献出来,那么,这项工作将得以改进,并加速完成。

他还对我说,他从年轻时候起,就全部心思都用到这项发明上来了;他已经把所有的词汇都写到了架子上,并极其精确地计算过书中出现的虚词、名词和动词与其他词类的一般比例。

这位著名的人物说了那么多,我万分谦恭地向他表示了感谢。我又向他保证:要是我有幸还能回到祖国去,我一定会说句公道话,就说他是这架神奇机器的唯一的发明者。我还请求他准许我把这机器形状和构造描画到纸上。我对他说,虽然我们欧洲的学者有互相剽窃发明成果的习惯,他们要是知道了有这么一架机器,至少可以捞点便宜,到时候谁是它真正的发明者就会很有争议了。尽管如此,我一定会多加小心,让他独享荣誉,没有人来同他竞争。

接着我们来到了语言学校。三位教授正坐在那儿讨论如何改进本国的语言。

第一项计划是简化言辞,将多音节词缩成单音节词,省去动词和分词,因为一切可以想象到的东西事实上全是名词。

另一项计划则是,无论什么词汇,一概废除。他们坚决主张,不论从健康的角度考虑,还是从简练的角度考虑,这一计划都大有好处,因为大家都清楚,我们每说一个词,或多或少会对肺部有所侵蚀,这样也就缩短了我们的寿命。因此他们就想出了一个补救的办法:既然词只是事物的名称,那么,大家在谈到具体事情的时候,把表示那具体事情所需的东西带在身边,不是来得更方便吗?本来这一发明肯定早就实现了,百姓们会感到很舒服,对他们的健康也大有好处。可是妇女们联合了俗人和文盲,要求像他们的祖先那样能有用嘴说话的自由,否则他们就要起来造反。这样的俗人常常就是与科学势不两立的敌人。不过,许多最有学问最有智慧的人还是坚持这种以物示意的新方法。这方法只有一点不便,就是,如果一个人要办的事很大,种类又很多,那他就必须将一大捆东西背在身上,除非他有钱,能雇上一两个身强力壮的仆人随侍左右。我就常常看到有两位大学问家,背上的负荷压得他们腰都快断了,就像我们这里的小贩一样。如果他们在街上相遇,就会把背上的东西放下来,然后打开背包,在一起谈上个把钟头,再收起各自的东西,互相帮忙将负荷重新背上,然后分手道别。

但是,如果谈话时间很短,工具往口袋里一放或者朝腋下一夹也就够科学院里的三位教授在讨论如何改进本国语言时，特别提出这一发现的优点有"所有文明国家都能通晓的一种世界性语言"，斯威夫特借此讽刺的是英国政府当时日益疯狂的殖民统治。

用了。如果是在家中，那他就不会感到为难。因为用这种方式交谈的人在房间里准备了谈话时所需的一切东西。

这种发明还有一大优点：它可以作为所有文明国家都能通晓的一种世界性语言，因为每个国家的货物和器具，一般说来都是相同或是相似的，所以它们的用途也就很容易明白。这样，驻外大使们就是对别国的语言一窍不通，仍然有条件同他们的君王或大臣打交道。

我还到了数学学校，那里的先生用一种我们欧洲人很难想象的方法教他们的学生。命题和证明都用头皮一样颜色的墨水清清楚楚地写在一块薄而脆的饼干上。这饼干学生得空腹吞食下去，以后三天，除面包和水之外什么都不准吃。饼干消化之后，那颜色就会带着命题走进脑子。不过到现在为止还不见有什么成功，一方面是因为墨水的成分有错误，另一方面也因为小孩子们顽劣不驯，这么大的药片吃下去总觉得太恶心，所以常常是偷偷地跑到一边，不等药性发作，就朝天把它吐了出来。他们也不听劝告，不愿像处方上要求的那样等待那么长时间不吃东西。

第六章

再叙科学院——作者提出几项改进的意见，都被荣幸地采纳了

在政治设计家学院，我受到了冷落。在我看来，教授们已完全失去了理智，那情景一直到现在都让我感到悲伤。这些郁郁寡欢的人正在那儿提出他们的构想，想劝说君主根据智慧、才能和德行来选择宠臣；想教大臣们学会考虑公众的利益；想对建立功勋、才能出众、贡献杰出的人作出奖励；想指导君王们把自己真正的利益同人民的利益放在同一基础上加以认识；想选拔有资格能胜任的人到有关岗位工作；还有许许多多其他一些狂妄而无法实现的怪念头，都是人们以前从来没有想过的。这倒使我更加相信一句老话：无论事情多么夸张悖理，总有一些哲学家要坚持认为它是真理。

但说句公道话，科学院中的这些人，我得承认，他们并非完全都是幻想。有一位头脑极其聪明的医生，他似乎对政府的性质和体制完全精通。这位杰出人物非常善于应用自己的学识，他给各种公共行政机关很容易犯的一切弊病和腐化堕落行为找到了有效的治疗方法：这些弊病一方面是由于执政者的罪恶或者过失所致，另一方面也因为被统治者无法无天。例如说，所有的作家和理论家都一致认为，人体和政体严格地说是普遍地具有相似性的，那么，人体和政体就都必须保持健康，同一张处方两者的毛病就都可以治愈，这不是再清楚不过的事吗？大家都承认，参议员和大枢密院的官员们常常犯说话啰唆冗长、感情冲动和其他一些毛病；他们的头脑毛病不少，不过心病更多；会发生剧烈的痉挛，两手的神经和肌肉会痛苦

地收缩,右手更是如此;有时还会肝火旺、肚子胀、头晕、说胡话;也会长满是恶臭和脓包的淋巴性结核瘤;会口沫横飞地喷出酸气扑鼻的胃气;吃起东西来胃口会像狗却又消化不良;还有许许多多其他的病症,就不必一一列举了。因此,这位医生建议:每次参议员开会,头三天请几位大夫列席;每天辩论完毕,由他们替每位参议员诊脉;之后,经过深思熟虑,讨论出各种毛病的性质和治疗方法;然后,在第四天带着药剂师,准备好相应的药品赶回参议院,在议员们入席之前,根据各人病情的需要,分别让他们服用镇定剂、轻泻剂、去垢剂、腐蚀剂、健脑剂、治标剂、通便剂、头痛剂、黄疸剂、祛痰剂、清耳剂,再根据药性及作用决定是否再服、换服,还是停服。

这项计划不会对公众造成任何大的负担,依我个人愚见,在参议员参与立法的国家里,这对提高办事效率大有好处,可以带来团结,缩短辩论的时间;可以让少数缄默的人说话,让许多一直在说话的人闭嘴;可以遏制青年人使性子,可以叫老年人不总是自以为是;可以将愚钝的人唤醒,可以让冒失鬼谨慎。

还有,因为大家都埋怨国王的宠臣记性很差,那位医生就建议,任何人谒见首相大臣,简单明了地报告完公事以后,告退时应该拧一下这位大臣的鼻子,或者踢一下他的肚子,在他的鸡眼上踩一脚,或者捏住他的两只耳朵扯三下,或者弄根大头针在他屁股上戳一记,要不就把他的手臂拧得青一块紫一块;这全是为了防止他记不住事情。以后每一个上朝的日子都这么来一下,一直等到把事情办好,或者坚决拒绝办理为止。

他还指出,每一位出席大国民议会的参议员,在发表完自己的意见并为之辩护之后,表决时必须投与自己意见完全相反的票,因为如果那样做了,结果肯定对公众有利。

如果一个国家里党派纷争激烈,他倒又提出了一个可以让彼此和解的奇妙办法。办法是这样的:从每个党派中各挑出一百名头面人物,把头颅差不多大小的,两党各一人,配对成双;接着请两位技术精良的外科手术师同时将每一对头面人物的枕骨部分锯下,锯时要注意脑子必须左右分匀。把锯下的枕骨部分互相交换一下,分别安装到反对党人的头上。这项手术一定要做得精确,不过教授向我们保证,只要手术做得精巧利落,其疗效是绝对可靠的。他这样论证说:两个半个脑袋现在放到一人脑壳里去争辩事情，很快就会达成一致意见的，这样彼此就会心平气和、有条有理地来思考问题。多么希望那些自以为到世上来就是为了看看世界同时又要支配世界运动的人，都能这么心平气和、有条有理地考虑问题啊！至于两派领袖人物的脑袋在质量和大小上不一样，那医生很肯定地对我们说，就他个人所知，那实在是无足轻重的。

我听到两位教授之间一场热烈的辩论，他们在争论：最方便有效而又不使百姓受苦的筹款办法应该是怎样的呢？第一位说，最公正的办法是，对罪恶和丑行征收一定税款，每个人应缴税额总数由其邻居组成陪审团公正合理地裁定。另一位却持完全相反的意见：有人自夸在体力和智力上有才能，自以为是，那就应该征税，征多少税，根据其才能出众的程度而定，不过这得完全由他自己来拿主意。最受异性宠爱的男子应缴纳最高的税，至于税额多少，则应根据其所受宠爱的次数和爱情性质而定；这一点上允许他们自己为自己做证。他还建议，对聪明、勇敢和礼貌应该收重税，收税方法相同；有多少聪明、勇敢和礼貌，让每个人自己说。至于荣誉、正义、智慧和学问，则无须征税，因为这类素质太少见了，没有人会承认他周围的人具有这些素质，自己有也并不重视。

他主张妇女应根据其漂亮的程度和打扮的本领来纳税，这方面她们可享有与男子同样的特权，即怎么漂亮、怎么会打扮由她们自己判断决定。但是对忠贞、节操、良好的辨别能力和温良的品性不征税，因为税额太大，她们根本就缴不起。

为了使参议员能一直为王室的利益服务，他建议议员们以抽签的方式获得职位。每个人首先都得宣誓，保证不论抽不抽得中，都一定投票拥护朝廷；这样，等下次有官位空缺时，没有中签的人还能轮到再抽一次。既然他们还有希望，也就没有人会抱怨朝廷不守诺言，一旦失望，也只好完全归咎于自己的命运，而命运的肩膀总比内阁的肩膀要来得宽阔结实，是能担负起失败的。

另一位教授拿了一大本关于如何侦破反政府阴谋诡计的文件给我看。他建议大政治家们要对一切可疑人物进行检查，看他们什么时间吃饭，睡觉时脸朝哪边。擦屁股用的是哪一只手；要严格检查他们的粪便，从粪便的颜色、气味、味道、浓度以及消化的程度，来判断他们的思想和计划，因为人没有比在拉屎时思考更严肃、周密和专心致志的了，这是他经过无

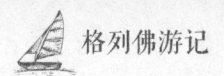

数次实验才发现的；这种时候他如果用来考虑怎样才是暗杀国王最好的办法，粪便就会呈绿色；但他盘算的如果只是搞一次叛乱或者焚烧京城，粪便的颜色就大不一样了。

这篇论文写得十分犀利，其中不少见解对政治家来说是既有趣又有用，不过我觉得有些地方还不够完善。这一点我冒昧地对作者说了，并且提出，要是他愿意，我可以再提供他一点补充意见。他很高兴地接受了我的建议；这在作家中，尤其在设计家之流的作家中，是十分罕见的。他表示很愿意听听我还有什么意见。

我告诉他，我曾在特列不尼亚①王国逗留了一段时间。当地人管这个国家叫兰敦②。那里的人大部分全是由侦探、见证人、告密者、指控者、检举人、证人、咒骂者以及他们的一些爪牙组成的。他们全都接受正副大臣们的庇护、指使和津贴。在那个王国里，阴谋通常都是那些企图抬高自己大政治家身份的人所为。他们企图使一个摇摇欲坠的政府恢复元气，企图镇压或者转移群众的不满情绪，企图把没收来的财物填进自己的腰包，企图左右公众舆论以尽量满足一己私利。他们先取得一致意见，定好应控告哪些可疑分子图谋不轨，接着采取有效手段查找这些人的书信和文件，然后把他们囚禁起来，文件则交给一伙能巧妙地从词语、音节以及字母中找出神秘意义的能手去处理。比如说，他们会破译出"马桶"是指"枢密院"；"一群鹅"指"参议院"；"瘸腿狗"指"侵略者"；"呆头"指"——"③；"瘟疫"指"常备军"；"秃鹰"指"大臣"；"痛风"指"祭司长"；"绞刑架"指"国务大臣"；"夜壶"指"贵族委员会"；"筛子"指"宫廷贵妇"；"扫帚"指"革命"；"捕鼠器"指"官职"；"无底洞"指"财政部"；"阴沟"指"朝廷"；"滑稽演员戴的系铃帽"指"宠臣"；"折断的芦苇"指"法庭"；"空酒桶"指"将军"；"流脓的疮"指"行政当局"。

假如这种办法行不通，他们还有另外两种更为有效的办法，该地的学者称它们为"离合字谜法"和"颠倒字谜法"。用第一种办法，他们能解释

---

① 影射英国。"Tribnia"（特列不尼亚）和"Britain"（不列颠）所含字母完全相同，只是排列顺序不一样。

② 兰敦，影射伦敦。

③ "——"，代表"国王"，当时作者不便明白写出，故以"——"代之。

出所有单词的第一个字母的政治含义。于是，N就是指"阴谋"，B指"一个骑兵团"，L指"海上舰队"。要不他们就采用第二种办法，通过颠倒变换可疑文件上字母拼排的顺序，可以揭开对当局不满的政党最深藏着的阴谋。例如说，如果我在给朋友的一封信中说，"我们的汤姆兄弟最近得了痔疮"。一个精于此道的人，同样那个句子里的那些字母，经他一分析，就会变成下面这样的话："反抗吧！阴谋已经成熟。塔。"这就是"颠倒字谜法"。

教授非常感谢我给他提出了这些意见，满口答应要在他的论文中提及我的名字以表敬意。

我看这个国家再没有什么东西值得留恋的，就不想再住下去了，于是动了返回英国老家去的念头。

第七章

作者离开拉格多——到达马尔多纳达——当时没有便船可坐——作短途航行到达格勒大锥——受到当地行政长官的接待

这个王国仅是这个大陆的一个部分。我有理由相信，这个大陆向东一直延伸到美洲加利福尼亚以西的无名地带，往北濒临太平洋，离拉格多不到一百五十英里的地方有一座良港。它与位于其西北方大约北纬二十九度、东经一百四十度的拉格奈格大岛之间有频繁的贸易往来。这座拉格奈格岛东南方大约一百里格就是日本。日本天皇与拉格奈格国王间结成了紧密的同盟，两个岛国间因此常有船只来往。就这样，我决定走这条路线回欧洲去。我雇了一名向导带路，两头骡子驮行李。我同主人告了别，因为他对我一直那么好，临别还送了我一份厚礼。

一路上我没有碰到什么值得一提的故事或奇遇。到达马尔多纳达港口时（港口的名称就是这么叫的），港内没有要去拉格奈格的船，再过些时日也不见得会有。这座港市和朴次茅斯①差不多大。不久我就结识了一些朋友，受到了他们的热情招待。其中一位知名的先生对我说，既然一个月内都不会有船去拉格奈格，我要能去西南方距此约五里格的格勒大锥小岛一游，说不定会很有意思。他主动提出他和另外一位朋友可以陪我前往，并且可以提供一艘轻便的三桅小帆船。

"格勒大锥"这个词，据我的理解最接近原意的译名是"巫人岛"。它

---

① 朴次茅斯，英国南部一港口城市。

的面积大概有怀特岛①的三分之一那么大,物产非常丰富。岛上的居民全是巫人,由部落首领管辖。他们只和本部落的人通婚,同辈中年龄最长的继任岛主或长官。岛主拥有一座富丽宏伟的宫殿,还有一座面积大约三千英亩的花园,周围是二十英尺高的石头围墙。花园内又围出几处空地,分别用以放牧、种庄稼和搞园艺。

　　侍候长官及其家属的是一些不同寻常的仆人。长官精通魔法,有能耐随意召唤任何鬼魂,指使他们二十四个小时,但时间再长就不行了,而且三个月内,他也无法把前面已经召过的鬼魂再次召来,除非是情况非常特殊。我们到这岛上的时候大约是上午十一点。陪我前来的其中一位先生去拜见了长官,请求接见我这位特地前来拜访他的陌生人。他马上就答应了这个请求,于是我们三个就一起进了宫门。宫门两旁分别站着一排卫士,

---

① 怀特岛,靠近英国南海岸,岛呈菱形,东西长三十六公里,南北宽二十二公里,面积三百八十一平方公里。

武器和服装都很特别。他们的面容我看了不知怎的只觉得心惊肉跳，那时我恐惧的心情是难以形容的。我们走过几间内殿，一路上两边也都站着同前面一样的卫士，这样一直来到大殿上。我们先深深地鞠了三个躬，他又问了几个普通的问题，然后就让我们坐到他宝座下最低一层台阶旁的三个凳子上。他懂得巴尔尼巴比的语言，尽管那和他这座岛上的语言不同。他要我给他介绍一下我旅行的情况。为了向我表明他并不拘礼，他手指一动就让所有随从全都退了下去。我见此大吃一惊，因为转眼之间，他们就都消失得无影无踪，仿佛我们猛地从梦中惊醒，梦里的情景全都消失了一样。我一时不能恢复常态，后来还是长官叫我放心，保证我不会受到伤害；又见我那两个同伴若无其事（他们过去经常受到这种招待），这才放下心来，胆子也壮了许多，简短地向他说了一下我几次历险的经过。不过我还是有几分踌躇不安，时不时地要回过头去朝我刚才见到鬼魂卫士的地方看。我有幸与长官一起进餐，一帮新鬼送上肉来，并侍候在一旁。我觉得此时我已经没有上午那么害怕了。我一直待到太阳落山，不过我低声下气地请求他原谅我不能接受他住在宫中的邀请。我和我的两个朋友当晚住在附近镇上的一个私人家里，那镇也就是这个小岛的首府。第二天早上，我们再去长官那儿拜访，他倒是也很愿意我们再去。

就这样我们在这岛上住了十天，每天大部分时间同长官在一起，晚上才回到住处。不久以后看到鬼魂我也就习惯了，而三四次之后，我完全可以做到无动于衷。虽说还有些害怕，但好奇心远远超过了恐惧。长官叫我随意召唤我想见的任何一个鬼魂，无论数目多少，从世界开创开始直到现在，所有的鬼魂他都可以召得来，并且可以命令他们回答我认为合适的一切问题；条件只有一个，即我的问题必须限于他们所生活的那个时代之内。有一点对于我来说是放心的，那就是他们说的一定是实话，因为说谎这种才能在阴间派不上用场。

我十分感激长官对我的恩惠。我们进了一间内殿，从这里可以清楚地看到花园里的情景。因为我首先想看的是宏伟壮观的场面，就希望看到阿尔贝拉战役后统率大军的亚历山大大帝①。长官随即手指一动，我们站着的

---

① 亚历山大大帝（前356—前323），马其顿皇帝，征服波斯后建立亚历山大帝国。在阿尔贝拉战役中，他击溃了波斯大军。

第三卷　勒皮他　巴尔尼巴比　拉格奈格　格勒大锥　日本游记

窗户底下即刻就出现了一个大战场,亚历山大应召进殿来。他的希腊语我听起来非常吃力,可能是因为我自己会的也不多。他以自己的名誉向我担保,说他不是被毒死的,而是饮酒过度发高烧死的。

接着我又见到了正在翻越阿尔卑斯山的汉尼拔①。他对我说,他的军营里一滴醋都没有了。我又看到恺撒和庞贝②统率着各自的大军,正准备交战。我看到了在最后一次巨大胜利中的恺撒。我要求看一看罗马元老院在一间大厅里开会的情形,同时作为对照,也想看一看另一间大厅里稍后一点的某个朝代议会③开会是个什么样子。结果前者看起来像是英雄和半神半人在聚会,后者却像是一伙小贩、扒手、拦路强盗和恶霸。

在我的请求下,长官做了一个手势让恺撒和布鲁图④一起向我们走来。一见到布鲁图,我不觉肃然起敬,从他脸上的每一点,我都可以很容易地看出他至高无上的品德,坚定而大无畏的胸怀,最真诚的爱国心肠以及对于人类的热爱。我非常高兴看到这两个人已经能够互相理解。恺撒还坦率地向我承认:就是他一生最伟大的功绩,也远远赶不上布鲁图因结果了他的一生而获得的光荣。我很荣幸和布鲁图谈了很长时间的话;他告诉我,他和他的祖先优尼乌斯⑤、苏格拉底⑥、依帕米浓达斯⑦、小伽图⑧和托马斯·莫尔爵士⑨永远在一起,世上历朝历代都找不出第七个人够资格加入他们这个六人集团。

---

① 汉尼拔(前247—前182),古代非洲北部强国迦太基的军事家。公元前216年,他率领驻在西班牙的一支精锐的迦太基部队北上越过阿尔卑斯山直抵意大利北部,给罗马造成了极大的威胁。据李维所著史书记载,汉尼拔进军时,有大石挡道,汉尼拔下令把大石烧热,接着浸以食醋,大石就迎刃而解了。

② 恺撒(前100—前44)和庞贝(前106—前48)都是罗马大将,两人和克拉苏缔结了秘密同盟(所谓的"三雄政治"),瓜分了罗马政权。公元前49年,恺撒和庞贝之间发生了战争,结果庞贝遭到了失败。

③ 影射英国议会。

④ 布鲁图(前85—前42),反恺撒阴谋集团的首领之一。

⑤ 优尼乌斯,公元前五世纪的人,相传他是罗马的第一任执政官,建立了罗马共和国。

⑥ 苏格拉底(前469—前399),古希腊大哲学家。

⑦ 依帕米浓达斯(前420—前362),古希腊西比斯城大将、政治家。

⑧ 小伽图(前95—前46),古罗马哲学家。

⑨ 托马斯·莫尔爵士(1478—1535),英国哲学家、作家,《乌托邦》一书的作者。

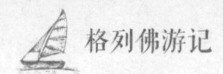

　　为了满足我要把古代世界各个历史时期都摆到我面前来的奢望,大量著名的人物都被召唤来了,如果一一加以叙述,读者会感到沉闷乏味。我让自己的眼睛得到满足的,主要是看到了那些推翻了暴君和篡位者的人,和那些为被压迫被侵害的民族争回自己权利的人。可是,我无法表达我心中获得的那种痛快,叫读者们读了也有同样的满足感。

第八章

格勒大锥概况（续）——古今历史订正

我很想见一见古代那些最著名的圣贤和学者。为此，我特地安排了一天时间。我请求他叫荷马①和亚里士多德领着所有评注过他们的著作的人出现在我们眼前。这些评注家实在太多了，有几百人只好暂时在院子和几间外殿里等候。我一眼就认出了两位英雄，我不但能够从人群当中认出他们，而且他俩谁是谁我也分辨得十分清楚。两人中，荷马长得高大而俊美，像他这么大年纪的人，走起路来身子算是挺得很直的了。他的双眼是我见过的所有人当中最活泼而锐利的。亚里士多德腰弯得厉害，拄着一根拐杖。他容貌清瘦，头发又稀又长，嗓音低沉。我很快就发现两人并不认识其余的人，以前从来都没有见过也没有听说过这些人。有一位鬼魂，名字就不说了，悄悄地跟我讲，这些评注家在阴间总是在离两位作家最远的地方躲着，因为他们在把作家向后世介绍的时候，把作家的意思完全解释错了，因此羞愧难当。我将迪迭摩斯和尤斯台修斯②介绍给荷马，并劝他对他俩好一点；不过也许不值得对他们好，因为他很快看出他们缺乏天才，无法了解一位诗人的精神。而当我把司各特斯和拉摩斯③介绍给亚里士多德时，一听我的介绍，他整个儿就不耐烦了，问他们说，这一伙当中是不是

---

① 荷马，公元前九世纪古希腊诗人，著名史诗《伊利亚特》和《奥德赛》的作者。
② 迪迭摩斯和尤斯台修斯，都是评点荷马史诗的学者。
③ 司各特斯和拉摩斯，都是评点亚里士多德著作的学者。

别的人也都是和他们一样的一些大笨蛋。接着我又请长官把笛卡儿①和伽桑狄②召来。我劝他们把自己的思想体系解释给亚里士多德听。这位伟大的哲学家坦率地承认在自然哲学方面他自己也犯了错误,因为他像所有的人一样,许多事情上不免臆测。但他同时发现,竭力宣扬伊壁鸠鲁③学说的伽桑狄和笛卡儿的涡动说一样都不值一驳。他预言,当代学者那么热衷的万有引力学说也将遭到同样的命运。他说大自然新的体系不过是暂时的一种新风尚,每个时代都会发生变化,就是那些自以为能用数学的原理来证明这些体系的人,也只能在短期内走红,一旦有了定论,他们也就不再盛行了。

我又用了五天时间同许多其他古代的学者进行了交谈。罗马早期的皇帝我大部分都见到了。我说动长官把黑利阿加巴卢斯④的厨师召来给我们做一桌筵席,但由于材料不够,他们无法向我们显露他们的手艺。阿格西劳斯二世⑤的一个农奴给我们做了一盆斯巴达式肉羹,但是我喝了一调羹就再也喝不下去了。

陪我来到这岛上的两位先生因为急于办理一些私事,三天之后就得回去,我就在这三天时间见了一些近代死去的名人,他们都是过去两三百年中我国和欧洲其他一些国家里最显赫一时的人物。因为我一向对名门望族十分崇拜,就请求长官把一二十位国王连同他们的八九代祖宗一起召来。但是令我大失所望的是,在长长的王族世系中,我见到的并非都头戴王冠。在一个家族里,我看到的是两名提琴师、三名衣冠楚楚的朝臣和一名意大利教长;在另一个家族中,我所见的则是一名理发匠、一名修道院主和两名红衣主教。因为我对戴王冠的人太尊敬了,所以这么一个微妙的话题就不便再叙述下去了。至于公爵、侯爵、伯爵、子爵之流,我就顾不上那么多了。某些家族之所以成为名门望族,是由于他们具有某些特征,溯流穷源;我承认,这倒使我不无快意。我能看得清清楚楚,这一家的长下巴是怎样发展而来的;那一家为什么有两代总出恶棍,再传下去两代又尽

---

① 笛卡儿(1596—1650),法国哲学家、数学家,唯理论的创始人。
② 伽桑狄(1592—1655),法国唯物主义哲学家、科学家,他在伊壁鸠鲁的学说中找到了唯物主义的支持。
③ 伊壁鸠鲁(前341—前270),古希腊哲学家,唯物主义者和无神论者。
④ 黑利阿加巴卢斯(205?—222),罗马皇帝,以奢侈腐化闻名。
⑤ 阿格西劳斯二世(前444?—前360),斯巴达国王。

是傻子；第三家人为什么恰恰都发疯；第四家人又偏偏全是骗子；怎会像坡里道尔·维吉尔①在说到某家名门时所讲的那样："男子不勇敢，女子不贞洁。"残暴、欺诈、懦弱怎么会像盾牌纹章那样，渐渐成了某些家族出名的特征；是谁第一次给一个高贵的家族带来了梅毒，由此代代相传使子子孙孙都生上瘰疬毒瘤。我看到王家世系中断原来是因为出了这么些小厮、仆人、走卒、车夫、赌棍、琴师、戏子、军人和扒手，对以上种种也就一点不觉得奇怪了。

最令我作呕的要算是现代历史了。我仔细观察了一下一百年来君王宫廷里所有大人物，发现世界真是怎么给一帮娼妓一样的作家骗了！他们说懦夫立下了最伟大的战功，傻瓜提出了最聪明的建议，阿谀奉承的人最真诚，出卖祖国的人具有古罗马人的美德，不信神的人最虔诚，鸡奸犯最贞洁，告密者说的都是真话。多少无辜的好人，由于大臣影响了腐败的法官、党派倾轧，而被杀戮、遭流放。多少恶棍升上了高位，受信任，享大权，有钱有利，作威作福。朝廷、枢密院和上议院里发生的大事和那里大臣们搞的活动，又有多少可以同鸨母、妓女、皮条客、乌龟、寄生虫和小丑的行为相媲美！世界上的伟大事业和革命事业的动机原来不过如此，他们取得成功也只不过靠了一些可鄙的偶然事件。我得知这样的真情，对于人类的智慧和正直是多么的鄙夷！

我在这里还发现，那些装模作样要写什么逸闻秘史的人原是多么的诡诈而无知。许多国王都被他们用一杯毒药送进了坟墓；君王和首相在无人在场时的谈话也会被他们记录下来；驻外使节和国务大臣的思想和密室他们都能打开；不幸的是他们永远也没有成功过。这里我还发现了许多震惊世界的大事背后真正的原因：一名妓女怎么把持着后门的楼梯，后门的楼梯怎么把持着枢密院，枢密院又怎么把持了上议院。一位将军当着我的面承认，他打的一次胜仗纯粹是由于他的怯懦和指挥无方；一位海军大将说，因为没有正确的情报，他本打算率舰队投敌，不知为何却打败了敌人。三位国王对我明言，他们在位期间从来就没有提拔过一个有功之人，除非是一时弄错，或者中了某个亲信大臣的诡计；他们就是再世，也不会

---

① 坡里道尔·维吉尔，十六世纪居住在英国的一位意大利传教士，他用拉丁文写了一部英国历史，闻名于世。但是文内所引的这句话在他的著作中却找不到。

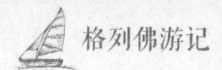

这么做的。他们提出了充足的理由来证明：不腐化，王位就保不住，因为道德灌输给人的那种积极、自信和刚强的性格，对办理公务将是一种永久的阻碍。

我由于好奇，就特别问起他们，这么多人获取高官贵爵和巨大产业，到底用的是什么手段？我的提问只限于近代，不触及当代，因为我得保证做到，即使是外国人也不能得罪。当然，我这里所说的没有一点是针对我的祖国来的，这一点我想就不必向读者解释了吧。大量有关的人物都被召唤了来，我只稍稍一看，就发现景象真是一片狼藉，以致我每每想起，都免不了心情严肃。伪证、欺压、唆使、欺诈、拉皮条等等错误还是他们提到的最可以原谅的手段，因为都还说得过去，我也就宽宏地原谅了他们。可是，有人承认，他们伟大富贵都是因为自己鸡奸和乱伦，有的则强迫自己的妻女去卖淫，有的是背叛祖国或者君王，有的是给人下毒药，更有人为了消灭无辜滥用法律。地位高贵的人仪表堂堂，本该受到我们这些卑贱的人的尊敬，然而我看到的这种种现象不免要使我减少了对他们的崇敬；我这么做，希望大家能够原谅。

我经常从书上读到一些忠君爱国的伟大功绩，因此就想见见那些建立一些功勋的人物。一打听我才知道，他们的名字都没有记载下来，仅有的几处历史记载却又都把他们写成了最卑鄙无耻的恶棍和卖国贼。另外的一些人我压根儿就没有听说过。这些人看上去全都神情沮丧，贫困潦倒；大多数都跟我说，他们最后都穷愁潦倒而死，剩下的则上了断头台或者绞刑架。

在这些人中间，有一个人的经历显得有点不同寻常。他的身旁站着一个十八岁左右的青年。他对我说，他在一艘战舰上当过多年的舰长，艾克丁姆海战①中，曾幸运地冲破敌军的强大防线，将三艘主力舰击沉，又俘获了一艘，致使安东尼②大兵溃败，逃亡他乡，他们大获全胜，站在他身边的那位青年是他的独子，也在这次战役中阵亡了。他接着说，他自恃有功，战争一结束就到了罗马，请求奥古斯都③朝廷升他到另一艘更大的战舰上任

---

① 公元前31年，奥古斯都的军队在希腊西部的艾克丁姆海战中击败了安东尼。
② 安东尼（前82—前30），罗马后三雄之一。
③ 奥古斯都（前63—14），罗马帝国的第一个皇帝，原名屋大维，也是罗马后三雄之一。击败安东尼后建立罗马帝国，并自称奥古斯都，意思是"神圣"。

职，那艘战舰的舰长死了。可是朝廷对他的要求不予理睬，竟将舰长一职给了一名连大海都从未见过的青年，他是皇帝的一个情妇的仆人李柏丁那的儿子。回到自己原来的舰上，他就被加上了玩忽职守的罪名，战舰则移交给了海军副将帕勃利可拉的一位亲随。从此他退居到远离罗马的一个穷乡，并在那里结束了自己的一生。我极想知道这个故事的真相，就请求长官把那次战役中任海军大将的阿格瑞帕召来。阿格瑞帕来了，他证明舰长所说毫无虚假。他还说了舰长许多别的好话；舰长因为生性谦逊，自己的大部分功劳不是少说就是整个儿不提。

我很奇怪在这个帝国里，奢侈之风新近才进来，腐化堕落怎么一下就会发展得这么厉害，这么迅速；所以，在各种罪恶早已猖獗的其他国家里，出现种种与这类似的情形，我倒也不觉得有什么奇怪的了。在那些国家里，颂扬和掠夺来的财富都被总司令一个人独占着，而事实上最不配拥有这两者的很有可能是他。

每个被召见的人，出现时的样子和他活在世上的时候完全一样。看到我们人类在这一百年中退化了那么多，心情不免万分忧伤。各种不同的花柳梅毒，彻底改变了英国人的面貌，使他们变得身材矮小，精神涣散，肌肉松弛，面色灰黄，䐴肉恶臭。

我居然卑贱到这种程度，提出要召几个古代的英国农民来见见面。这些人风俗淳朴，衣食简单，做买卖公平交易，具有真正的自由精神，勇敢，爱国，他们的这些美德在过去曾经是很有名的。我把活人和死人一比，真是不无感慨。祖宗所有这一切淳朴本色的美德，都被他们的子孙为了几个钱给卖光了；他们的子孙后代出卖选票，操纵选举，只有在宫廷才能学得到的罪恶和腐化行为，每一样他们都沾染了。

> 思考：第六、七、八三章的内容与前面相比，少了故事情节，多了对政府、体制、制度的描述或评价，你觉得斯威夫特用意何在？

第九章

作者回到马尔多纳达——航行至拉格奈格王国——作者被抓——被押解到朝廷——他被接见的情形——国王对臣民十分宽大

　　动身的日子到了，我向格勒大锥的长官阁下辞别，与我的那两位同伴一同回到了马尔多纳达。我在那里等了两个星期，终于等到有一艘船要开往拉格奈格去了。两位先生还有其他几个人非常慷慨和善，他们给我准备了食物，送我上了船。这次航行足足有一个月。我们遇上了一次强风暴，只好向西航行，才趁着信风一直往前驶了六十多里格。一七〇九年四月二十一日，我们驶进了克兰梅格尼格河口。这是一座港口城市，位于拉格奈格的东南角。我们在离城不到一里格的地方抛锚，发出信号要求派一名引水员来。过了不到半个小时，两名引水员就来到了船上；他们领着我们穿过部分暗礁与岩石，航道十分危险，最后才进入一个开阔的内湾；这里一支舰队都可以在离城墙不到一链的地方安全停泊。

　　我们船上有几个水手，不知是有意要害我还是一时不小心，对两位引水员说我是个异乡人，还是个大旅行家。引水员把这话向一名海关官员做了汇报，结果我刚到岸上就受到了十分严格的检查。这位官员用巴尔尼巴比语同我说话；因为两地间有频繁的贸易往来，这个城市的人，尤其是水手和海关人员，一般都懂得巴尔尼巴比语。我简要地向他说了我的一些情况，尽量把事情讲得可信并且前后一致。不过我觉得有必要隐瞒我的国籍，就自称是荷兰人，因为我的计划是到日本去，而我知道欧洲人中只有荷兰人才被准许进入这个王国。于是我就对海关官员说，我的船在巴尔尼

第三卷 勒皮他 巴尔尼巴比 拉格奈格 格勒大锥 日本游记

巴比海岸触礁沉没了,我被遗弃在了一块礁石上,后来被接上了勒皮他,也叫飞岛(他们经常听说有这么一座飞岛),现在正想办法去日本,也许到那里才可以找到回国的机会。那官员说,在接到朝廷命令之前,必须先把我拘禁起来。他说他马上给朝廷写信,希望过两个星期就能得到朝廷的指令。我被带到一处舒适的住所,门前有哨兵看守;不过住处有一个大花园,我可以在里面自由地活动。我受到了相当人道的待遇,拘禁期间的费用都由王家负担。也有一些人前来访问我,那主要是出于好奇,因为听说我来自十分遥远的国度,那地方他们从来都没有听说过。

我雇了和我同船来的一位青年担任我的翻译。他是拉格奈格人,但在马尔多纳达住过几年,所以精通两地语言。凭借他的帮助,我可以同前来看我的那些人进行交谈,不过谈话内容只限于他们提问我回答。

朝廷的文件在我们预计的时间内到了。那是一张传票,要求由十名骑兵把我连同我的随从押解到特拉尔德拉格达布,或者叫特利尔德洛格德利布(就我记忆所及,这个名字有两种读法)。我所有的随从就是那个做翻译的苦命的小伙子,他还是经我劝说才答应帮我忙的。在我的请求下,我们俩一人弄到了一头骡子骑。一位信使早我们半天先出发了,他去报告国王我就要到了,请陛下规定一个日子和时辰,看看他什么时候高兴见我,好让我有幸去"舔他脚凳子跟前的尘土"。这是这个国家朝廷的规矩,不过我发现它并不仅仅是一种形式,因为我到达后两天被引见的时候,他们命令我趴在地上朝前爬,一边爬一边舔地板;但因为我是个外国人,他们倒注意事先将地板清理得干干净净,这样尘土的味道倒还不是很讨厌。不过,这是一种特殊的恩典,只有最高级的官员要求入宫时才能得到。不仅这样,要是被召见的人碰巧有几个有权有势的仇敌在朝,有时地板上还故意撒上尘土。我就看到过一位大臣满嘴尘土,等他爬到御座前规定的地点时,已经一句话都说不出来了。这也没有什么办法,因为那些被召见的人如果当着国王陛下的面吐痰或抹嘴,就会被处以死刑。另外还有一种风俗,说实话我也不能完全赞同:如果国王想用一种温和宽大的方法来处死一位贵族,他就下令在地板上撒上一种褐色的毒粉,舔到嘴里,二十四小时后毒发身亡。但是说句公道话,这位国王还是非常仁慈,对臣子的性命相当爱护(在这一点上,我很希望欧洲的君王都能向他学习)。为了他的荣誉,我一定要说一下:每次以这种方法将人处死后,他都严令叫人将地板上有毒粉的地方洗刷干净，侍从们要是大意了，就会因惹恼了国王而受刑。我曾亲耳听他下令要把他的一个侍从鞭打一顿，因为有一次执行完刑法，轮到他去叫人洗刷地板，他却故意不通知；这一玩忽职守，使一位前途无量的贵族青年在一次被召入宫时不幸中毒身亡了，而国王那时倒并没有打算要他的命。不过这位好国王非常宽厚，饶了那个可怜的侍从一顿鞭子，只要他保证，以后没有特别的命令，不许再干这样的事。

闲话少说，当我爬到离御座不到四码的地方时，就慢慢地抬起身来，双膝跪着，在地上磕了七个响头，接着按照前一天晚上他们教我的样子说了以下的话："INCKPLING GLOFFTHROBB SPUUT SERUMMBLHIOP MLASHNALT ZWIN TNODBALKUFFH SLHIOPHAD GURDLUBH ASHT."这是一句颂词，当地法律规定，所有朝见国王的人都要这么说；翻译成英语意思就是："祝天皇陛下的寿命比太阳还要长十一个半月！"国王听后回答了一句什么，虽然我听不懂，可还是照别人教我的话回答他："FLUFT DRIN YALERICK DWULDOM PRASTRAD MIRPUSH."严格地说，意思就是："我的舌头在我朋友的嘴里。"我说这话的意思就是希望国王能允许我将我的翻译叫来。于是，前面已经提到的那位青年就被带了进来，通过他从中传话，在一个多小时的时间里，我回答了国王陛下提出的许多问题。我说巴尔尼巴比语，我的翻译把我的意思译成拉格奈格话。

国王很高兴和我在一起谈话，就命令他的"BLIFFMARKLUB"（即内侍长）在宫中给我和我的翻译安排一处住所，每天提供我们饮食，另外还给了一大袋金子供我们日常使用。

我在这个国家住了三个月，那完全是遵从国王的旨意。他对我恩宠有加，并几次要我就任高贵的官职，可我觉得我余年还是同妻子家人在一块儿度过要更稳当慎重一些。

第十章

拉格奈格人受到作者的赞扬——关于"斯特鲁德布鲁格"的详细描写——作者与一些著名人士谈论这个话题

拉格奈格人是一个既讲礼貌又十分慷慨的民族。虽然所有东方国家人特有的那种骄傲他们不免也沾了几分，但对于异乡人他们还是很客气的，特别是受到朝廷重视的那些外乡人。我结识了不少高官显贵，我的翻译又一直陪在我身边，所以我们的谈话倒还挺愉快。

一天，我和许多朋友在一起，有一位贵族问我有没有见过他们的"斯特鲁德布鲁格"，意思是"长生不老的人"。我说我没见过，就请他给我解释一下，在凡人头上加上这么一个名称到底是什么意思。他告诉我，虽然很少见，但有时会有人家恰好就生下这么一个孩子来：他的额头上有一个红色的圆点，就长在左眉毛的正上方；这一标记即绝对表明，这孩子将永远不死。他描述道，这个圆点大约有一枚三便士的银币那么大，不过会随着时间的改变而变大、变色。孩子长到十二岁时，它就变成绿色，那样一直到二十五岁，之后又变成深蓝色。四十五岁时渐渐变成煤黑色，大小如一枚英国的先令，以后就不再变了。他说这种孩子生得极少，相信全王国内男女"斯特鲁德布鲁格"不会超过一千一百个，京城里他估计有五十名，其中有个小女孩是大约三年前生下来的。这类婴儿并非任何一家的特产，生这样的孩子纯属凑巧，就是"斯特鲁德布鲁格"自己的孩子，也和别人一样都是有生有死的。

我坦率承认，听他这一番叙述我真是说不出来的高兴。我的巴尔尼巴比语说得很不错，而跟我说那番话的这个人恰好又懂巴尔尼巴比语，于是我就情不自禁地叫出了几句,未免有些过分。我像发了狂一般地高声喊说:"幸福的民族啊,你的每一个孩子都有希望长生不老!幸福的人民啊,你们能享受到那么多古代美德的典范,能有大师们随时来把所有过去时代的智慧教给你们!但最最幸福的还要数那些伟大的斯特鲁德布鲁格,他们从出生开始就不用受人类那共有的灾难,不用时刻担心死会临头,所以心无负担,精神畅快。"但我表示惊奇,这么一些杰出的人物,我在朝廷里怎会一个都没有见到?前额上有颗黑痣是个非常明显的特点,我是不可能看不到的。而这样一位贤明的国王,又怎么可能不找一大帮这样智慧而能干的帮手在自己身边呢?不过也许是那些受人敬重的圣贤的品德过于整肃,与朝中腐化放浪的作风格格不入吧。根据经验,我们也常常看到,年轻人总是太有主见,并且意志不坚定,不肯接受老年人认真严肃的指导。但是,既然国王准许我接近他,那么,我决定以后一有机会就要通过翻译就这件事坦率而详尽地向他提出自己的看法。不论他愿不愿接受我的劝告,有一件事我是定了主意的:既然国王陛下一再要我留在这个国家任职,我就感恩戴德地接受他的恩典,只要那些"斯特鲁德布鲁格"超人愿意接纳我,我就一辈子住在这里同他们相处。

在前边我已经叙述过,我与之谈话的那位先生会讲巴尔尼巴比语。他面带着一种微笑——这种微笑一般都是因为对无知的可怜——跟我说,只要有机会留下我来和他们在一起,他是会很高兴的,他同时要我允许他把我刚才说的话向大家解释一下。他解释过后,他们又在一起用本国话交谈了一会儿,不过我什么都听不懂,从他们脸上我也看不出我的话到底给他们留下了什么印象。一阵短暂的沉默之后,还是这位先生对我说,他的朋友们和我的朋友(指他自己,他觉得这样比较恰当)在听了我关于长生不老的幸福和好处的一番高谈阔论后,都欣喜至极,很想具体知道,如果我命中注定生下来就是个"斯特鲁德布鲁格",我会打算怎样来安排我的生活。

我回答说,这样一个内容丰富、令人高兴的话题是很容易发挥的,特别是对于我,因为我常常喜欢设想,假如我做了国王、将军或者大臣,我会做什么。就这件事来说呢,我也作过全盘的考虑,如果我可以长生不老,我该做些什么事,我该怎样来度过我漫长的时光。

我说,如果我运气好,成了"斯特鲁德布鲁格"中的一员,一旦我明白了生与死的区别,由此发现自己是幸福的,那么第一,我就要下决心用尽一切办法发财致富,在这过程中,靠着勤俭节约与苦心经营,大约两百年之后,我就很有可能成为全王国最富有的人。第二,我从小就喜欢艺术和科学研究,这样到最后我将在学问上超过其他所有的人。最后,我要仔细记录下公众的每一项重要活动和事件,公正地根据自己观察所得,将历代君王和大臣的性格描绘出来。我要准确无误地记录下风俗、语言、服装、饮食和娱乐方面的种种变化。有了所有这一切学问,我将成为知识和智慧的活宝库,并无疑要成为民族的先知。

六十岁之后我就决不再结婚。待人好客,但还是要讲节俭。我要培养和教导有希望的青年的心灵,运用自己的记忆、经历和观察,并证以无数范例,使他们相信,公私生活中,道德还是非常有用处的。但是我挑选出来经常和我相伴在一起的,却必须是一帮同我一样长生不老的弟兄。我要从古代到我同时代的人中选出这么十二个同伴。如果这些人中有谁没有产业,我会在我自己的产业附近给他准备一处方便舒适的住所。我会请一些和我最要好的朋友一同进餐。至于你们这些凡人,我只能让少数几个最有价值的进来同我交往交往,不过时间一长我的心肠也就硬了,你们死了我也不怎么会惋惜,或者根本就不惋惜;对你们的后代也是一样。这就像一个人年年都在花园里种石竹和郁金香玩儿,前一年种的花枯萎了,他并不会感到悲伤。

这些"斯特鲁德布鲁格"和我会相互交流我们在岁月流逝的过程中观察和回忆起的一切。我们会谈论腐化是怎样渐渐地悄然侵入了这个世界。我们会不断地警示并指导人类,用来阻止任何一级出现腐化。这样,我们以自己为榜样,就会产生更大的影响力,从而才有可能遏止人性的继续堕落;这种堕落每一个时代都在悲叹。

除此之外,我还能看到许多帝国和小邦发生革命;上流、下流社会发生种种变化;古城变废墟;无名村庄变成君王的帝都;著名河流缩成浅水小溪;海洋的一边变成旱地,另一边被海水吞没;许多至今还不为人知的国家被发现;野蛮民族侵入文明国家,最野蛮的人却渐渐文明起来。看到这一切我该有多高兴呢!那时我一定会发现黄经、永恒运动和万应灵药,还有许许多多其他尽善尽美的伟大发明。在天文学上,我们将会有多么奇妙的发现!我们活着就可以看到自己的预言成为事实;我们可以观察到彗

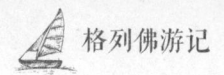

星的运行和再现，以及日月星辰的种种运动变化。

长生不老的自然欲望和尘世的幸福又使我在其他方面滔滔不绝地说了许多。我说完之后，那位先生又同先前一样把我谈的要点翻译给了其他的人听。接着他们就用本国话交谈了好一阵子，并时不时地嘲笑我。最后，刚刚做我翻译的那位先生说，大家都要求他改正我几点错误；我所以会犯这些错误，都是由于人性中那共有的愚蠢，这样倒也可以不叫我负什么责任。他说，"斯特鲁德布鲁格"这一人种是他们国家所特有的，巴尔尼巴比和日本都没有，他曾有幸受国王派遣在这两个国家做过大使，发现当地人对此事都难以置信。最初他向我提起这事的时候，我也是惊讶不已，这就表明我当时也是觉得这事非常新奇、难以置信的。他在上面提到的那两个王国居留期间曾和人广泛交谈，发现长寿是人类普遍的愿望。无论任何人，一只脚都已进了坟墓，却肯定还要尽全力保住另一只脚。年岁极高的人依然希望能再多活一天，而把死亡看作是最痛苦的事；天性随时都在促使他躲避死亡。只有在这拉格奈格岛上，生的欲望才不那么急切，因为他们的眼前时时有"斯特鲁德布鲁格"作为警戒。

他说，我设想的那种生活方式是不合理的、不真实的，因为那必须以永远的青春、健康和精力为先决条件；作为理想，怎么想象都可以，可谁会这样去痴心妄想呢？所以问题不在于一个人是否能永葆青春，永远健康幸福，而在于他在老年所具备的种种常见的不利条件下，如何来度过他那永恒的生命。虽然极少有人愿意在这么恶劣的情形下长生不老，可是在前面提到的巴尔尼巴比和日本这两个王国里，他发现每一个人都希望把死亡的日期朝后再推迟一点，来得越晚越好；他也几乎没听到有什么人心甘情愿地死掉，除非他受到了极度的痛苦和折磨。他请我告诉他，在我旅行过的那些国家以及我自己的国家，是否也发现了这种相同的、普遍存在的心理。

开场白刚一结束，他给我详细叙述了他们那儿"斯特鲁德布鲁格"的情况。他说，大约三十岁之前，他们一般和普通人没有什么两样，之后就一点点变得忧郁和沮丧，并逐渐加深，一直到八十岁。这是他听他们亲口说的，要不然，一个时代这种人都降生不到两三个，人数这么少，无法进行普遍的观察。当他们活到八十岁时（在这个国家，八十岁就被认为是寿命的极限了），不但其他老人所有的毛病和荒唐行为他们都具备，而且还因

第三卷 勒皮他 巴尔尼巴比 拉格奈格 格勒大锥 日本游记

为其有永远不死这么一个可怕的前途,而又有了许多别的毛病和荒唐。他们不但性情顽固、暴躁、贪婪、忧郁、愚蠢、爱唠叨,而且什么友谊和自然情爱也谈不上了,顶多不过是对儿孙还有点感情。嫉妒和妄想是他们主要的情感。但引起他们嫉妒的事情,主要是年轻人的不道德行为和老年人的死亡。想想年轻人,他们发现一切的欢乐自己都没有办法享受了;而每当看到一支送葬的队伍时,他们就伤心、羡慕,别人进入一个港湾去安息了,自己却永远没有指望。他们除了自己在青年及中年时代学到和看到的东西外,别的全都忘记了,而就是那一点点东西也很不完整;所以任何事实,要想知道真相和细节,安全一点还是相信一般传统的说法,他们最好的记忆也是靠不住的。他们中最不悲惨的似乎倒是那些年老昏聩、完全丧失了记忆的人;这些人因为不像别人那样有许多恶劣品质,倒还比较地能得到大家的怜悯和帮助。

如果一个"斯特鲁德布鲁格"恰好跟他的同类结婚,按照王国的恩典,等到夫妇二人中较年轻的一人活到八十岁时,婚姻就可以解除。法律认为这种优惠待遇是很合理的,因为那些无辜受惩罚要在世上永远活下去的人,不应再受妻子的连累而使自己加倍痛苦。

他们年满八十岁,法律上就认为已经死亡,后嗣马上就可以继承其产业,只留极可怜的一点钱供他们维持生活,贫穷的则由公众来负担。过了八十岁,大家认为他们不能再担任任何工作,因为人们相信他们已经无法再为公众谋福利了。他们不能购买和租赁土地,也不准他们为任何民事或刑事案件做证,甚至都不允许他们参加地界的勘定。

九十岁以上,牙齿、头发全脱落。活到这把年纪已不能辨别气味,有什么吃什么,有什么喝什么,没有食欲,谈不上胃口。患的老毛病既不加重也不减轻,一直就这么延续下去。谈话时连一般事物的名称、人们的姓名都忘掉了,即使是自己的至亲好友的姓名也记不起来。由于同样的原因,读书自娱也是不可能了,因为记忆力太差,一个句子看了后面却把前边忘了,这一缺陷把本来还有可能享受的唯一的乐趣也给剥夺掉了。

这个国家的语言时刻都在变化,所以一个时代的"斯特鲁德布鲁格"听不明白另一个时代中他们同类的话,两百年一过,他们也不能同周围的普通人交谈,顶多不过说几个一般的词儿。因此,他们生活在自己的祖国却倒像外国人一样感到很不方便。

这就是我记忆所及他们给我作的关于"斯特鲁德布鲁格"的一番叙述。后来我见到了五六个不同时代的这些人。最年轻的还不到两百岁,他们都是由我的几个朋友在不同的时间里领到我这里来的。可是,虽然他们听说我是个大旅行家,世界各地都见识过,却一点也不感到好奇,不提出一个半个的问题来问问我。他们只希望我能给他们一个"斯兰姆斯库达斯克",就是一件纪念品。这其实是一种委婉的乞讨方式,以躲避严禁他们这样做的法律,因为尽管给他们的津贴确实很少,他们却是由众人供养着的。

人人都轻视、痛恨他们生下一个这样的人来,大家都认为是不祥之兆。他们出生的情况记载得十分详细,所以查一查登记簿就可以知道他们的年龄。不过登记簿上记载的还不到一千年,要不就是因为年代久远或者社会动乱,一千年前的记载早都被毁掉了。但是,通常计算他们年龄的方法,还是问一问他们脑子里记得哪些国王或者大人物,然后再去查历史,因为他们记得的最后一位君王,毫无疑问地总是不会到他们八十岁之后才开始登基。

他们是我生平所见到的最令人伤心的人,而女人比男人还要来得可怕。她们除了具有极度衰老的人所有的一般缺陷外,还有别的一些可怕的地方;这种可怕的程度是和她们的年岁成正比的,实在令人难以形容。我在五六个人当中很快就能辨出谁年龄最大,虽然她们彼此之间相差还不到一两百年。

读者不难相信,自从我亲耳听到、亲眼看到这种人以后,我长生不老的欲望为之大减。我为自己先前那些美妙的幻想感到由衷的羞愧,心想,与其这样活着真还不如死掉,无论什么暴君发明什么可怕的死法,我都乐于接受。我和我的朋友们在这件事上所谈论的一切,国王都听说了,他于是得意扬扬地挖苦我,说希望我能带一对"斯特鲁德布鲁格"回自己的国家,使我国人民不至于再怕死。不过这似乎是这个王国的基本法律所不允许的,否则我还真乐意费些力气花些钱把他们运回来。

我不得不赞成这个王国制定关于"斯特鲁德布鲁格"的法律具有最强有力的理由,任何别的一个国家处在那种情况下,都有必要执行那些法律。要不然,因为贪婪是老年的必然结果,那些长生不老的人最终就会成为整个国家的财产的业主,独霸全民的权力,却又因为缺乏经营管理的能力,最终必然导致整个社会的毁灭。

第十一章

作者离开拉格奈格，乘船前往日本——又从那儿坐一艘荷兰船到阿姆斯特丹，再从阿姆斯特丹返回英国

关于"斯特鲁德布鲁格"的叙述，我想一定会使读者感到有几分意思，因为这似乎多少有点不同寻常，至少在我读过的游记中，我记得还没有碰到过这一类的叙述。如果我记错了，我就恳请大家原谅，因为旅行家们在叙述同一个国家时，常常免不了都会在相同的一些细节上长篇大论，并且不会受到借用或抄袭前人著作的指责。

这个王国与大日本帝国之间确实有着贸易往来，所以很有可能日本的作家已经有过关于"斯特鲁德布鲁格"的叙述；不过我在日本停留的时间很短，而且一点也不懂他们国家的语言，所以没有办法去进行调查。我倒是希望荷兰人，经我这样介绍，能产生好奇心，同时也能够来弥补我的不足。

国王陛下三番五次强烈要求我接受他朝廷的官职，可他见我决意要回自己的祖国，也就准许我离开了。我很荣幸地得到他亲笔为我给日本天皇写的一封介绍信。他又赐给我四百四十四块大的金子（这个民族喜欢偶数），还有一枚红色钻石，我回英国后卖了一千一百英镑。

一七〇九年五月六日，我郑重辞别了国王和我的朋友。这位君王真是高尚，派了一支卫队把我送到了这座岛西南部的王家港口格兰古恩斯达尔德。六天以后，我找到一艘船可以把我带到日本。路上我们航行了十五天。我们在位于日本东南部的一个叫滨关的港口小镇上了岸。那个镇位于港口的西端，那儿有一条狭窄的海峡，向北通向一个长长的海湾，京城江户①就坐落在这海湾的西北岸。上岸后我马上就将拉格奈格国王给天皇陛下的信拿给海关官员看。他们对上面那御玺非常熟悉。御玺有我的手掌那么大，图案是一个国王从地上扶起一个瘸腿的乞丐。镇上的地方长官听说我有这么一封信，就以大臣之礼来款待我。他们为我备好车马和仆从，免费护送我去江户。到那儿后我就被召见了。我递上介绍信，拆信的仪式十分隆重，一名翻译将信的内容解释给天皇听。随后，翻译转达天皇的命令，通知我说，无论是什么要求只要我说出来就会被照办（这当然是看他拉格奈格王兄的面子）。这位翻译是专门同荷兰人打交道的，他从我的面相立即就猜出我是个欧洲人，于是又用纯熟的低地荷兰语把天皇陛下的命令重复一遍。我按照事先想好的主意回答说，我是一名荷兰的商人，在一个遥远的国家航海时翻了船，之后从那里先海路后陆路一直到了拉格奈格，再后来就坐船来到了日本。我知道我的同胞时常在这里经商，就希望有机会能随他们中的一些人一起回欧洲去。说完我就极为低声下气地请求天皇开恩，希望他能下令把我安全地送到长崎。我还提出了另一个请求，能否看在我的恩主拉格奈格国王的面上，免我履行踩踏十字架这一仪式②；我的同胞到这儿来都得履行这样的仪式，可我是因为遭遇了不幸才来到他的王国的，丝毫没有做生意的意思。当翻译把我的后一个请求说给天皇听之后，他显得有几分吃惊，说他相信在我的同胞中不愿履行这种仪式的人我是首例，因而开始怀疑我是不是真正的荷兰人；他更疑心我一定是个基督徒。尽管如此，由于我提的那些理由，而更主要是看在拉格奈格国王的面上，他特别开恩迁就了我这与众不同的脾气。不过事情还得安排得巧妙，吩咐他的官吏像是一时忘了那样把我放过去，因为要是我的同胞荷兰人发现了其中的秘密，他们一定会在途中将我的喉管割断。我通过翻译感谢天皇对我格外开恩。那时恰巧有一支军队要开到长崎去，天皇就命令指挥官护送我前往那里，关于十字架的事还特别做了关照。

一七〇九年六月九日，经过长途跋涉，我到了长崎。不久，我就认识了一些荷兰的水手，他们都是阿姆斯特丹的载重达四百五十吨的阿姆波伊纳号大商船上的人。我在荷兰住过很久，那是在莱顿求学时，所以我的荷

---

① 江户，现在的东京，日本的首都。
② 踩踏十字架，日本人探明外人是否为基督徒的一种仪式。

第三卷 勒皮他 巴尔尼巴比 拉格奈格 格勒大锥 日本游记

兰话说得很好。水手们不久就知道我是从哪儿来的了。他们十分好奇地询问我的航海及生活经历。我尽量地把故事编得简短而可信,却把真相的绝大部分隐瞒了下来。我在荷兰认识不少人,我可以捏造我父母的名字,假说他们是盖德尔兰省出身寒微的百姓。我本来准备付给船长(一个名叫西奥朵拉斯·凡格鲁尔特的人)我到荷兰应付的船费,可他听说我是一名外科医生后,就高兴得只收了一半,条件是我在我本行业务方面为他服务。开船前,有几名船员一再问我有没有履行以上提到的那种仪式。我避开了这个问题,只大致地回答他们说,天皇和朝廷的每一点具体的要求我都满足他们了。尽管这样,还是有一个叩头虫一样歹毒的流氓跑到一位官员前,对他说,我还没有踩过十字架。可是官员早已接到放我出境的命令,反而用一根竹子在这流氓的两个肩膀上打了二十下;此后就再也没有人拿这样的问题来烦我了。

　　航行途中没有发生值得一提的事情。我们一帆风顺地驶到好望角,为了取淡水,我们在那儿停了一会儿。四月六日,我们安全抵达阿姆斯特丹,路上只有三名水手病死,还有一名在离几内亚海岸①不远的地方从前桅上失足掉进了海里。之后不久,我搭乘阿姆斯特丹的一艘小船从那里启程回英国。

　　一七一〇年四月十日,我们进入唐兹锚地。第二天早晨我上了岸,在离开了整整五年零六个月以后,终于又见到了自己的祖国。我马上动身去瑞德里夫,当天下午两点就到了家,看到妻子儿女全都身体健康。

① 几内亚海岸,指赤道附近非洲西海岸。

第四卷
"慧骃"国游记

第一章

作者成了船长，外出航海——他的手下图谋不轨，把他关在船舱里好久，后来又把他扔在一块不知名的陆地上——他进入这个国家——描写了一种奇怪的动物"野胡"——作者撞见了两只"慧骃"

我在家中与妻儿共度了大约五个月的快乐时光，但是我当时并不懂得怎样的日子才算是好日子。当我离开我那可怜的妻子时，她已经怀孕了。我接受了一份待遇优厚的工作，到载重三百五十吨的冒险号大商船上当船长。这是因为我精通航海；另外，尽管偶尔我也可以当当医生，但我对在海上做外科医生的工作已感到日渐厌倦了，于是我就找了一个熟练的年轻医生罗伯特·漂尔佛伊到我的船上来代替我原先的工作。一七一○年八月七日，我们在朴次茅斯启航；十四日，我们在特内里费岛①遇到了来自布里斯托尔的坡可克船长，他正要到坎佩切湾②去采伐洋苏木。但是十六日的一场风暴将我们吹散了。我是回来之后才听说他的船沉没了，除了一名船舱里的服务生之外，无一人幸免。他为人诚实，还精通航海，只是有点儿固执己见，而这一点就让他像其他一些水手一样把自己给毁了。如果当时他听从我的劝告，也许现在他就能和我一样平平安安地和家人在一起过日子。

我的船上有几名水手患热病死了，所以我不得不在巴巴多斯和背风群岛招募一些新水手；雇用我的商人们曾指示我可以在这两地逗留一段时

---

① 特内里费岛，距非洲西北海岸六十英里的加那利群岛中最大的一座岛屿。
② 坎佩切湾，北美洲东南岸的墨西哥湾的西南部分。

间。但没过多久我就开始懊悔起来，因为我后来才发现，这些新水手大部分都曾是海盗。我手下一共有五十名水手；我的任务是，要到南洋地区和印度人做生意，并且尽可能有新的收获。我新招募的这帮恶棍把我船上的其余水手全部拖下了水，他们一起图谋不轨，要把这船占为己有，并且把我囚禁起来。一天早上，他们动手了，冲进船舱就把我结结实实捆了起来，并威胁我，要是动一动，就把我扔到海里去。我告诉他们，我已经是他们的俘虏了，情愿归顺。他们就强迫我发誓表示屈服后才给我松绑，只用链子把我的一条腿拴在床前。同时在舱门口设了一个门卫，让他的枪弹上膛，只要我想要逃跑，就开枪打死我。他们把我吃的和喝的送到下面的舱里来，开始自己控制这艘船，他们的计划是再去做海盗，抢劫西班牙人，不过他们还得纠集更多的人。因为我被囚禁以后，他们中已经死了几个了，所以剩下的人决定先把船上的货物卖掉，然后去马达加斯加招募新手。他们航行了好几个星期，同印度人做了一些买卖，可是我不知道他们走的是哪一条航线，因为我一直被关在船舱里。他们经常威胁说要把我弄死，我也就只能坐以待毙了。

直到一七一一年五月九日，一个名叫詹姆斯·威尔契的人来到了船舱里，声称他奉了船长之命来押我上岸。我向他哀告，却是徒劳无益；他也不肯告诉我他们的新船长是谁。他们让我穿上最好的一身衣服——那看起来差不多真像新的一样，还让我带了一包内衣，可是除了腰刀之外不准携带任何武器；然后就逼我上了一艘长舢板。不过他们还算比较文明，没有搜查我的口袋，我在里面放了我所有的钱和其他一些日常用品，我把它们带上了。他们划了大约有一里格，随后就把我扔在了一片浅滩上。我求他们告诉我这是什么国家，他们却一起发誓，说他们和我一样一无所知，只告诉我这是船长（他们这么称呼他）的主意，只要把船上的货物卖光，就在最近的陆地把我赶下船去。他们立刻就划船回去了，还劝我快点离开，以防潮水涌来把我吞没。他们就以这种方式和我告别了。

我在这荒凉的岛上向前走着，没过多久就踏上了坚实的土地。我坐在一处堤上稍稍休息了一会儿，考虑我最好该怎么办。稍稍恢复一些后，我就进入了这个国家，决定向最先遇到的野人投降，用些手镯、玻璃戒指以及其他玩意儿贿赂他们，以求保命；这些东西当海员的在这样的航海途中总要随身携带，而我也随身带了一些。这儿的树木并非人工种植，而是天然地生长在那儿，毫无规则可言，把土地一排排地隔开。遍地都是野草，还有几块燕麦田。我只得战战兢兢地走着，生怕受到突然袭击，或者有一支冷箭突然从身后或两边飞来，把我给射死。我走上了一条践踏出来的路，看见上面有许多人的脚印，还有一些牛的蹄印，不过最多的还是马蹄印。最后我在一块地里发现了几只动物，还有一两只坐在树上。它们的形状非常奇特、丑陋，让我感到有点不安，所以我就躺在一处灌木丛后面，仔细地观察它们。其中有几只一直往前走，来到了我躺着的地方，这使我有机会仔细观察它们的样子。它们的头部和胸脯都覆盖着一层厚厚的毛发，有的拳曲，有的挺直。它们长着山羊一样的胡子，背上和腿脚的前面部分都长着长长的一道毛，不过身上其余部分就光溜溜的了，所以我能看到它们那浅褐色的皮肤。它们没有尾巴，臀部除了肛门周围以外也都没有毛，我猜那是因为它们要坐在地上，大自然如此保护它们的吧。它们经常采用这种坐姿，有时也躺倒，还经常性地用后腿站立。它们爬起树来像猴子一样敏捷，因为它们的前后脚都长着长长的爪子，前端尖锐无比，还是带钩的。它们时常上蹿下跳，蹦来蹦去，行动灵巧自如。母的比公的要小些，头上长着长而直的毛发，但是脸上没有，除了肛门和阴部的周围，身上其他地方就都只有一层绒毛。乳房垂在两条前腿的中间，走路时常常险些碰到地面。公的和母的毛发都有褐、红、黑、黄等几种不同的颜色。总而言之，在我所有的旅行中，这么让我不舒服的动物还是第一次见到，因为从来没有一种动物天然地就叫我感到这般厌恶。我想我已经看够了，心中充满了轻蔑和厌恶，就站起身来沿原路返回，希望沿这条路走去最终能找到一间印第安人的小屋。我还没走多远，就迎头撞见了一只动物，它挡在路上，并且一直朝我走来。那丑家伙见到我，做出种种鬼脸，两眼紧紧地盯着我，就像看一件它从未见过的东西。接着它向我靠得越来越近，我不知道它是出于好奇还是恶意，一下抬起了前爪。我拔出我的腰刀，用刀背狠狠地打了它一下；我不敢用锋刃打它，怕砍死或砍伤了牲口而激怒当地的居民。那畜生挨了这一击之后就往后退去，还狂吼起来；这下立刻就有至少四十头这样的怪兽从邻近的地里跑过来将我团团围住，它们又是狂叫又是扮鬼脸。我跑到一棵树底下，背倚着树干，一面挥舞着腰刀不让它们靠近我的身体。有几只该死的畜生抓住了我身后的树枝一蹿就蹿到了树上，从那儿往我的头上拉屎。我把身子紧贴在树干上，才算躲了过去，但差点儿没被从我周围落下来的粪便的臭气熏死。

　　正在这紧要关头，我看到这些畜生忽然全都拼命地飞奔而去了，于是我就壮胆离开那棵树，继续往前走，一面心里暗自纳闷：会是什么东西把它们吓成这个样子呢？我往左手边一看，却看到了地里有一匹马在慢悠悠地走着；原来欺负我的那些畜生是比我先看到了它，所以才全都跑了。这马走近我身边时先是微微地吃了一惊，但马上就镇定下来，它上上下下地打量我，显然非常地惊奇。它看看我的手，又看看我的脚，又围着我转了几圈。我本想继续赶路，它却拦在路中央，不过神色倒很温和，丝毫没有要加害我的迹象。我们站在那儿互相盯着看了好一会儿，最后我壮壮胆子，伸手要去摸它的脖子，还吹着口哨，俨然一副职业骑师驯野马时的架势。可是这只动物对我的这番好意似乎并不领情，它摇摇脑袋，又皱了皱眉头，轻轻地抬起右前蹄推开了我的手。接着它又嘶叫了三四声，可每次音调都不一样，我不由得觉得它那是用自己的什么语言在自言自语。

　　正当我和它处于僵持状态的时候，又有一匹马出现了。它彬彬有礼地走到第一匹马跟前，和它互相轻轻地碰了碰右前蹄，然后用各不相同的声音轮流嘶叫了几声，像是在说话一样。它们走出去几步，像是要一起商讨

什么事；又肩并肩地走来走去，就像人在考虑什么大事儿一样，可是又不时地转过来朝我这边看，好像要监视我，生怕我会跑掉似的。看到没有理性的畜生的这种行为举止，我万分惊奇，暗自推断，拥有这么有灵性的动物，这个国家的居民该是世界上最聪明的了。这一念头给了我不少安慰，我决定继续往前走，直到我找着房屋或村庄，或者遇到当地的居民。只要那两匹马乐意，就让它们在那儿谈吧。可是第一匹马（那是匹深灰色的带斑纹的马）见我要悄悄地溜走，就在我身后长嘶起来。那声音极富表现力，连我都觉得我明白了它的意思。我于是转过身，走到它跟前，看看它还有什么吩咐，尽力掩饰自己内心的慌张，因为我不知道这场险事到底会怎样收场，已经开始感到有几分痛苦。读者也不难相信，我是非常不喜欢我当时的处境的。

这两匹马走到我面前，仔细地观察我的脸和手。那匹灰色马用右前蹄摸了一圈我的帽子，把它弄得不成样子，我只得把它摘下来，整理一下，又重新戴上去。它和它的同伴（一匹栗色马）见此更加惊讶了。栗色马摸了摸我的上衣襟，发现那是松松地挂在我身上时，它俩就又露出了惊奇的表情。它摸摸我的右手，手的颜色和那柔滑的样子似乎使它十分羡慕。可是它又将我的手在它的蹄子与蹄骹中间用力猛夹，疼得我大叫起来；这么一来，它们倒又尽量温存地抚弄我。它们对我的鞋子和袜子感到十分困惑，不时地去摸一摸，又相互嘶叫一番，做出种种姿势，俨然是一副哲学家的样子，正试图解决什么新的难题。

总之，这两只动物的举止是如此有条有理，如此富有理性，观察如此敏锐而判断如此正确，以至于我到最后得出这样的结论：它们一定是魔术师，用了什么法术才把自己变成现在这个样子，看到路上来了个陌生人，就用这样的方法寻他的开心。要么就是对于生活在这么遥远的一个地方的人来说，见到和自己从服装到外形到容貌都完全不同的一个人，真的感到万分惊讶。在这种推断的鼓舞下，我就大胆地说了以下的话："先生们，如果你们是魔术师——我相信你们是的，你们肯定能听懂我说的话。所以我要冒昧地告诉两位阁下，我是一个可怜的、倒霉的英国人，由于遭遇了不幸漂流到你们的海岸上，我请求你们中的哪位容许我骑到他背上，就像是骑真的马一样，把我驮到某个人家或者村庄，救我一命。为了报答你们的恩惠，我愿意把这把刀和这串手镯当礼物送给你们。"说话的当儿，我就已经把它们从口袋里取了出来。我说话时,这两只动物默默地站在那儿,似乎在专注地听我说。我说完之后,它们相互嘶叫了好一阵子,仿佛是在进行什么正儿八经的谈话。我清楚地观察到它们的语言能很好地表达感情。它们的词语不用费多大劲就可以用字母拼写下来,比拼写中国话还要容易得多。

　　我不时地可以分辨出有一个词是"野胡",它们都把这词儿反复地说了好多遍,虽然我不明白那是什么意思,可当这两匹马忙着在那里交谈的时候,我就试着开始学习这个词。它们一停止说话,我就壮了壮胆子高声地喊了一声"野胡",同时还尽量地模仿那种马嘶叫的声音。它们听了之后看起来都很惊讶。那匹灰色的马把那个词又重复了两遍,好像它有意识地要教我正确的发音似的,我就尽力跟着它学了几遍,虽然还远远谈不上尽善尽美,但发现每一次都有明显的进步。接着那栗色马又试着教我第二个词儿,这可是比第一个音难发多了;按照英语的拼写方式,它可以拼作"慧因"(慧骃)。这个词我的发音不如前一个成功,可试了两三次之后,也大有长进;见我有这样的才能,它们都显得非常惊讶。

　　两匹马又说了一些话之后(我当时猜想可能跟我有关),它们就分手了,分手前同样又行了互相碰碰蹄子的礼节。灰色马做了个姿势,示意我得在它前头走,我想我在找到更好的向导之前,最好还是乖乖地顺着它。我一放慢脚步,它就会发出"咴、咴"的声音。我揣摩它的意思,于是就想方设法让它明白,我太疲倦了,走不快了。于是它就停下来站一会儿,让我休息一会儿。

第二章

作者被一只"慧骃"领回家——对房屋的描写——作者受到的招待——"慧骃"的食物——作者想吃肉而备受煎熬——最终找到了解决的办法——他在这个国家吃饭的方式

大约走了三英里路之后,我们面前出现了一幢长房子。那幢房子是先把木材插在地上,再用枝条编织而成的。屋顶很低,上面还盖着草。现在我开始感到稍稍有点安心了,就拿出几件玩具(旅行家们常常带一些这样的玩意儿,把它们当成礼物送给美洲等地的印第安野人),希望这户人家会因此而高兴,能好好地招待我。那马对我做了一个姿势,示意我先进房去。这是一间很宽敞的房间,泥土地面很光滑,整整一边都是秣草架和食槽。房间里有三匹小马和两匹母马,都不在吃东西,有几匹屁股着地坐在那儿,令我感到非常惊奇;更让我惊奇的是,其余的那几匹在那儿忙着做家务。它们看上去只不过是普普通通的牲口,但是这却证实了我原先的那个想法:一个能把野兽管教成这样的民族,他们的智力一定出类拔萃,远胜世界上其他的民族。灰色马随后就走了进来,这样,其他的那些马就没有来得及能够欺负我,否则,我也许要吃些苦头。它对它们嘶叫几声,听起来颇有权威性,它们也有所回应。

除了这间屋子以外,另外还有三间,一直延伸到这幢长房子的尽头,彼此相向的三扇门把房间连在一起,有点街道的味道。我们穿过第二个房间向第三个房间走去。这时灰色马先走了进去,示意我在外面等着。我就在第二个房间里待着,一边把送给这家主人和主妇的礼物准备好:它们是两把小刀,三只仿珍珠手镯,一面玻璃做的小镜子和一串珠子项链。那马嘶叫了三四声，我等着，以为能听到人的声音的回答；但除了同样是马的嘶叫之外，我什么声音也没有听到，只是这一两声比灰色马更尖厉一些。我心里开始想，这房子的主人必定不同凡响，在得到召见之前似乎要经过许多仪式。可是，这位高贵人物的生活起居都由马来侍候却让我百思不得其解。我怕自己会被这种种遭遇和不幸弄得神经错乱了，于是就打起精神，在只有我一个人的这个房间四面环顾：房里的器具还是同第一个房间一样，只是更精致了一些。我擦了擦眼睛，又擦了擦，但看到的还是相同的东西。我拧了拧胳膊，又捏了捏腰，想让自己清醒过来，希望自己是在做梦。然后我彻底地得出了这样的结论：这儿出现的一切都只能是妖术和魔法。不过我来不及再往下细想了，那灰色马已经来到门口，做了个动作，示意我跟它到第三个房间去。刚一进门，我就看到了一匹非常漂亮的母马、一匹小公马和一匹小母马，它们都屁股着地，坐在异常整洁又做工精细的草席上。

　　我进房间后不久，那母马就从草席上站了起来。它走到我跟前，仔仔细细地打量了一番我的手和脸之后，竟露出十分不屑的表情。接着它就转过身去和那匹灰色马说话。我听到它们一再地提到"野胡"这个词儿，虽然那是我学会说的第一个词，我当时还不清楚它的意思。不过不久之后我就会弄清楚，这是我永远的耻辱。灰色马朝我点了点头，又像刚才在路上时那样"咴、咴"了几下，我明白那是让我跟它走。它带我出了房间，到了一个像院子一样的地方，离马儿住的房子不远还有一幢房子。我们一走进去，我就看见三只我上岸后最先见到的那种叫人作呕的畜生。它们正在吃着树根和兽肉，我后来才发现那是驴肉和狗肉，有时也吃病死或意外死亡的母牛肉。它们的脖子上都绑着结实的枝条，另一头拴在一根横木上。它们拿两只前爪抓住食物，再用牙齿撕下来吃。

　　马主人吩咐它的一个仆人（一匹栗色小马）将其中最大的一头解下来，把它带到院子里来。主仆二马把我和那野兽紧挨着排到一起后，开始仔细地比较起我们的面貌来，随后一遍又一遍地重复说"野胡""野胡"。当我看出这只可恶的畜生竟然完全是个人的样子时，惊恐得简直无法形容。它的脸又扁又宽，鼻子很塌，嘴唇很厚，嘴巴也很宽，但是对所有野人来说，和人的这些差异都是很正常的，因为野蛮人总让他们的小孩子趴在地上，或者把他们背在背上，孩子的脸在母亲的肩膀上擦来擦去，久而久之,面部轮廓就变形了。"野胡"的前爪除了指甲更长,手掌粗糙、颜色棕黄,手背长毛之外,和我的手没有什么两样。我们的脚也有相似之处,差别也同手的一样。这我心里非常清楚,然而马不知道,因为我的脚上穿着鞋和袜子。身上其他各处也都相同,只是它多毛,颜色也各不相同,这一点我在前面已经讲到过了。

让这两匹马感到最困惑的,就是看到我身体的其他部分和"野胡"大不相同,而这都要归功于我的衣服,对于衣服它们是毫无概念的。那匹栗色小马用它的蹄子和蹄骹夹了一段树根给我(关于它们拿东西的方法,我会在合适的时机再来细说)。我用手接了过来,闻了闻,又十分礼貌地还给了它。它又从"野胡"的住所里拿来一片驴肉,可是气味极其难闻,它就把这片驴肉扔给了那些"野胡",结果它们一下子就狼吞虎咽地全吞吃了。随后它又拿出一小捆干草和一种燕麦,可我都是摇摇头,表示这两样都不是我吃的食物。说真的,我现在倒真明白了,要是我遇不上我的同类,我是一定会被饿死的。至于那些恶心的"野胡",虽然那时候没有人会比我更热爱人类了,我也无论如何不能承认它们就是我的同类,我还从未见到过这么讨厌的生物,我待在这个国家的那段时间里,也是越接近它们就越觉得它们可恶。这一点,那马主人从我的举止上也已经看出来了,于是它就吩咐把"野胡"带回窝里去。接着它就将前蹄放到嘴上,动作看上去非常自如,却令我感到大为惊讶。它又做了几个其他的动作,意思是问我要吃什么。可是我无法作出回答,让它明白我的意思,而就算它明白了,我也看不出能有什么办法为自己弄到食物。正当我们处在这种情况下时,我看到一条母牛从旁边经过,我因此就指了指它,表示想上前去挤母牛的奶。这一下倒是有了作用。它又把我领回家,吩咐一匹做仆人的母马打开一个房间,里面存放着大量用陶盆和木盆装着的牛奶,又整齐、又干净。母马给了我满满一大碗,我痛痛快快地喝了下去,顿时觉得精神大振。

大约中午的时候,我看到四只"野胡"拉着一种像雪橇一样的车子朝房子这边走来。车上是一匹老马,看上去地位挺高的,它下车时后蹄先着地,因为它的左前蹄不小心受了伤。老马是来我的马主人家里赴宴的,马主人十分殷勤地接待了它。它们在最好的一间屋子里用餐,第二道菜是牛奶煮燕麦,老马吃热的,其他的马都吃冷的。它们的食槽在房间的中央围成了一个圆圈,分隔成若干格,它们就围着食槽在草堆上坐成一圈。食槽圈的中间是一个大架子，上面有许多尖角，分别对准食槽的每一个格子，这样每一匹公马和母马都能井然有序地享用自己的那份干草和牛奶煮燕麦。小马驹似乎举止很讲规矩，马主人夫妇对它们客人的态度则极为欣喜而殷勤。灰色马让我站在它的身边，它和它的朋友说了许多关于我的话，因为我发现客人时不时地看我，而且又频繁地提到"野胡"这个词儿。我那时恰好戴着一副手套，那匹灰色马主人见了非常困惑；它看我把前蹄子弄成这样，不觉露出种种惊奇的表情。它用蹄子在我的手套上碰了三四下，意思好像是要我把前蹄子恢复本来的模样。我立刻就照办了，把手套脱下来放进口袋里。这一举动引起了它们更多的谈论。我看出大家对我这么做都感到很满意，不久我也看出了这一举动起了很好的作用。它们让我说出我明白的那几个词。它们在吃饭时，马主人又告诉我燕麦、牛奶、火、水和其他一些东西的名称；由于我从小就有很好的语言天赋，所以跟着它很容易就念了出来。

吃完饭以后，马主人把我拉到一边，又做动作又说话让我明白，它很担心我没有东西吃。燕麦在它们的话里叫"赫伦"，我把这个词儿念了两三遍，因为虽然我起先拒绝吃这东西，可是转念一想，我觉得我可以想办法把它做成一种面包，到时和牛奶一起吃下去，或许就可以让我活命了，一直熬到以后设法逃往别的国家，找到我的同类。马主人立即吩咐家里的一匹白母马仆人用一种木盘子给我送来了很多燕麦。我就尽量把它们放在火上烤，接着把燕麦壳搓下来，再设法吹去麦皮。我把它们放在两块石头中间磨碎，接着加上水，和成了一种糊状或者饼状的东西，再拿到火上烤熟，和着牛奶趁热吃了下去。其实这东西在欧洲许多地方也是一种相当常见的食品，可是我刚开始吃觉得非常无味，时间一长也就习惯了。我这一生常常会沦落到吃粗粮的地步，这也不是我第一次从经验中认识到人的天性是很容易满足的。另外我还不得不提及的是，我待在这座岛上的这段时间，连一个小时的病都没有生过。真的是这样，我有时也设法用"野胡"的毛发编织成罗网，来捉一只兔子或鸟儿什么的；也常常去采集一些卫生的野菜，煮熟了吃，或者就做成沙拉，和着面包一起吃；间或我也做一点奶油尝尝鲜，而且把做奶油剩下来的乳清也都喝了。开头我吃不到盐简直不知该怎么办，可是习惯成自然，不久以后，觉得它也可有可无了。我确信，我们老是要吃盐其实是一种奢侈的结果，因为把盐放到饮料中起初是用来刺激食欲的,所以除了在长途的航海中,或者在远离大市场的地方保存肉食需要用盐以外,盐是没有必要的。我们发现,除了人以外,没有一种动物喜欢吃盐。至于我自己,离开这个国家之后,一直到过了好长一段时间以后,我才受得了有咸味的食物。

关于我的饮食问题已经说得够多的了。其他的旅行家在他们的书中也都对此大谈特谈,好像读者个个都很关心我们这些人是吃得好还是坏。不过这件事还是有必要提一下的,要不然谁会相信我在这样一个国家和这样一群居民一起生活了三年!

到了傍晚的时候,马主人吩咐给我准备一个住处。那里离马主人的住所有六码远,跟"野胡"的窝是分开的。我铺了一些干草,身上盖着自己的衣服,睡得很熟。读者到时候会知道,不久以后我会住得更好,因为我会在下文中详细地叙述我以后的生活方式。

第三章

在"慧骃"主人的帮助和教导下,作者学习它们的语言——关于这种语言的描写——几个"慧骃"贵族出于好奇前来看望作者——他向主人简要说明他的航海经历

我当时首要的想法就是学习它们的语言。我的主人(以后我就一直这么叫它),它的子女们,以及家中的每个仆人都愿意教我。一头畜生竟有理性动物的各种特征,它们认为这实在是个奇迹。我用手指着每样东西,问它们叫什么名称,我一个人的时候就把这些名称记到自己的日记本里,我还请家里的马多念几遍帮我纠正不准确的发音。这方面,有个当下等仆人的栗色小马随时都乐意帮助我。

它们主要是用鼻子和喉咙发音,在我所知道的欧洲语言里,它们的语言和高地荷兰语或者德语最接近,不过要文雅得多,含义也更加丰富。查理五世①也发表过同样的见解:他要是同他的马说话,用的就肯定是高地荷兰语。

我的主人异常好奇,而且很有耐心,它有空的时候就花上几个小时来指导我。它坚信(这是它后来告诉我的)我是一只"野胡",可是我可教、彬彬有礼、整洁,这令它大为惊奇,因为这些品质与"野胡"那样的动物完全相反。它最感困惑的是我的衣服;有时它自己在那儿想,这些东西是不是我身体的一部分?因为在它们家我从来都是等它们都睡了才脱衣服休

---

① 查理五世(1500—1558),神圣罗马帝国的皇帝。据说他曾说过,他和他的上帝谈话用西班牙语,他和他的情妇谈话用意大利语,而和他的马交谈用德语。

息,早晨它们还没有醒我就又穿上了。我的主人急切地想知道我是从哪儿来的;我的举止看来都很有理性,这又是怎样形成的。它非常想让我亲口告诉它我的故事;我学习它们的语言,单词和句子现在都学得不错,口语也说得很熟练了,所以它的愿望我不久就能帮助它实现了。为了帮助记忆,我把学过的所有单词全都用英文字母拼好,和译文一起写下来。一段时间之后,我当着我主人的面也敢这么做了。不过向它解释我那是在干什么可是件麻烦事,因为这些居民根本就不知道书或者文字是什么。

大约过了十个星期,它提的问题大部分我都能听懂了,而三个月以后,我就能够勉勉强强地回答它的问题了。它非常想知道我来自这个国家的哪个部分,怎么会有模仿理性动物的本事的,因为"野胡"(单单看露在外面的头、手和脸的话,它认为我完全像一只"野胡")看起来很狡猾,最爱调皮捣蛋,据说是一切兽类中最难以调教的畜生。我回答说,我来自一个很远的地方,和许多同类坐在用树干做成的中空的一个大容器里,漂洋过海到了这里。我的同伴强迫我在这里的海岸登陆,扔下我自生自灭。这可是件麻烦事,我借助了不少手势,才使它明白了我的意思。它回答说,我肯定是弄错了,要不就不是我说的那么回事(它们的语言中没有什么能表示说谎或者虚假的词儿)。它认为海那边不可能还有什么国家,一群畜生也不可能随心所欲地在水面上移动一个木头的容器。它不相信在世上现存的"慧骃"中谁能做出这样的容器,更别提"野胡"了。

"慧骃"这个词在它们的语言中是"马"的意思,就它的词源而言,是指"大自然之尽善尽美者"。我对我主人说,我不知道该怎样表达自己的意思,不过我会尽快进步,希望用不了多久就能告诉它种种稀奇古怪的事。它很开心,示意它自己的母马、小马以及家中的仆人都利用所有的机会来教我,而它自己每天也要花上两三个钟头来教我。我们家有一头神奇的"野胡",不但能像"慧骃"那样说话,而且言谈举止似乎还显露出几分理性。这样的传闻很快就流传开了,住在附近的几位马贵族听说了这个消息,就经常上我们家来拜访。这些马贵族很喜欢和我说话。它们问了我许多问题,我则尽我所能回答它们。这一切使我的语言能力突飞猛进,从我到这地方的那天算起,五个月以后,无论它们说什么我都能听懂了,同时我也能相当不错地表达我自己的意思了。

为了想看看我并且想同我交谈而来拜访我主人的"慧骃",都很难相信我是一只真正的"野胡",因为我的身体表面覆盖了一层东西,和其他"野胡"不一样。看到我身上除了头、脸、手之外,没有它们通常有的毛发和皮肤,让它们感到非常惊讶。但是,大约两个星期前发生的一次意外却使我向主人揭开了我的秘密。

我已经告诉过读者,每天晚上我都等全家都入睡之后才脱下衣服并把衣服盖在我的身上休息。一个大清早,我的主人让它的贴身仆人栗色小马来叫我过去。它进来时我睡得正酣,衣服都掉到一边去了,衬衫都在腰部以上。它发出的声音把我吵醒了,只见它把主人吩咐的话说得有点颠三倒四,接着它慌慌张张地回到主人那里,把它看到的情况胡乱报告了一通。这我立刻就知道了,因为我一穿好衣服就去拜见主人,它一见面就问我,它的仆人所报告的情况到底是怎么回事?为什么我睡觉时的样子和其他时候不同?它的贴身仆人告诉它,我身上有些部分是白色的,有些部分是黄色的,至少不是那么白,还有些部分则是棕色的。

为了尽量把自己和那该死的"野胡"区别开来,我至此一直严守着我穿衣服这一秘密,但现在再也不可能保密了。另外,考虑到我的衣服和鞋子都已经越来越旧,已经快要穿破了,我得用"野胡"或者别的兽类的皮另做一套换上,但是这样一来,它们就会知道全部的真相了。于是我就告诉我的主人,在我来的那个国家里,我的那些同类总是用某种动物的毛皮精心加工的衣服来遮蔽身体,一方面是为了体面,另一方面也是为了抵御严寒酷暑的恶劣气候;要是它愿意看的话,我马上就可以证实这一点。不过要请它原谅,对于那些大自然教我们要遮盖起来的地方,我不能暴露出来。它觉得我讲的话很奇怪,特别是最后那一句,因为它不能理解,既然大自然已经把那些东西赐予我们了,为什么又要教我们藏起来?它说,不论它自己还是它的家人,对自己身体的每一部分都不觉得有什么可耻的;但是,它说我可以按自己的意愿去做。于是,我就先解了上衣的纽扣,把它脱掉,接着我又把背心脱了,又把鞋、袜和裤子都脱了下来。我把衬衣放下来裹在腰间,再拉起下摆拦腰打了个结,遮住自己赤裸的身体。

我的主人看完了我的整个脱衣表演,显得非常惊奇,又有几分羡慕。它用蹄骸把我的衣服一件一件地拿起来细细观察,随后它又轻轻地抚摸我的身体,并且上上下下地打量了我好几遍,然后它说,我明显是一只地地道道的"野胡",不过我和其他的同类还是有很多的不同之处,我的皮肤柔软、洁白、光滑，身上有些地方没有毛，我的前爪后爪都短，形状也不同，而且我还总爱用两只后脚走路。因为我已经冻得发抖了，它就不再想看什么了，准许我下去把衣服重新穿上。

它常常叫我"野胡"，我对此感到很不安；对这种讨厌的动物，我有的只是彻底的痛恨和鄙视。我求它不要再用这个词儿叫我了，也请它吩咐家人和得到它允许前来看我的朋友都不要这样叫我。我还请求它，至少是只要现在我的这身衣服还能凑合，除了它自己，别让其他人知道我身上有一层伪装，让它为我保守这个秘密；至于它的贴身仆人栗色小马知道了些什么，它可以命令它不许泄密。

我的主人答应了我所有的诚恳请求，这样这个秘密就一直没被其他人发现，直到我的衣服再也不能对付的时候。我不得不想些办法来添置衣服，这件事我在下文中还有所提及。同时，它还要我继续努力学习它们的语言，因为让它最为惊奇的还是我那说话和推理的能力，至于我身体的样子，不管我有没有穿衣服，与我身体的样子相比，它都不像对前者那样感到惊奇。它又说，我曾承诺过要给它讲一些稀奇古怪的事，它都有点儿等不及了。

从那时候起，它就加倍努力来指导我学习它们的语言。不管去哪里都带上我，还要求所有的客人都彬彬有礼地对待我，因为它私下里对它们说，那样会使我高兴，我也就会变得更加有趣了。

每天我在侍候它的时候，它除了教导我以外，还要问几个与我有关的问题，我就尽我所能地回答它。用这样的方法，它已经了解了大致的情况，不过还不太仔细。至于我是怎样一步步提高到能同它进行更加正规的交谈，就说来话长了，不过我第一次比较详细而有次序地叙述我身世的谈话，大致内容是这样的：

我早已设法告诉过它，我来自一个十分遥远的国家，我和大约五十个我的同类乘坐一只比它的华贵的房子还要大的木制的中空的容器在海上航行。我穷尽我的所能把我们的船描述给它听，又借助我的手帕，向它解释船在风力的推动下前行。一次我们发生争吵后，我就被遗弃在这里的海岸上。我往前走着，不知道身在何处，后来被那些可恶的"野胡"困住了，还是它把我救了出来。它问我船是谁造的，我们国家的"慧骃"怎么可能把船交给一群畜生去管理。

我回答说，除非它保证听了以后不生气，我才敢继续往下说，把以前常常许诺要跟它说的奇事告诉它。得到它的同意以后，我才继续往下说，告诉它船就是像我这样的人造的；在我旅行中到过的所有国家里，都和我的祖国一样，像我这样的人类是唯一有理性的统治者。我到了这里以后，看到"慧骃"的言行举止像是有理性的动物，就感到非常吃惊，这就像它或者它的朋友发现一只管它叫作"野胡"的动物身上有几分理性时也感到吃惊一样。尽管我除了凶残落后的本性之外，身上各处都和"野胡"很相像。

我接着说，如果运气好我还能回到祖国去的话我一定会谈及在这里旅行的情况（我是决定要说的），大家都会认为我说的事是天方夜谭，是我自己脑子里凭空捏造出来的。尽管我对它、它的家人、它的朋友都非常尊敬，同时它也曾答应不生我的气，但我还是要说，"慧骃"竟是一个国家的统治者，而"野胡"却是畜生，我的同胞都很难相信。

第四章

"慧骃"关于真和假的概念——主人不赞成作者的说法——作者更为详尽地叙述自己的一切以及旅途中的经历

我的主人一边听我叙述,一边脸上露出十分不安的神色。因为在这个国家,没有人知道"怀疑"或者"不信"是怎么回事,在这样的情况下,居民们都不知道该怎么办才好。我记得,在我和主人的交谈中,经常会谈到世界其他地方的人的天性,我有时也曾提到"说谎"或者"说瞎话",它很难领会我的意思,尽管它在其他方面有极敏锐的判断力。对此,它争辩说:"言语的作用是使我们彼此了解,并获得有关事实的信息;好了,如果一个人指鹿为马,言语的这些作用就被破坏了,因为我完全不能说我了解对方,而且永远无法知道事实的真相,它令我颠倒黑白,这简直比完全的无知还要糟糕。"这就是它对于"说谎"这种本领的全部看法,而我们人类对此早已有完美的了解和纯熟的运用了。

闲话少说。当我宣称在我们国家"野胡"这种动物是唯一的统治者时,我的主人说那完全出乎它意料之外。它渴望知道我们那儿有没有"慧骃",而它们又从事什么工作。我告诉它:"我们有很多。夏天它们在田野里吃草;冬天就养在家吃干草和燕麦。被雇来做仆人的'野胡'替它们擦身子、梳鬃毛、剔蹄垢、喂食料,还给它们铺床。""我非常明白你的意思,"我的主人说,"从你所说的一切来看,很显然。不管'野胡'怎么样假装拥有多少理性,'慧骃'还是你们的主人;我由衷地希望我们的'野胡'也能如此驯良。"我请求它原谅我不再说下去了,因为我非常肯定,它期盼我接下去说的话一定会令它非常不愉快的。可是它坚持要我说下去,不论好坏。我只好说：遵命。我承认，我们称作"马"的"慧骃"是所有动物中最慷慨、最漂亮的一种，在力量与速度方面卓尔不群；假如它们被贵族所养，就被用于旅行、赛马或者拉车，受到善待和细致的照料，直到病倒或者跌折了脚；但这以后它们会被卖掉，去从事各种各样的苦工，一直到死；死后，它们的皮会被剥掉论价出售，尸体则丢给狗和猛禽分食。可是普通的马就没有这样的好福气了，它们由农夫、搬运工和其他平民豢养，被迫干更重的活，吃更差的食物。我尽可能地把我们骑马的方法，缰绳、马鞍、马刺、马鞭、马具和车轮的形状及用途描述了一番。并补充说："我们在它们的脚底安上一种叫'蹄铁'的坚硬的铁块，使它们的蹄子在我们常常要走的石子路上不至于磨破。"

　　主人听了我的话极为愤慨，它对我们怎么敢贸然骑到"慧骃"的背上感到惊愕，因为它十分肯定，它家里最孱弱的仆人也能把最强壮的"野胡"打翻在地，或者躺下来打个滚也能把那畜生碾死。我回答说：我们的马从三四岁起就根据我们的需要接受特定的训练。如果顽劣不驯，就被派去拉车。幼龄的马常常遭到暴烈的鞭打。用于骑坐或拉车的公马，如果顽劣不驯，通常在两岁左右就会被阉割，以挫其锐气，使它们驯服温顺。在这样的训练下，它们确实能分清赏罚。可是阁下应该考虑到，它们具有的理性一点也不比这个国家的"野胡"多。

　　由于"慧骃"的需要和情感都比我们要少，因此它们语言中的词汇也不如我们丰富，这使我费尽唇舌说了老半天才使我的主人听明白我的意思。可是我简直无法形容它有多么痛恨我们对待"慧骃"种族的野蛮方式，尤其是在我说明阉马的方法和作用，在于使它们不能繁殖后代并且更加顺从以后。它说，要是有这么一个国家，其中只有"野胡"才具有理性，毫无疑问，它们应该成为统治的动物，因为理性的力量最终总是战胜野蛮。但是就我们的体格，特别是我的体格而论，它认为同样大小的动物再没有比我们这种身体构造更不利于在日常生活中运用理性的了。因此，它很想知道，和我们在一起的那些"野胡"是像我呢，还是像它们国家的"野胡"。我向它证实："我和大多数我的同龄人长得一样，而年轻人和女人长得还要柔嫩，后者的皮肤通常都像牛奶一样白。"它说我倒的确和别的"野胡"不太一样，身上干净得多，样子也不至于那么丑陋。可是，从是否真正有用这一点来看，我与别的"野胡"之间的这些差别，反而使我显得更糟：无论我的前脚还是后脚，那上面的指甲就一点用都没有；至于我的前脚，它简直就不能管它们叫这个名字，因为它从来就没有见我用前脚走路，它们太柔弱了，都经不起在地上走；而且我走路时前脚通常裸着，即使有时也戴着套子，也和后脚的套子形状不一样，也没那么结实；因此我走路一点都不可能稳当，因为我的两只后脚中无论哪只滑一下，我就不可避免地要跌倒。接着，它开始在我身上其他地方挑毛病：面部太扁平，鼻子太突出，两只眼睛直朝前，如果不转动头就不能看两边；如果不把一只前脚举到嘴边就不能吃东西，因此大自然倒还给我安上了那些关节来满足这些需要。但它不明白我后脚上也那么分几个口子又有什么用处；我的后脚太柔嫩，不穿上别的兽皮做的套子就不能忍受在又硬又尖的石子上走路。我的整个身体也需要一层抗热御寒的保护层，像这样每天都不得不把那一身衣服穿上脱下，真是烦不胜烦。最后，这个国家的每一只动物天生就憎恶"野胡"，比它们弱的躲着它们，比它们强的就驱逐它们。因此，就算我们具有理性的天赋，它也不明白怎样才能去除所有的动物对我们的这种天生的反感，我们又怎能驯服它们，使它们为我们效劳呢？不过，如它所说，它不想再深入讨论这件事了，因为它更想知道我个人的故事，我出生的那个国家的情况，以及我来这里之前的一些生活经历。

我向它保证说，我是多么愿意满足它的每一个要求，但我又很怀疑有些事情是否可能解释清楚，因为我从没在它的国家见过类似的事情，它对此可能毫无概念。无论如何，我还是会尽力设法通过种种相似的事物来表达我的意思，如果一时找不到恰当的字眼，还请求它予以帮助。它听后欣然答应。

我说，我出生在一个叫英格兰的岛上，离它的国家很远，就是主人最强壮的仆人也要走上一年才能走到。我的父母都是诚实的人，他们培养我成为一名外科医生，这种职业就是替人治疗身上的各种由于意外或暴力而造成的伤痛。我的国家由一个女人统治着，我们管她叫"女王"。我离乡背井是为了赚钱回去养活自己和家人，在我最近的一次航海中，我是船长，我领导大约五十名如"野胡"这样的水手，其中很多人在航海途中死了，因此我不得不从沿途各国招募水手补缺。我们的船有两次遭遇沉船的危险，第一次是遇到了大风暴，第二次是触了礁。说到这里，我的主人插嘴问我，在我持续蒙受损失，又将继续冒险的情况下，我怎么还能说服不同国家的陌生人跟我一起出来冒险呢？我说他们都是一些亡命之徒，因为贫穷或是所犯的罪行而被迫离开故乡。有的是因为打官司而破产；有的则因为吃喝嫖赌以致倾家荡产；有的是背叛祖国；还有不少人是因为犯了凶杀、偷窃、投毒、抢劫、做伪证、造假、私铸钱币、强奸、鸡奸、变节、投敌等罪行才被迫出走的。这帮人大多是越狱的囚犯，没有一个敢回到他们的祖国去，因为害怕回去受绞刑或者被关在牢里饿死，因此他们必须外出求生。

谈话中，我的主人好几次打断我的话。我不得不绕了很多圈子费了不少口舌来向它说明迫使我的水手们逃离祖国的那些罪行的性质。这桩费劲的事我们谈了好多天才谈完，后来它终于明白了我的意思。但它完全不理解干这些恶行有什么用处或必要。为了让它搞清楚，我就尽力向它解释权力、财富以及淫欲、放纵、怨恨、嫉妒等概念。在解释和描述所有这一切时，我都只能凭借举例和假设的方法。后来，它就像一个人受到了闻所未闻的事的冲击一样，抬起它充满惊奇和愤慨的眼睛。权力、政府、战争、法律、刑罚以及无数其他的东西，在它们的语言中根本找不到对应的词汇来表达，这成了我的主人要弄明白我的意思时不可逾越的障碍。但是，它有非常出色的理解能力，经过它的沉思和我们的交谈，它最终对我们的世界里人类的天性的表现有了充分的了解。它同时又希望我能把我们叫作"欧罗巴"的那块土地，特别是我自己国家的情形，详细地介绍一下。

"我"解释得越艰难，就越能凸显出"慧骃"国诚实善良的美德，由此也就越突出"我"所处社会人与人之间的虚伪与猜忌。

第五章

作者奉命向主人报告关于英国的情况——欧洲君王之间战争的原因——作者开始解释英国宪法

请读者注意，以下是我同我的主人多次谈话的摘录，它包括了两年多时间里我们几次交谈的最实质性的内容。每当我学习"慧骃"语有了更进一步的提高时，主人阁下就希望得到更大的满足。我尽可能地向它介绍整个欧洲的情况；我谈到了贸易和制造业，艺术和科学；回答它提出的问题，但这些问题又引出其他的话题，成为新的谈话基础，永不枯竭。不过在这里我只想把有关我自己的国家的谈话要点记录下来，尽量精简而又有条理，不拘泥于时间先后或其他种种情况，并同时坚持事实的真相。唯一令我担心的是，我可能很难准确表达我主人的论点和看法，因为我的能力不够，而且又不得不把它的话译成我们这种粗俗的英语。

于是，我奉主人阁下的命令，给它讲述了奥兰治亲王①领导的革命和对法国所进行的长期战争；这场战争由奥兰治亲王发动，战争之后由他的继承人——当今女王重新开战，基督教世界的列强都参战了，战争至今仍在进行之中。我依它的要求估算了一下，整个战争过程中，大约有一百万只"野胡"被杀，一百多座城市被毁，五百多艘战舰被焚毁或击沉。

它问我，通常一个国家和另一个国家交战是因为什么样的原因或动机？我回答说这数不胜数，我只能提几个主要的。有时是因为君主们的野

---

① 奥兰治亲王，1689年至1702年的英国国王。他在1688年"光荣革命"后即位，在位时与法国发生战争。

心，他们总认为他们应该统治更多的土地和人民；有时是因为大臣们的腐化堕落，唆使自己的主人进行战争，借此压制或转移老百姓对他们腐败的行政管理的强烈不满。意见不合也会导致千百万人丧生；比如说，到底圣餐中的面包是肉呢，还是肉是面包？某种浆果的汁是血还是酒？①吹口哨是恶习还是美德？是应该吻一下那棍子，还是把它扔进火里？外套什么颜色最好，黑的、白的、红的，还是灰的？是该长一点还是短一点？瘦一点还是肥一点？是脏一点还是干净一点？②诸如此类，不胜枚举。再也没有什么战争能像因意见不合而引起的战争那样来得那么凶残、血腥而且持久了，引发的事情越无关紧要，战争就越显得残酷。

有时两位君王为谁该夺取第三方的君王的领土而反目，但事实上他俩谁都无权统治那块领土。有时一位君王跟另一位君王争吵，是因为怕那位君王要来跟他争吵。有时发动战争是因为敌人太强大了，而有时则是因为敌人太软弱。有时候是因为邻国想占有我们有的东西，或者我们想要他们的东西，双方打起来，直到两方中有任何一方达到目的战争才结束。如果一个国家的百姓为饥荒、瘟疫或政党纷争所害，发动战争侵略这个国家就有正当理由了。如果我们最亲密的盟国有一座我们唾手可得的城市，或者有一块领土一旦属于我们可以使我们的疆土圆满完整，那我们就很有理由同他们开战。如果一个君王的军队侵入一个既贫穷又无知的民族，那么他就可以合理合法地将一半的人都处死，把剩下的当作奴隶，这么做是为了使他们开化，放弃他们原来野蛮的生活方式。如果一位君王请求另一位君王帮助他抵御他国的侵略，那么那位援助者在把侵略者赶走之后，自己占有这领土，并把他原来要援救的君王或杀，或监禁，或流放，这是一件非常符合君王身份的荣耀的事情。血缘或者婚姻关系也常常是君王之间发生战争的原因，关系越亲，越容易引起纠纷。穷国挨饿，富国骄横，骄横与饥饿则永不能相容。由于这些原因，士兵这一职业最受其他人尊敬，因为士兵也就是一只受人雇佣的冷血的"野胡"，他的同类从来都没有冒犯过他，他却可以把他们赶尽杀绝。

在欧洲还有一种穷得像乞丐一样的君王，自己无力发动战争，就把自

---

① 这里指基督教关于使化体——使圣餐和酒变成耶稣的肉与血——的辩论。

② 以上都是讽刺基督教内部的争论及弊端。

第四卷　"慧骃"国游记

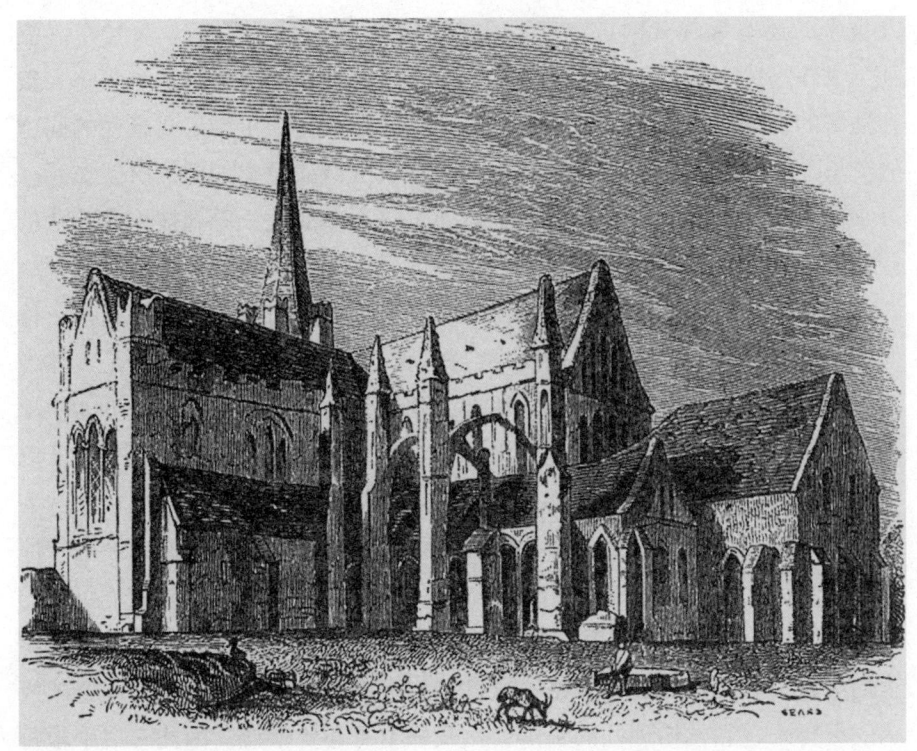

己的军队出租给富有的国家，出租一个士兵每天收取多少租金，这项收入的四分之三归君王自己，而他们主要也就靠这部分收入来维持他们的开支；德国和北欧许多国家的君王就是这样的。

"你所说的有关战争这个问题的一切，"我的主人说，"倒确实揭示了你们自称拥有的那个理性所产生的'美妙'后果；不过所幸的是，你们的羞耻心大于你们的危险性，这天性使你们根本不可能更多地为非作歹。你们的嘴平平地长在脸上，除非对方同意，否则很难咬着。再说你们的前后脚上的爪子，又短又嫩，我们的一只'野胡'就可以将一打你们这样的赶跑。所以，我重新计算一下在战争中伤亡的人数，我只能认为你所说的是夸大其词。"

我不禁摇头微笑，笑它的无知。我对战争技术并不陌生，就把什么加农炮、重炮、滑膛枪、卡宾枪、手枪、子弹、火药、剑、刺刀、战役、围攻、撤退、进攻、挖地道、反地道、轰炸、海战等等描述给它听。我还提到战争中载有千名士兵的数艘战舰被击沉，一战下来，战争双方各有两万人丧生；还有那临死时的呻吟、飞在半空中的肢体、硝烟、哀号声、混乱、人在马蹄下被践踏致死；逃跑、追击、胜利；尸横遍野，成为狗、狼和猛禽的食物；掠夺、抢劫、强奸、烧杀和毁灭。为了突出我亲爱的同胞的英勇，我向它证实：我曾亲眼看到在某次围城战役中他们一次就炸死一百个敌人，还见他们在一艘船上也炸死了这么多敌人；看到被炸成碎片的尸体从云端里散落下来，旁观者大为快意。

我正准备更加详细地往下讲，我的主人却突然命令我住嘴。它说，任何了解"野胡"本性的"慧骃"都会相信，如此卑鄙的畜生，要是其体力和狡诈与其凶残的性情相匹配，那么，我说到的每一件事它都是可能做出来的。但是，由于我的谈话更增添了它对整个"野胡"一族的厌恶，所以它觉得自己心神不宁起来，这是它以前从来都不曾碰到过的情况。它认为自己的耳朵听惯了这种令人憎恶的词，可能会逐渐地接受它们，而不像原先那样觉得厌恶了。虽说它憎恨这个国家的"野胡"，但它痛责它们可憎的本性也不会比它憎厌一只残暴的"格拿耶"（一种猛禽）或一块割伤了它蹄子的尖石头更甚。可是，既然一只自以为有理性的动物能做出如此穷凶极恶的暴行来，它就怕理性的堕落会比残暴本身还要糟糕。因此它似乎很肯定，我们所拥有的并不是理性，而只是某种适合于助长我们天性中的罪恶的品性而已，仿佛一条不平静的溪水里映照出来的影像，不仅比丑陋的原物更大，还更加扭曲。

它又说，关于战争这个题目，在这次以及前几次谈话中已经听得太多了。现在还有一点它还弄不太明白，我曾告诉过它，我们的水手中有些人是因为被"法律"弄得倾家荡产才背井离乡的，而我也曾向它解释过"法律"一词的意思，但它就搞不懂这是怎么一回事：法律的目的本来是在于保护每个人的，怎么反而会将人家毁掉？因此它就希望知道得更详细一点，我所谓的法律到底是什么意思？根据我的国家的情况，实施法律的又是些什么人？因为它认为，既然我们以理性动物自命，那么自然与理性就足以指示我们该干什么，不该干什么。

我告诉主人，法律这门科学我了解得很少，仅有的一点法律知识还是因为有几次惹上官司后去聘请律师得来的，结果请了他们也还是徒劳。尽管如此，我还是会尽我所能告诉它。

我说，我们那里就有那么一帮人，从年轻时起就接受训练，学习求证的艺术,通过玩弄文字达到这一目的,颠倒黑白,他们怎么说全看你给他们多少钱而定。在他们眼里,这个社会其他的人都是奴隶。比方说,我的邻居看中了我的一头母牛,他就会聘请这么一位律师来证明,他应该把牛从我这儿牵走。由于一切法律规定任何人都不准为自己辩护,所以我就必须聘请另一位律师来替自己的权利辩护。好,就这桩案子来说,我是母牛的真正的主人,却有两大不利之处。第一,我的律师几乎从摇篮里开始就一直是为虚假辩护的,现在却要他来为正义辩护,他就很不适应;由于违反他的常规,即使他并非不愿意,做起来也一定是极不熟练的。第二个不利之处是,我的律师还得谨慎从事,如果速判速决,即使不招来法官们的不开心,也肯定会引起同行的敌意和仇恨。因此,要保住我那头母牛只有两种办法。第一是出双倍的钱将我对手的律师买通,使他到时候背叛本来的当事人,暗示正义在他的当事人这一边。第二种办法是让我的律师尽量表现得没理,使牛属于我的对手。这种办法要是做得巧妙,我最终就会赢得有利于我的裁决。现在您应该明白,那些派来裁决财产纠纷以及审判罪犯的人,都是从这一职业中挑选出来的最灵巧的律师,他们又老又懒,一生都对真相和公平持有强烈的偏见,主要依靠欺骗、伪证、暴虐断案。据我所知,他们中有人宁愿拒绝正义一方的大宗贿赂,而不愿做任何不符合他们的天性和职责的事,因为他们不能得罪同僚。

这些人还有这样一条格言:无论他们以前做过什么事,再做的话都可以算是合法的,因此,他们特别注意记录所有以前发生的违背公理和一般人类理性的裁决。以先例的名义,他们把这些当作权威使最不公正的观点合理化,而且,这些判决从未失手过。

在辩护时,他们故意避而不谈案件的本质,而是大声、激烈地大谈特谈与案件毫不相干的其他所有情况。就以上面提到的案子为例,他们根本不想知道我的对手凭什么要占有我那头母牛,却只是问那母牛是红色还是黑色,牛角是长还是短,我放牧的那块地是圆还是方,是在家挤奶还是在户外挤奶,那牛容易得什么病,等等等等。然后,他们就去查以前的先例,案子一拖再拖,十年,二十年,三十年之后也未必有判决。

还有一点值得注意,这帮人有自己的行话,外人是无法理解的,他们所有的法律条文就都用这样的术语撰写,还特别注意对法律进行增订。凭着这些东西,他们把真和假、对和错的实质全都搞混了。所以裁决经六代

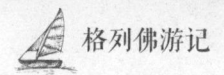

祖传到我手上的一块地，到底是属于我的呢，还是属于三百英里外的那个外乡人的，他们要花上三十年的时间。

在他们审判被控叛国的罪犯时，方法却简单得多，值得称道。法官先要了解一下有权势的人的意见，然后就很容易地决定判处罪犯是绞刑还是赦免，同时，他们也严格遵守了所有规定的法律形式。

说到这里，我的主人说，照我描述，像这些律师这样具有如此巨大才能的人，不鼓励他们去教导别人、传授智慧和知识，实在是可惜了。我回答说，除了他们的本职工作，律师们通常是我们中间最无知和愚蠢的人，从一般的交谈来看，又是最卑鄙的人。大家也都认为他们是一切知识和学问的敌人，无论跟他们谈哪一门学问，他们都会像在本行业务中的表现那样，违反人类的普遍理性。

第六章

再谈安妮女王统治下的英国——欧洲宫廷中一位首相大臣的性格

我的主人还是完全不能明白这一帮律师为什么仅仅为了迫害自己的同类而组织这么一个不义的集体，使自己困惑不安，疲惫不堪；它也不明白我说他们这么做是受人之雇，这究竟又是怎么回事。于是，我只好不厌其烦地向它说明金钱的作用、铸钱的材料、材料的价值。当一只"野胡"储有大量这样的贵重物资时，它能买到任何它想买的东西：最好的衣服、最华丽的房屋、大片的土地、最昂贵的肉和酒，还可以挑选到最漂亮的女人。所以，既然金钱一项就能建立这种种功劳，我们的"野胡"总觉得钱永远也不够花，也永远存不够，因为他们发现自己天性就是这样，不是挥霍浪费就是贪得无厌。富人享受着穷人的劳动成果，而后者与前者在数量上的比例是一千比一。我们的大多数人民被迫过悲惨的日子，为了一点点报酬每天都得辛苦劳作，结果是让少数人过上富裕的生活。我在这些问题以及许多别的细节上谈了很多，可主人阁下还要往下问，因为它是这样推测的：所有动物都有权享受地球上出产的任何东西，主宰其他动物的统治者更是如此。因此它渴望知道，那些昂贵的肉到底是什么？我们是怎么找到的？于是我就列举了我能想得到的各种肉类，和各种不同的烹调的方法；如果不是派船只到世界各地去采办酒类、调料以及数不清的其他食品，这一切是办不到的。我告诉它，给我们的一只境况较好的雌"野胡"做一顿早餐或者弄一只盛早餐的杯子，至少得绕地球转三圈才能办到。它说，一个国家连自己居民的饭都供不起，肯定是个悲惨的国家。但更令它惊奇的是，在像我描述的这么大片的土地上怎么竟然完全没有淡水，人们必须到海外去弄饮用水？我回答说，英国（那是我亲爱的出生地）生产的粮食据估算比当地居民消费量的三倍还要多；从谷物和某种树的果实中提取或榨取的液体可制成极好的饮料，这和每一样别的日常用品一样，也都是居民消费量的三倍。但是，为了满足男人的奢侈放纵和女人的虚荣，我们都把绝大部分的必需品送到国外去，而换回疾病、愚蠢、罪恶的原料供自己消费。于是必然的，我们大多数人民就只好靠乞讨、抢劫、偷窃、诈骗、拉皮条、阿谀、行贿、做伪证、造假、赌博、说谎、奉承、威吓、拉票、滥作文、星相占卜、投毒、卖淫、说大话、诽谤、白日做梦以及类似的事来糊口。这其中的每一个名词我都费了不少劲来解释，以使它了解。

我解释说，我们从国外进口酒类倒并不是为了补充淡水或其他饮料，而是因为这是一种喝了可以使人麻木、让人高兴的液体；它可以驱散我们所有的忧愁，唤起我们头脑中放纵的想象，增添希望，消除恐惧，暂时使每一点理智都失去作用，四肢不能运动，直到我们沉沉睡去。但我们必须承认，等到醒来时，我们总是精神沮丧、恶心，同时，总喝这种液体使我们增生种种疾病，生命痛苦而短暂。

然而除了所有这一切之外，我们的大多数人民还得靠向富人或彼此之间提供生活必需品和方便来维持自己的生活。比如，我在家的时候，穿符合我身份的衣服，那一身衣服就要一百名工匠来制作；我的房子和家具也同样需要这么多人来制造，而把我的妻子装扮，就需要五百名工匠付出劳动。

我又接着跟它谈到另一类人，他们是靠侍候病人来维持生活的，我在前面也曾有几次跟主人说过，我船上有许多水手就是因为生病才死的。可是我极其费力才使它领会我的意思。它很容易理解"慧骃"在临死前几天会慢慢变得衰弱无力、行动迟缓，或者因为意外而弄伤一条腿。可是，将万事万物都创造得非常完美的大自然，为什么竟会让我们的身体遭受痛苦？它觉得不可思议，很想知道是什么导致了如此不可解释的灾难。

我就对它说，我们吃着上千种互不相容的食物；还有，我们不饿的时候也吃，不渴的时候也喝；通宵达旦坐在那儿喝烈酒，却不吃一点东西，喝得人浑身乏力，身体发烧，不是消化太快就是积食。卖淫的女"野胡"身上得了一种病，谁要是投进她们的怀抱连骨头都会烂掉，而且这种病和许多别的病一样会遗传，所以许多人一出生就已经带有种种复杂的疾病了。要是把人身上的所有疾病全都列给它，还真列不完，不下五六百种，遍布人的四肢和每一个关节——总之，身体内外的每一部分都有毛病。为了治疗这些疾病，我们中间就培养了一类专以治病为业的人，也有冒充的。因为我在这一行上有点本事，为了感谢主人，我愿意把那些人行医的秘密和方法全都说给它听。

他们的基本原理是：一切疾病皆由饮食过度而来。因此他们就得出了这样的结论：有必要对身体内部来一次大清除，既可以通过自然排泄的渠道，也可以从上面的嘴里吐出来。他们的下一步就是，用药草、矿物质、树脂、油、贝壳、盐、果汁、海藻、粪便、树皮、毒蛇、蟾蜍、青蛙、蜘蛛、死人的肉和骨头、鸟、兽、鱼，等等，合成一种气味和味道都最令人难受、恶心和作呕的混合物，一吃进胃里就让人恶心得要吐。他们管这种混合物叫催吐剂。或者是用同样的药再加进别的几样有毒的东西制成同样叫人反胃的药，命我们从上面的孔或者下面的孔灌入（从哪个孔灌由医生一时的心血来潮决定），这药都能刺激肠子，清空胃里所有的东西。他们管这种药叫泻药或者灌肠剂。（据这些医生宣称）造物主本来是安排我们用长在前面的上孔吃喝，用长在后面的下孔排泄，而一切疾病的发生，在这帮聪明的艺术家看来，都是因为造物主的安排被打乱了，所以为了恢复正常，就必须用一种完全相反的方法来治疗身体的疾病，即把上下孔的用处对调使用，将固体和液体硬从肛门灌进去，而从嘴里排泄出来。但是，除了这些真正的疾病之外，我们还会患许多仅仅是空想的病，因此医生们发明了空想的治疗方法；这些病各有不同的名称，而且也有对症的药品。我们的雌"野胡"们就老是会染上这样的空想病。

这帮人有一种杰出的本领就是能熟练地预测病症，并难得出错。真正的疾病症状恶化，通常死亡就在眼前了，没有办法治好，那他们的预言就总是有把握的。一旦痊愈，预言就不灵了。所以，要是他们预言治不好了，而病人却出乎意料地渐有好转的迹象，他们也不会任人骂他们是骗子；他们知道如何及时有所作为来证明自己还是有先见之明的。

对于对自己的配偶已感到厌倦的丈夫或妻子，对于长子、大臣，有时对于君王，他们还有特别的用处。

我前面已经跟我的主人谈过政府一般的性质，特别是我们那值得全世界赞叹和羡慕的卓越的宪法。我又偶然提到了"大臣"这个词,它要我有机会就跟它讲讲,我这样称呼的是一种什么样的"野胡"。

我告诉它,我要描述的这位首相大臣是一个对哀乐无动于衷、爱恨不明、没有同情心但也不动怒的人。至少你可以说他除了对财富、权力和爵位有强烈的欲望外,没有别的感情。他说的话从不表明他的心迹。他每说一句实话,却总希望你会把它当成谎言,而每次说谎又都以为你会信以为真。那些被他在背后说得一塌糊涂的人,其实是他最喜欢的人,而如果他向别人或当面夸奖你,那么从这一天起你就要倒霉了。最糟糕的是你得到了他的一个许诺,尤其是他在向你许诺时还发了誓,那就更糟了;一旦他这么做,聪明人就会自行引退,放弃一切指望。

一个人可以通过三种办法升到首相大臣的位置。第一,要知道怎么样审慎地出卖自己的妻女和姐妹;第二,背叛或者暗杀他的前任;第三,在公开集会上猛烈地抨击朝廷的各种腐败行为。但是英明的君王一定愿意挑选惯于采用第三种办法的人,因为事实证明,那些狂热分子总是最能曲意逢迎其主子的意愿和情绪的。这些大臣会贿赂元老院或者大枢密院中的大多数人,以此来保全自己的势力。最后,他们还通过一种叫作"免罚法"(我向它说明了这条法令的性质)的权宜之计,来保证自己事后免遭不测,满载着从国民身上刮来的财物退休。

首相官邸是他培养同伙的学校。通过效仿主子,他的随从、仆人和看门人,也都在各自的区域内做起大官来。他们向主人学习无耻、说谎和贿赂这三种主要本领,而且更胜一筹。于是他们也就有了自己的小朝廷,受到贵族的奉承。有时,他们还会依靠机巧和无耻,一步步往上爬,成为他们主人的继承人。

首相大臣往往受制于年老色衰的荡妇或者自己的亲信仆人,他们是传递所有恩宠的渠道,所以说到底,他们才是王国的统治者。

有一天,在谈话中,我的主人听我谈到我国的贵族,倒是赞扬了我一句让我承受不起的话。它说,它敢肯定我是出身于贵族家庭,因为我外表出众、肤色白、干净,远远胜于它们国内所有的"野胡";虽然我似乎不像它们那样身强力壮、动作敏捷,那是因为我的生活方式与那些畜生完全不一样。此外,我不但具有说话的能力,而且还有几分理性,基于此,它所有的熟客都认为我很有才能。

它叫我注意,"慧骃"中的白马、栗色马和铁青马外形长得跟火红马、深灰色斑纹马和黑马并不完全一样,天赋也不同,没有改变的可能,所以它们永远处在仆人的地位。它们如果妄想超越它们的种族,在这个国家中就要被认为是一件可怕而反常的事。

我所具有的一点可怜的知识使我的主人十分看重我,对此我向它表示万分的感激;不过我同时又告诉它,我其实出身低微,父母都是普普通通的老百姓,只能供我接受一些还说得过去的教育。我们那里的贵族跟它想象的完全不同:我们的年轻贵族从孩提时代起就过着游手好闲、奢侈无度的生活;一成年他们就在淫荡的女人中鬼混,消耗精力,染上一身恶病;等到自己的财产挥霍得所剩无几时,就娶一个出身平常、脾气恶劣、身体不佳的女人为妻(仅仅是因为钱的缘故),其实他对这女人既讨厌又轻视。这种婚姻的产物,生下来的孩子通常不是患瘰疬病、佝偻病,就是残疾。做妻子的如果不注意在邻居或仆人中给她的孩子找一个身体强健的父亲以改良品种的话,那这家人一般是传不到三代的。体弱多病,面黄肌瘦,是贵族真正的标志。健康强壮的外表反而是一位贵族极大的耻辱,因为世人会认为他真正的父亲一定是个马夫或者侍从。他的头脑也和他的身体一样大有缺陷,是古怪、迟钝、无知、任性、荒淫和傲慢的集大成者。

不得到这些杰出的人的同意,任何法令都既不能颁布也不能废除,甚至不能修改。这些贵族还对我们所有的财产拥有决定权,并且不必征求我们的意见。

第七章

> 作者强烈热爱祖国——像作者形容的那样,他的主人对英国宪法和行政的观察,并结合类似案例和参照物——他的主人对人性的洞察

读者也许会禁不住去揣度我是怎样说服自己,在这种凡庸的生物面前如此坦率地抨击自己的同类的。由于我和"野胡"之间的一致,它们对于人类很容易作出很坏的评价。但我必须坦白地承认,那些被放置在人类堕落反面的完美的四肢动物的美德,现在已经使我大开眼界,扩大了我的理解力,我开始从一个不同的角度看待人类的行为和感情,去思考是不是值得去谨小慎微地维护我同类的荣誉。再说,在一位像我的主人那样判断敏锐的"慧骃"面前,我也没有办法保住我们的尊严;它天天都让我觉得我身上有千百种错误,这些错误我以前丝毫都没有觉察到,而在我们看来它们甚至根本就算不上是人类的缺点。我同时倒是从它这个榜样身上学会了彻底憎恨一切的虚假和伪装;真实,在我看来是如此亲切,我决心为了它而牺牲一切。

让我与读者坦诚相见吧,我这样大胆地说出那些事是出于一个更加强烈的动机。虽然我在这个国家还没住到一年,但对于这些居民的爱和景仰早已形成,我下定决心再也不回我的祖国,我要和这些令人尊敬的"慧骃"一起度过我的余生,我会无须参照和鞭策地去思考并实践它们的所有美德。但我被我永远的敌人——命运所羁绊,那样如此大的幸运就注定不会降临在我的身上了。然而,现在回想起来还是有点惬意的。因为在那样一位严厉的考问者面前谈到我的同胞时,我竟还敢于尽量为他们的错误辩

护,只要情况允许,每件事情上我都是尽可能地说好话。真的,活在世上的人对自己的家乡总是有几分偏心的。

在我有幸照顾主人的大部分时间里,我们已经有过几次涉及实质的谈话,可是为了简洁起见,我省略的内容比记在这里的要多得多。

当我回答了它的全部问题之后,它的好奇心似乎被完全满足了,有一天一大早,它就把我叫去了,让我坐在不远的地方(一种它以前从未给予我的荣耀)。它说,它已经很严肃地思考了我的整个故事,一些已涉及的关于我和我的祖国的事,它说它认为我们是一种碰巧得到了一点儿理性的动物,至于我们怎么碰巧得到这点理性,它是不通晓的。它认为,我们具有的那点理性我们并没有用在合适的地方,反而助长了我们的堕落天性,并靠了它学到了造物主没有赋予的坏习性。我们将造物主赋予我们的很少的几种本领弃之不用,原生的欲望倒一直在十分顺利地不断滋长,而且似乎还在枉费毕生的精力通过自己的种种发明企图来满足这些欲望。很显然,我在力气和行动的敏捷上都不如一只普通的"野胡"。我靠两个后脚跟走起路来就不很稳当,却想出办法使自己的爪子既无用处又不能防卫,而下巴上原是用来防御太阳和恶劣气候的毛发也脱掉了。总之,我既不能快速地奔跑,又不能像我的同胞们一样爬树,和我在这个国家的"野胡"弟兄们(它这么称呼它们)就是不一样。

我们的政府和法律机构的存在很明显是由于在我们的理性上和道德上有严重的缺点,因为理性对于一个理性动物来说是足够的。虽然我把自己的同类赞扬了一番,我们也不能自信是理性的动物。它明显是察觉到了,为了袒护他们,我已经隐瞒了很多特别的事,而且常常说一些"乌有邦"的事。

它更加固守自己的想法了,它发觉我的身体特质和"野胡"相似,但我真正的缺点在力量、速度和灵活性上,脚爪短,而且还有一些缺点跟造物主完全无关。所以我给它讲述的关于我们的生活、风俗和行为,它发现我们的性情其实与它们"野胡"有相似性。它说"野胡"相互仇视对方远胜于对其他种族的仇视,这是大家熟知的。一般认为这是因为它们的相貌太可怕,而这种可怕的样子,"野胡"们都只能在同类身上看到,却看不到自身其实也同样可怕。它因此倒开始认为我们发明衣服把身体遮盖起来是一种可行的聪明方法,靠这一招,彼此之间的许多缺陷就看不到,要不然我们还真难以忍受。可是它现在发现,它以前完全错了,它们国家这些畜生之间的种种不和,原因和我们的都一样,正如我所描述的那样。如果你投给五个"野胡"足够五十个"野胡"食用的食物,它们不会自顾自安心地进食,而是互相争夺,想自己独吞。所以,在室外进食的地方会派一个仆人监视。关在屋里的那些则必须用绳子拴住,彼此隔开。如果一头母牛刚好因为年老或事故而死亡,而"慧骃"又没来得及将它送给它们自己的"野胡",那些邻近的"野胡"就会一群群过来抢占它,那还会引发一场我所形容的战争。它们往往是被爪子抓得伤痕累累,但又很少有被杀死的,因为它们没有我们所发明的那些杀人武器。在其他时间里,类似的战争还会发生在"野胡"和那些邻近的族群之间,这些战争往往是没有明确原因的,而只是一帮伺机给没做好准备的另一帮一个惊吓。但如果它们发现自己的计划不能得逞了,它们就会回家,在家时进行一场我称之为内战的争斗。

在它的国家某些地方的田野里,有一些不同颜色、闪闪发光的石头,这些是"野胡"们的最爱;有时这些石头的一部分埋在土里,它们就会整天整天地用爪子去把石头挖出来,然后运回去藏在自己的窝里,可是一面藏一面还要小心翼翼地四下张望,生怕伙伴们会发现它们的宝贝。我的主人说,它始终都不明白它们怎么会有这么一种违反自然的欲求,而这些石头对"野胡"又有什么用处。但是现在它相信这也许是和我所说的人类的那种贪婪的天性是一样的。它说它曾经做过一次试验,曾悄悄地将它的一只"野胡"埋藏在某处的一堆这样的石头搬走。那肮脏的畜生见它的宝贝丢了,就放声哀号起来,弄得所有的"野胡"都跑到这地方来。它在那里惨叫着,对别的"野胡"又是撕又是咬,这之后便日见消瘦,既不吃,也不睡,还不干活。这时主人就命令一个仆人私下里将这些石头运回原来的坑里,像从前一样埋好。它的这只"野胡"发现后,精神立刻就恢复,脾气也变好了,只是更加小心地将石头埋到了另一个更安全的地方。从此以后,这畜生一直十分有用。

我的主人还告诉我,而且我自己也发现了,在那些埋着发光的石头的地方往往发生最激烈、最频繁的战争,这缘起于邻近"野胡"的无休止的对这种石头的争夺。

它说:这很好解释,两个"野胡"同时在地里发现一块石头,它们会激烈地争夺对它的所有权，而第三个"野胡"就会渔翁得利，把石头从它们那里拿走。我的主人执意认为这与我们的打官司有相似性，当时我觉得还是向它坦白承认这一点更好，尽管这个它提及的判决方法远比我们的法令公正，因为原告和被告除了失去那块石头之外没失去什么，然而我们的公正的法庭不把一方整得一无所剩是不会撤销诉讼的。

我的主人继续讲下去："野胡"最可憎的地方是它们不分好坏地进食，只要在它们路上出现的，不管是草、根、浆果还是腐烂的动物尸体，它们照单全收，有时还把这些东西拌在一起吃。它们还有一种很怪的脾气，就是喜欢从别的地方抢夺食物，而不去吃自己家里好得多的食物。如果抢来的东西吃不完，它们还会继续吃，直到肚子要爆炸，之后，它们就去找一种天然的草根，吃了之后拉得干干净净。

还有一种多汁的草根，但很稀少，很难找到，这是"野胡"们孜孜以求的，它们会很愉快地舔食它们，这对于它们就像美酒对于我们一样，使它们互相拥抱、哭泣、号叫、大笑，像鸟一样发出啁啾声，步履蹒跚，最后摔倒，在泥地里睡着。

我深入研究后发现"野胡"是这个国度里唯一遭受各种疾病的族群，不过它们生的病比我们的马生的病还是要少许多，而且得病也不是受了什么虐待，而是这种下贱畜生贪吃、不爱清洁引起的。它们的语言中没有对这些疾病的总的称呼，而只是从其他野兽的名字里借用过来，叫作"赫尼·野胡"，或者直接就叫"野胡病"。而药是用它们自己的粪和尿做成的，强行灌入它们的喉咙。这的确是一种成功的疗法，我在这里为了公众的利益而把它介绍给我祖国的人们，这对暴饮暴食所引起的疾病有值得称道的疗效。

至于学问、政治、艺术、制造业这些东西，我的主人向我坦言，它在它们的"野胡"与我们中间很难找到相似点。因为它只想看看我们在本性上有什么共同点。它也确曾听一些好奇的"慧骃"说过，在大多数"野胡"群落当中总有一头是首领（就像我们中间总有一些领导，在公园的动物群中总有领头的）。这种"野胡"总是长得比别的"野胡"更加扭曲，和其他的相比性情也更刁钻。这领头的一般总是尽可能找一头和它自己相似的"野胡"，让它去舔主人的脚，随后驱使一头母"野胡"钻进它的窝里。由于这个主人会时不时地赏一块驴肉给它吃，这个宠儿常常被其他"野胡"所嫉恨，因此为了保护自己它只好一步不离地跟着主人。在找到比它还要恶劣的"野胡"之前，它一般是不会被解职的；但当它一被解职，它的后继者就会领着这一地区的"野胡"，不管男女老幼，对它从头到脚撒尿拉屎。不过这种现象与我们这里的朝廷、宠臣和大臣到底有几分相像，我的主人说只有我才能确定。

我不想反驳这种把人类的理解力放置在低于那些猎犬的小聪明的恶毒的暗喻，猎犬还有能力分辨公园里叫得最好的那只猎狗并附和它，而且从未出错。

我的主人告诉我：在"野胡"身上有某种很明显的品质，我给它介绍人类时从未提及过，就是偶尔提过，也是轻描淡写的。它说：这些动物和其他野兽一样，有公，有母。但是下面这一点上它们跟别的畜生不同，就是，母"野胡"怀了孕还照样让公"野胡"和它交欢；另外，公"野胡"和母"野胡"也会激烈地吵嘴、打架，就像公"野胡"之间一样。这两件事都到了极其无耻残暴的地步，任何别的有感情的动物都永远无法达到这种境界。

"野胡"身上还有一点令它很费解：它们怎么竟然偏爱肮脏污秽？而其他所有的动物似乎都有爱好清洁的天性。对于前面那两项指责，我还是不作辩解敷衍过去，因为我没有一句话可以说出来为我的同类辩护，否则，按我个人的喜好是肯定要为它们辩护一番的。但是最后那一条，它把异常的不爱干净这样的污名加到我们人类身上，如果这个国家有猪的话（可惜它们没有），我原本还可以为我们人类辩解一下；猪这种四足动物虽然可能比"野胡"要来得温顺，可是说句公道话，在下以为它没有资格说自己比"野胡"更干净；要是主人亲眼看到猪那令人作呕的吃相，看到猪在烂泥中跌打滚爬、睡觉的习惯，它一定会承认我说的话是对的。

我的主人还提到了另外一个特性，那是它的仆人在几只"野胡"身上发现的，在它看来却完全无法理解。它说，一种奇异的想法有时会驱使"野胡"想到要躲进一个角落里去，在那里躺下来，又是号叫又是呻吟，一脚踢开任何试图靠近它的东西，虽然年轻体胖，却可以不吃不喝，仆人们也无法想出它可能哪里会不舒服。后来它们发现，唯一可以治疗它的办法是让它去干重活，干完之后它肯定恢复正常。出于对我同类的偏爱，听了这话我只好默不作声；这倒使我找到了忧郁症的病源，也只有懒惰、奢侈的人以及有钱人才会得这样的病,如果强迫他们接受这同样方法的治疗,我可以保证他们的病马上就会好。

主人接着说,一只母"野胡"常常会站在一个土堆或者一丛灌木的后面,两眼盯着经过的年轻公"野胡",一会儿出现,一会儿又躲藏起来,做出种种丑态和鬼脸,据说这时候它的身上会发出一种最恶心的气味。要是有一只公"野胡"这时走上前来,它就会慢慢地往后退,一边却不住地回头看,装出一副很害怕的样子,接着就跑进一个可以方便行事的地方;它知道,那公"野胡"一定会跟上来。

有时还会不知从哪儿来一只陌生的母"野胡",三四只母"野胡"就会围住它,它们盯住它,互相叽叽喳喳地议论,一会儿冷笑,一会儿将它浑身闻上一遍,然后就会故意装腔作势地走开了,似乎表示它们对它不屑一顾。

这些都是我主人自己的观察所得,或者也可能是别人告诉它的;当然话也许可以再说得文雅一点,不过我想起来倒不免有几分惊讶,同时也很悲哀:在女性的本能中竟都可以找到淫荡、风骚、苛刻和诽谤的因子。

我时刻都等待着我的主人来指责男女"野胡"身上这些违反自然的欲望,那在我们中间是十分普遍的。似乎造物主还不是一位非常高明的教师;这些较为优雅的享乐,在我们这一边的地球上,却完全是艺术和理性的产物。

第八章

作者关于"野胡"的几种特质的叙述——"慧骃"的伟大品德——青年"慧骃"的教育和运动——它们的全国代表大会

我对人性的了解我想应该比我的主人要清楚得多,所以我很容易就发现它把"野胡"的特质安在我和我的国人身上是非常不合理的,同时我还相信,根据我自己的观察,我还可以有进一步的发现。因此我就常常请求它准许我到附近"野胡"聚集的地方去。对我的请求,每次它都很和气地答应了,因为它深信,我对于这些畜生的痛恨使我完全不可能被它们带坏。它还命令一名仆人给我做警卫,那是一匹健壮、诚实、脾气很好的栗色小马,要不是它保护我,我还真不敢去冒这样的险。因为我已经告诉过读者,刚到这地方时我已经吃过这帮可恶的畜生的苦头,后来有三四回,我身上不巧没有带腰刀就到远处去溜达,险些落入它们的手中。我有理由相信它们多少能想到我是它们的同类,因为我跟我的警卫在一起的时候,常常会当着它们的面卷起袖子,露出胳膊和胸脯。这样它们就会大着胆子走上前来,像猴子一样模仿我的动作,但同时也露出仇恨的神色;我倒像一只被驯化的寒鸦,当它戴着帽子穿着长袜跑到野生的鸟群中去时,总是要受到同类的迫害。

它们从小就身手矫健。不过有一次我倒是捉住了一只三岁的小公"野胡",我使出了各种温存的表示设法让它平静下来,可是那小东西大声号啕,还抓我,很猛烈地咬我,我没有办法只得将它放了。这时就有一大群老"野胡"闻声赶来将我们围住,不过它们见小家伙已经很安全(因为它已跑开),我那栗色小马又在我身边,所以就没敢近我们身旁。我发现那小

第四卷 "慧骃"国游记

畜生的肉发出一股介于黄鼠狼和狐狸之间的恶臭味，不过更令人不悦。我还忘了一件事（如果我把这件事完全略去，读者也许还是会原谅我的），我把那只可恶的畜生抓在手里的时候，它忽然拉起一种黄色的液态的排泄物来，弄脏我全身，幸亏近旁就有一条小河，我把自己洗得尽可能干净，在身上的臭气全消之前，我不敢去见我的主人。

据我所看到的情况来看，"野胡"也许是所有动物中最没教养的，它们除了会拖东西和扛东西之外，决没有更高级一点的技能。可是我倒认为，这一缺陷主要还是因为它们乖张、难控制的性情造成的。它们狡猾、恶毒、奸诈、报复心强。它们的身体强壮结实，但是内心却十分懦弱，结果变得傲慢无礼、下贱卑鄙、残忍歹毒。据说红毛的公母"野胡"比别的"野胡"更要来得淫荡而恶毒，在体力和动作的灵活方面也远胜过它们的同类。

"慧骃"把随时要使唤的"野胡"养在离它们房子不远的茅屋里，其余的则全赶到外面的田里去。它们就在那里刨树根、吃野草、搜寻动物的腐肉，有时还去捉黄鼠狼和"鲁希木斯"（一种野鼠），一见到就狼吞虎咽。造物主还教会了它们用爪子在土坡的一侧挖一些深深的洞穴的本事，它们就在这样的洞穴里睡觉。母"野胡"的窝要大一些，得容下两三只小崽。它们从小就能像青蛙一样游泳，还能在水底待很长的时间，在那里它们常常捕鱼，母"野胡"捉到鱼之后就拿回家去喂小崽。在这种情形下希望读者能够原谅我再讲一个奇遇。

一天，我跟我的警卫栗色小马出游在外，那天天气异常炎热，我请求它让我在附近的一条河里洗个澡。它同意后，我立刻把自己脱得精光，然后慢慢地走进了水流里。正巧有一只母"野胡"站在一个土堆的后面，它看到这全过程后，一下子欲望燃烧起来了（我和小马都是这样猜想的），就全速跑过来，然后在离我洗澡处不到五码的地方跳进了水里。我一生中还从来没有这么害怕过。小马那时正在远处吃草，没想到会出什么事。它以一种极其令人生厌的动作将我抱住，我拼命地怒号起来；小马闻声朝我飞奔而来，它很不情愿地松开了手，跳到对面的岸上，在我穿衣服的时候，还一直站在那里盯着我号叫。

我的主人及其家人都把这件事引为解闷的谈资，我自己却为此感到非常郁闷。我可再也不能否认我浑身无处不像一只真正的"野胡"了，既然母"野胡"把我当成自己的同类,很自然地对我产生了爱慕之情。那畜生的毛发也不是红的(这就不能说她欲望有点不正常),而是像黑刺李一般黑,面貌也并不像其他"野胡"那样叫人厌恶;我想她的年龄不会超过十一岁。

我在这个国家已经生活了三年,我想读者们一定希望我像别的旅行家那样能把当地居民的风俗习惯跟他们说一说,实际上这也是我主要想努力了解的东西。

因为这些高贵的"慧骃"生来就具有种种美德,它们是理性动物,根本不了解"罪恶"这种概念,所以它们的伟大标准就是培养理性,一切都由理性来支配。理性在它们那儿也不是一个值得争议的问题,不像我们,你可以对一个问题进行正反两方面的诡辩。它们的理性因为不受感情和利益的歪曲和蒙蔽,所以它必然会立即就让你信服。我记得当时我是费了九牛二虎之力才让我的主人理解"意见"这个词的意义和为什么一个问题会引起争议,因为理性教导我们,只有我们确认的事情我们才会肯定或者否定,而在我们所知之外的事情,我们既不能肯定也不能否定。所以争议、吵闹、争执、肯定虚假或不确定的命题等等都是"慧骃"中闻所未闻的罪恶。同样,我过去给它解释我们自然哲学的几种体系时,它总要笑起来,它认为一个冒充有理性的动物竟然通过别人的认识来衡量自己,那些东西就是了解得很确切,也没有什么用处。这方面它完全赞同柏拉图表述的苏格拉底的思想;我提到苏格拉底的思想是出于我对这位哲学王子的最崇高的敬意。从那以后我也常常想,这么一种学说不知要摧毁欧洲图书馆里的多少图书,学术界不知又有多少成名之路会因此被关闭。

友谊和仁慈是"慧骃"的两种主要美德,这两种美德不仅对个别的"慧骃"而言,而是遍及整个"慧骃"族群的。一个从远方来的陌生客人和最近的邻居,不管它走到哪里,受到的款待是一样的,像到了自己的家一样。它们最大程度地保持庄重,但同时它们又都忽视礼仪的存在。它们绝不溺爱小马,以理性为准则来教育子女。我就曾经看到,我的主人把邻居家的孩子当作自己家的孩子那样抚爱。它们遵循大自然的教导,热爱自己所有的同类;但只有理性才能把人分为不同的等级,有些人有更高的德行。

母"慧骃"生下一对子女后,就不再跟自己的丈夫同居了,除非是偶然出事故而失去其中的一个孩子,在那样的情况下它们才再同居,但这样

的事很少发生。要么就是别的"慧骃"遭遇了这种不幸而它的妻子又已经不能生育,这种时候某一对夫妇就会将自己的一个孩子送给它,然后这一对夫妻再同居,一直到母的怀孕为止。有必要采取这种措施,它可以防止国家人口过剩。但是培养做仆人的下等"慧骃"可不受这种严格的限制,它们每对夫妇可以生三对子女,这些子女日后也到贵族人家充当仆人。

在婚姻这件事上,它们非常注意对毛色的选择,这样做是为了避免造成血统混乱。强壮是雄性的衡量标准,而美丽是雌性的衡量标准;这不是为了爱情,而是为了防止种族退化。如果刚好雌性力气过人,就给它找一个漂亮的伴侣。它们对求婚、谈情说爱、送礼、寡妇得丈夫遗产、财产赠送等等一无所知,它们的语言中也没有可用来表达这些概念的专门术语。年轻夫妇的相识到结合完全由它们的父母和朋友来定夺;这在它们那里是司空见惯的,并认为那是理性动物必要的一种行为。婚姻关系的破裂或者其他失去贞操的事却从来都没有听说过,夫妇俩像对待它们碰到的所有同类一样,相互友爱、相互关心着度过一辈子,没有嫉妒,没有溺爱,没有

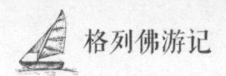
格列佛游记

争吵,没有不满。

它们教育男女青年的方法令人敬佩,非常值得我们效仿。孩子们在十八岁以前,除了一些特定的日子之外,不给它们吃燕麦,还有牛奶也难得喝几次。夏天,它们早晚各放牧两小时,父母同样在一旁监督。不过仆人吃草的时间还不到它们的一半,它们将大部分青草带回家去,在干活的空余时间里再吃。节制、勤劳、运动和清洁是青年男女都必须攻读的课程。我的主人认为我们对女子的教育和对男子的教育不同,只给女性家务管理方面的一些功课,这实在太荒唐了。它说得很对,这样国家的一半人口什么都不做,只会把孩子带到这个世界上来。放心将我们的子女交由这些无用的动物照看,就更足以证明我们的残忍。但是"慧骃"却要训练它们的孩子在陡峭的山坡上下赛跑,或者在坚硬的石子地上奔来奔去,当它们跑得汗流浃背时,就命令它们一头扎进池塘或者河中,它们以此来锻炼孩子们的体力、速度和毅力。一个地区的青年每年有四次机会聚到一起,展示在奔跑、跳跃及其他体力和灵活度方面的娴熟技能,大家用赞美的歌曲来歌颂男女优胜者。在这样的节日里,仆人们就会赶着一群驮着干草、燕麦和牛奶的"野胡"到表演场地去给"慧骃"设宴;一旦东西送到,那些畜生马上就被赶回去,免得它们在会场上吵闹。

每隔四年,在春分时节,要举行全国代表大会,开会地点在离我们家大约二十英里的一片平原上,会议要连续开五六天。会上它们会探讨各地区的情况:它们的干草、燕麦、母牛、"野胡"是富足有余呢,还是短缺不足,哪里缺少什么(这种情形很少),大家马上会一致同意提供捐助,补其所缺。会上孩子们的调整问题也可以得到解决。例如说,一个"慧骃"有两个男孩子,就可以同有两个女孩子的"慧骃"交换一个;如果有孩子出事故死亡了,而母亲又已过了生育的年龄,大家就来决定哪家再生一个来补偿这一缺损。

第九章

"慧骃"全国代表大会进行大辩论,辩论结果如何——"慧骃"的学术——它们的建筑——它们的葬礼——它们的语言缺陷

在我离开这个国家三个月之前,它召开了一次全国代表大会,我的主人以我们这个地区的代表的身份参加了大会。在这次会议上,一个老问题被重新辩论,实际上是这个国家唯一的辩题。我的主人回来后把辩论的详情告诉了我。

辩论的问题是:要不要把"野胡"从地面上消灭干净。一位持肯定态度的代表提出了几个很有力并且有分量的论点。它宣称,"野胡"是自然界所创造的最肮脏、最有害、最丑陋的动物,它们是最懒惰、最倔强、最爱恶作剧、最恶毒的动物。它们偷吃"慧骃"母牛的奶,杀死并贪婪地吃掉它们的猫,践踏它们的燕麦和青草。如果不对它们实行严密的监管,还会干出比上述事情放肆一千倍的事来。它注意到了这么一个流行的传说:"野胡"在这个国家并不是向来就有的,而是许多年前一座山上突然出现了一对"野胡";至于它们是由太阳热晒在黏土上产生的还是海里的淤泥和泡沫变来的,这就不得而知了。后来这一对"野胡"开始繁殖,短时间内它们就大量滋生,以至于泛滥成灾,遍布整个国家。"慧骃"为了除此一害,曾举行过一次大狩猎,终于将全体"野胡"包围了起来;它们将大的"野胡"杀死,每个"慧骃"只留两只小的养在窝里,驯化这些大自然创造出来的野兽,让它们能学到拖拉或者肩背东西的技术;本性这么野蛮的动物能驯服到这地步,也算是不错的了。这一传说看来很有道理。那动物不可能是"依林赫尼阿姆锡"(意思是当地的土著),因为"慧骃"和所有别的

动物都对它们十分痛恨；虽说它们生性恶毒，完全应当受到痛恨，但如果它们是土生土长的动物，大家也决不会恨它们到这样的地步，要不早就把它们给消灭了。当地居民还突发奇想，想用"野胡"来为自己服务，结果十分轻率地忽略了对驴这一种族的驯养。驴这种动物文雅、温顺、规矩，容易养，也没有任何难闻的气味，虽然身体不如"野胡"那么灵活，但干活的力气还是绰绰有余的。如果说它们的叫声不大好听，可比起"野胡"那可怕的号叫来，总还是要动听得多。

另外几个代表也发表了相同的意见。这时我的主人根据我事先给它的暗示，向大会提出一个权宜之计。它同意前面那位尊贵的代表的发言，说是有这么一个传说，并且肯定那两只据说是最先发现的"野胡"确实是漂洋过海来到这里的；它们被同伴遗弃，来到这陆上，后来躲进山里，逐渐退化，随着时间的流逝，它们就变得远比它们祖国的同类更加野蛮。它之所以提出这样的论断，是因为它现在就有那么一只神奇的"野胡"（它指的就是我），这是大多数代表都听说过而且亲眼见过的。它接着向大家叙述最初它怎样发现了我；我的全身都用别的动物的毛皮制的人造物覆盖着；我用自己的语言说话，而且也完全学会了它们的话；我也曾告诉它使我来到这里的种种巧合和机缘；它看到我身上没有遮盖物的时候，是一只彻头彻尾的"野胡"，只是有较白的皮肤，没有那么多毛，爪子也短些。它又说，我曾经想努力说服它，使它相信在我的祖国和别的一些国家里，"野胡"是处在统治地位的理性动物，"慧骃"却是处于被奴役状态。它说它发现我身上有"野胡"的全部特性，不过稍有几分理性罢了，然而从某种程度上说却远不如"慧骃"，就像它们国家的"野胡"远不如我一样。它说我对它讲过我们使"慧骃"变得温顺的一种习惯做法，就是在它们小的时候把它们给阉割了，那手术是既简单又安全。它说，向畜生学习智慧并不是什么丢脸的事；蚂蚁教我们勤劳，燕子教我们筑窝（我把"利航赫"这个词译作燕子，尽管它比燕子大多了）。因此那发明在这里不妨用到小"野胡"身上，这样不仅可以使它们变得较为温顺、善良，而且不用屠杀生灵就能在一代之后灭绝"野胡"。同时还应该鼓励"慧骃"培养驴子；从整体来说，驴比别的兽类更有价值，此外它们还有这样一个优点：驴子养到五岁就可以役用了，别的兽类却要养到十二岁才行。

这就是我的主人当时认为可以告诉我的大会的所有情况。可是它却隐瞒了关于我个人的一件事，我后来感受到了这事的不幸后果，我生命中随之而来的所有不幸由此开始，读者会在下面适当的地方读到我对这件事的表述。"慧骃"没有自己的文字，所以它们的知识全部是通过口耳相传而保留下来的。因为这个国家的人民十分团结，自然地生成各种美德，完全受理性支配，切断跟别的国家的贸易往来，所以几乎没有什么重大事件发生，关于历史的部分，不用加重脑子的负担就能很容易地保存下来。我前面已经说到过，它们不会生病，也用不着医生。可它们用草药调制良药，用来治疗蹄骸或蹄楔上偶尔因尖利的石头割撞造成的伤害，也可以用来治疗身体其他各部位的损伤。

　　它们根据日月的周转来计算时间，但不再细分到星期。它们对这两个发光体的运行情况了如指掌，也明白日食和月食的道理。这些就是它们对天文学的最高了解。

　　在诗歌方面，必须承认它们超过了其他全部有生命的动物。它们的诗歌比喻贴切，描写细致而精准，而且很难模仿。它们的韵文富于比喻和描写，内容一般不是写崇高的友谊和仁慈，就是歌颂赛跑和其他体力运动中的优胜者。它们的建筑虽然十分简陋，却还算便利，很巧妙地把它们设计得可以抵御寒暑的侵袭。它们有一种树，长到四十岁树根就松动了，风暴一刮就倒。这种树长得很直，"慧骃"就用尖利的石头把它们削成木桩（它们不知道用铁器），把它们每隔十英寸左右插在地上，然后在木桩与木桩之间编上燕麦秸，当然，有时也用枝条。屋顶和门也是用同样的方法做成的。

　　"慧骃"利用前足的蹄骸和蹄子中间的空隙拿东西，就像我们用手一样，这比我想象中的要灵巧很多。我曾经看到过家里的一匹白色母"慧骃"用那个关节穿针（针线是我故意借给它的）。它们用这种方法挤牛奶，收割燕麦，从事一切需要用手的劳动。它们有一种坚硬的燧石，把它与别的燧石摩擦，就能磨成可以代替楔子、斧子、锤子等的工具。它们同样也用这种工具切割干草，收割燕麦；燕麦是在一些地里天然长出来的，"野胡"把燕麦一捆捆运到家里，接着由仆人们在茅屋里把它们踩出的麦粒储存在粮仓里。它们也制造粗糙的陶器和木制容器，陶器是放在阳光下烘晒而成的。

　　如果它们能避免发生意外伤亡，就只会死于年老，死后被埋葬在极难找到的阴暗的地方。它们的亲友们既不表示高兴也不表示悲伤。临死的

"慧骃"也丝毫不会因为自己要告别这个世界而感到遗憾，就像刚访问过的一位邻居要回家了一样。我记得我的主人有一次曾约了它的一位朋友和它的家人来商量一件很重要的事。到了约定的日子，女客人带着它的两个孩子很晚才赶到。它道了两次歉，首先是代丈夫致歉，说是碰巧它今天早上"西奴思赫"了。这个词在它们的语言中很有表现力，可是不容易把它翻译为英语，它的意思是："回到它的第一个母亲那儿去了。"接着它又为自己没能早点来致歉，说它丈夫早上死的时候已经很迟了，它和仆人们商量了很长时间哪儿方便安葬它丈夫。我发现它后来在我们家同别的人一样愉快。它大约三个月后死了。

它们一般都活到七十或者七十五岁，但很少有到八十岁的。死的前几个星期，它们能感到自己渐渐地衰弱下去，可是并没有痛苦。这时候它们的朋友们就会常常来看它们，因为它们不能像往常那样安闲舒适地外出了。不过在它们死前十天左右（它们很少算错），它们会坐在由"野胡"拉着的方便舒适的橇里去回拜那些邻近的曾经拜访过它们的亲戚朋友。这种橇不只是在这种场合才坐，当它们上了年纪出远门时，或者由于意外摔断了腿的时候都要用。临死的"慧骃"回拜它们的朋友的时候，都要向它们郑重道别，好像它们要去这个国家最偏远的地方，并在那儿度过它们的余生。

我不知道这是不是值得一提："慧骃"的语言中没有表达罪恶的词汇，仅有几个这样的词还是从"野胡"的丑陋形象和恶劣品性那儿借用过来的。因此，当它们要表达仆人的愚蠢、小孩的怠惰、一块划伤脚的石头、持续不断的恶劣的不合时宜的天气等不好的意思的时候，总要在每一个上面加上"野胡"一词。例如，"赫恩姆·野胡""呼纳霍尔姆·野胡""银尔赫姆思德威赫尔玛·野胡"。一幢盖得不好的房子就叫作"银霍尔赫恩姆罗赫尔思乌·野胡"。

我能继续讲这个优秀民族的习俗和美德，但是我打算不久以后就出版一本专著来谈这个问题，我请读者到时去参考那一本书。现在我还要继续讲我的悲惨灾难。

第十章

与"慧骃"在一起,作者生活得比较快乐——并且和它们的交谈也使他的德行倍增——作者接到主人的通知,要求他必须离开该国——他立刻陷入悲痛之中,但还是顺从了主人的意思——于是,他在一个仆人的帮助下制造了一艘小船——他航海冒险

　　我称心如意地安排了自己的日常生活。按照它们的习俗,主人在离它家六码远的地方安排了一间房子给我。我在四壁和地板上都涂了一层黏土,并铺上了自己编织的草席。然后,我又将野生的大麻打制成被套,并用几种鸟的羽毛将其填充,这些鸟是用"野胡"毛制成的网捕获的,而鸟肉本身也是一种美味。我接着又做了两把椅子,并让一匹栗色马帮我做一些粗重的活。当我的衣服穿破后,我就用野兔以及一种被叫作"奴诺赫"的漂亮小动物的皮毛为自己做了一件新的,那个"奴诺赫"身上覆盖着一层舒适的软毛。用这些,我还做了几双合脚的长袜。我又砍下一片木板作为鞋底,并用皮革来做鞋帮;假如鞋帮破了,我就用晒干了的"野胡"皮替代之。我经常从空树洞里的蜂巢取一些蜂蜜来,或混着水喝,或涂在面包上吃掉。以下两句格言是无须再要其他人来检验的:"人的天性是容易满足的"以及"需求是发明之母"。我沉浸在健康的体魄和平和的心境中,没有朋友背叛我,也不会被隐秘的或公开的敌人所伤害,而我同样也用不着向任何大人物行贿、献媚或谄淫,以此来取得他们的宠信甚至沦为他们的奴才。至于欺诈和压迫,我也不必提防,因为这儿没有医生来损害我的身体,没有律师使我破产,也没有告密者监视我的言行,更没有人受雇来诬告我。这儿没有冷嘲热讽者、责难者、诽谤者、扒手、盗匪、窃贼、律

师、鸨母、小丑、赌徒、政客、智者、坏脾气的人、空谈者、善辩者、强取豪夺者、杀人犯、强盗、古董贩子；没有党派领导和他们的扈从；没有用坏的手段和榜样来诱人堕落的人；没有地牢之斧子、绞刑架、笞刑台以及颈手枷；没有骗人的店家和工匠；没有骄傲、空虚、虚荣；没有花花公子、欺凌弱小者、酒鬼、游荡的妓女或者梅毒患者；没有出言不逊者、淫荡而奢侈的妇人；没有妄自尊大却愚昧至极的学究；没有胡搅蛮缠的、傲慢的、好斗的、聒噪的、喧闹的、空虚的、自以为是的、惯于赌咒的伙伴；没有因其恶行而平步青云的无赖；没有因其德行而一落千丈的贵人；没有地主老爷、小提琴家、法官和舞蹈大师。

　　我非常幸运能被一些"慧骃"所赞赏，它们过来和我的主人一起进餐。主人友善地让我在房间里候着，听它们谈话。主人和它的客人经常会问我一些问题，而我总是能顺利地回答出来。有时，我会很荣幸地陪主人去拜访它的朋友。除了必要时回答一些问题外，我从不随便说话。而回答问题也使我感到懊悔，因为这让我失去许多改善自我的时间，我万分乐意以一个谦逊的听众的身份参与到那些言简意赅的对话当中去。我曾经说过，最庄重的事莫过于甚至连最简单的礼节都不需要的述说。那里没有谁为取悦他人而说话，同时谈话也从没有被打断过，这既不是沉闷的也不是狂热的，并且不会出现分歧。它们有一个看法：当人们聚在一起时，短暂的沉默将改进彼此的交流。而我也发现这是正确的，因为有了短暂的间断，新的话题才会出现，而交谈则更加活跃了。它们的话题主要是关于友谊和仁爱，或秩序和经济；有时也会涉及大自然的现象、活动或者祖上的传统；还有美德的范围和限制。它们还谈论理性的正确规律或者将会在下届全国代表大会上作出的决议，以及许多绝美的诗篇。我还可以补充一点，但这并不是出于我的虚荣心，我有时也会为这些谈话提供充分的材料，因为我的主人在一定时机会对它的朋友们谈起我和我的祖国的历史。虽然它们非常喜欢这一话题，但这却对人类并不有利，因此我就不再复述了。有一点请允许我说一下，我尊敬的主人对于"野胡"的自然习性非常了解。它发现了我们所有的罪恶和愚蠢，其中许多是我从没向它提起的，但它却通过对它们国家的"野胡"的了解猜想出来，如果那些"野胡"再多些理性的话，恐怕就会胡作非为了。于是结论也就肯定地得出了："这样一种生物该是多么的卑鄙而可怜啊！"

坦白地说，我所拥有的那一点点有价值的知识全部来自我的主人的教诲，以及它与朋友的谈话。我为自己身为一个听众而感到自豪，我听它们谈话比听到欧洲最伟大、最聪明的人物谈话还要感到自豪。我赞美这些身体强健、英俊潇洒并且干事雷厉风行的居民，而这些和蔼可亲的马儿有着璀璨的美德，更使我对它们表现出最崇高的敬意。事实上，一开始我没有感受到如同"野胡"和其他动物一般对它们的敬畏感，但后来渐渐地也感觉到敬畏感的存在，并且增长得超乎想象。而这种感觉同时混合了敬爱和感激，因为它们谦逊地认为我在我的同类中与众不同。

当我回想起我的家庭、朋友、同胞或者其他人类时，我认为他们真的与"野胡"十分相像，不论在外形上还是性情上，不同的只是他们稍微文明一些，并有说话的能力而已。但是与"野胡"具有天生的罪恶感不同，人类一直在用他们的理性来繁殖恶行。当我在湖中或泉水中看到自己的形象时，我突然对自己感到无比的厌恶，甚至宁愿去看一只普通的"野胡"也不愿看到我自己。通过与"慧骃"的谈话以及对它们感兴趣的观察，我开始模仿它们的步法和姿态，并逐渐变成习惯。因此，我的朋友有时会以一种不客气的方式对我说："你踱起步来像一匹马"，而我却将这话当作恭维。我无法否认，我说话的声音和腔调已经倾向于"慧骃"的方式了，而别人因此嘲笑我的时候，我却一点也不觉得羞耻。

我生活在这些幸福当中，并且也准备以这样的生活方式安定下来。然而，一天早晨，比平时还早那么一点，我的主人叫我过去。通过观察它的面色，我发现一定有些不祥的事，但它却不知道如何开口。它在沉默片刻后对我说，在上次议会上谈到"野胡"问题时，代表们对它家中养着一只"野胡"（指我）而不满，特别是它对我如同一只"慧骃"而没有将我视为那种畜生。同时它们还知道它频繁地与我谈话，并认为它似乎想从我那里得到什么好处或者乐趣。而这样的做法在它们眼中是违反理性和自然的，并且它们在这之前是闻所未闻的。因此，议会要求它要么像使用一只"野胡"一样役使我，要么让我回到原来的地方。然而，前一种建议被那些见过我的"慧骃"完全地否决掉了，它们声称我除了拥有如同那些动物一般的野性外还有少许的理性，因此它们担心我会诱使"野胡"来到这个国家的林区或者山区，并将它们组编为军队来伤害"慧骃"的家畜。因为我们那些食肉畜生天生贪婪，并且厌恶劳动。

我的主人还说，它每天迫于邻居要求它执行议会决议的压力，因此它不能再将此事耽搁下去了。它认为我是不可能游着泳去别的国家的，因此希望我设计某种交通工具，类似我曾经跟它描述过的、能载我过海的东西，并且它和邻居的仆人都可以来帮我。它最后说道，它自己是非常喜欢我能一直留下来为它服务的，因为它发现我在改造自己的习惯和性情，并且在尽力地模仿"慧骃"来改变自己卑劣的天性。

我应该对读者说清楚，这个国家的议会决议被称作"赫恩赫老阿银"，我所能的最近似的译法为"一种郑重劝告"。在它们的概念中，理性的动物是不应该被强迫的，而只能通过建议和忠告，因为在没有放弃理性动物身份的前提下没人会违背理性。

听完主人的话后，我深深地陷入巨大的悲痛和绝望中，并且因为过度悲痛而昏倒在地。当我苏醒后，主人告诉我，它当时还以为我已经死去，因为这儿的人是不会这么脆弱的。我用虚弱的声音回答道，如果真的死去那也是一种莫大的幸福。我不能谴责议会的决议和它朋友的催促，以我微弱而混沌的判断来看，对我宽容一些并不与理性冲突吧。我游不过一里格的路，更何况离这儿最近的陆地也在一百里格之外了。再说，那些制造小船的材料在这个国家几乎找不到。出于对主人的敬意和感激，我还是准备试一试，尽管我认为造小船这件事是不可能办到的，因此我觉得我已经崩溃了。也许在前途中非正常的死亡是我最小的不幸，假如我在不可预料的冒险中获救，就又要和"野胡"一起生活，这将恢复我堕落的本性，而我却多么希望有人能引导我走上美德之途。但我十分清楚，那些智慧的"慧骃"是不会因为我这个可怜的"野胡"的争辩而放弃它们理性的决定的。因此，我还是对主人提出的让它的仆人帮我造小船的提议而表达我卑微的感激之情，并且我还需要为这一艰巨的任务取得一些必要的时间。我告诉它，我会竭力地保护我自己卑劣的生命，假如回到英国后，我还对我的同类有所用处，我会向他们赞美那些有声誉的"慧骃"，并希望人类能学习它们的美德。

主人接着通过几句话就给了我高尚的回答，它允许我用两个月的时间来制造我的船，而且让栗色马作为我的伙计（相隔这么远，我就冒昧地以此来称呼它了），并听我使唤。因为我对主人说过，有了栗色马的帮助我就足够了，我知道它对我挺温顺的。

在它的陪伴下，我做的第一件事即是去那些造反的船员曾经逼我上岸的那片海岸。我爬到那儿的最高点，远眺四周的大海，我直觉地认为东北方有一个小岛。我取出放在口袋里的望远镜，辨别并估算出小岛在五里格之外。但栗色马却认为这是一片蓝色的云，因为在它看来除去它的国家外就没有别的了，所以它不能区别海上的物体到底是什么东西，而我们却正好与之相反。

我发现这个小岛后，没有观察更远的地方。于是我就认定这将是我被放逐的第一块陆地，而不去想结果会如何。

回到家，我就和栗色马商议。接着我们就去了不远处的小灌木丛，我用小刀，它用一块以它们的方式制造的带有木柄的锋利的燧石，砍了一些如手杖差不多粗细的橡树枝条，有些则更粗些。我就不详细地描述我是如何做那些事的了，读者会认为这很麻烦。简而言之，我在栗色马的帮助下在六个星期内制造了一艘印第安式的小船，但比那种更大一点，而栗色马在其中起的作用很大。然后我用自制的大麻绳把几张"野胡"皮缝合，当作船的篷。船帆同样是用"野胡"皮做成的，不过是用最小的"野胡"的皮所做，因为年长者的皮又韧又厚。此外，我还做了四个船桨。我还在船上装了一些煮熟了的兔肉和禽肉，带上两个容器，一个装牛奶，一个装水。

我在主人家附近的一个大池塘里试验了一下小船的性能，然后又将一些毛病纠正过来。我用"野胡"油将所有的裂缝黏合，直到坚固得能运载我和我的物品为止。在我尽可能地做到满意后，我让"野胡"在栗色马和其他的仆人的监管下轻轻地将船搬上车子运往海边。

一切准备就绪，启程的日子也渐渐到来了，我在告别主人和它的夫人以及其他家人的时候不禁热泪盈眶，我的心沉入悲伤之中。我敬爱的主人一方面出于好奇，一方面为了表示对我的关怀（我这样说并不是因为虚荣），决定在它的几个邻居和朋友的陪同下送我到小船上。我不得不花上一个小时的时间等待涨潮，然后幸运地赶上了去小岛方向的顺风，于是我再次向主人告别。当我正要俯身去亲吻它的蹄子时，它轻轻地将自己的蹄子抬到我的嘴边。我并不是不知道我在刚提及的那件事中受到不少责难，诽谤者都自以为这样杰出的"慧骃"是不可能将崇高的礼仪赐予像我这样卑劣的动物的。我当然不会忘记一些旅行家都曾吹嘘过自己受到了特别的恩典。但是，假如那些责难者更深地了解这样一个高贵的谦恭的"慧骃"，它们将会改变自己的看法。

我又向主人和它的同伴们致敬后，就上了船，并将船撑离海岸。

第十一章

作者危险的航行开始了——他到达了新荷兰，希望能定居在那儿——被一个土著人的箭射伤——又被葡萄牙人抓了起来并被强行送上了他们的船——船长对他很热情——作者回到英国

我于一七一四年——也许是一七一五年——二月十五日早上九点开始了令人绝望的航行。现在的风对我非常有利，而我一开始还是用船桨在划。但我又考虑到这样会使我不久就会疲劳，而且风向也随时可能变换，我就冒险将船帆升了起来。同时，在海流的帮助下，我估计我在以一个半小时一里格的速度前进。主人和它的朋友继续留在海边直到我离开它们的视线，并且我还时而会听到栗色马（这个一直喜爱我的伙计）在喊："赫奴伊·伊拉·尼哈·玛拉赫·野胡。"（照顾好自己，亲爱的"野胡"。）

我的想法是尽可能地去发现既杳无人迹但又能通过我的劳动提供给我足够的生活必需品的小岛，这将使我感到比欧洲那些贵族宫廷里的首相大臣的生活还要幸福。但我害怕的就是回到那个在"野胡"的政府统治下的社会。我渴望隐居，那样我至少可以沉浸于自我的思想当中，并兴致盎然地思索"慧骃"那独特的美德，那样我就不可能有机会在我同类的恶行和堕落中退化。

读者可能还记得我曾经提到过的，当我的船员们共谋造反并将我囚于我的船舱中，那几个星期我都不知道船的航线如何。之后他们又将我押上岸，水手们信誓旦旦地对我说，他们也不知道自己到了世界的哪一部分了，而我不知道这是真是假。但是我相信我们是在好望角以南十度左右，或者大约在南纬四十五度线上，同时我又根据无意中听到的他们的谈话可

以猜想我们处在他们原先计划好去的往马达加斯加岛航线的东南方。虽然这只是我的推测，但我还是决定朝东方驶去，希望能到达新荷兰西南部的海岸，也许我所渴望的那些小岛就在那儿的西边。风是正西向的，到了晚上六点，我估计我已经往东前进了至少十八里格，不久后我到达了半里格外的小岛。这个岛只不过是块大岩石，有一个因为暴风雨的冲击而形成的小港湾。我将小船停泊在那里以后就爬上了岩石，我能够清晰地发现东边有一处陆地，从南一直延伸到北。整晚我就躺在小船上。第二天早晨我继续前进，并在七小时后到达新荷兰的东南角。这无疑证实了我一贯的看法，地图和航海图至少将这个国家的真实位置东移了三度。这个想法我早年就和我的好朋友赫尔曼·毛尔先生说过，并向他表明了我的理由，虽然他还是相信其他的制图者。

在我登陆的地方我见不到什么居民，但因为手无寸铁，我就不敢再进入里面去了。我在海岸上找到一些贝壳并吃了那些肉，我不敢点火，生怕

被土著人发现。连续三天，我都以食用牡蛎和帽贝为生，并且幸运地找到一条水很清的小溪，这使我感到十分欣慰。

到了第四天早晨，我大胆地向前走近一些，并看到二三十个土著人站在离我五百码的高地上。他们完全是赤裸着的，男人、女人以及小孩都一样，他们肯定围着一堆火，因为我看到了烟。有一个土著人瞧见了我，并告诉其他人。接着，五个男人离开那些女人和小孩，向我走来。于是我赶紧跑到海边，坐到小船上离开。那些野蛮人看我要撤退就迅速地

第四卷 "慧骃"国游记

跑了过来,在我的船还没有驶得足够远时,他们朝我射了一支箭,正中我的左膝盖。我很可能要带着这个伤口进坟墓。这有可能会是支毒箭,于是我用桨将船竭力划到安全区(那天风平浪静),紧接着我就吮吸伤口,然后将其包扎好。

我不知道自己该干什么好,因为我不敢再返回原地。于是我坚持划着桨向北边驶去,虽然风很小,但却是逆风,这严重地阻碍了我。当我在寻找安全的地方登陆时,我看到东北偏北处有一艘帆船驶来,并且越来越近。我在考虑是否在此等他们过来,但最终因为我对"野胡"人种的厌恶而放弃了这一念头。我掉转船头,桨帆并用,朝着南边驶去,并到达了我早上刚刚驶离的那个小港湾。因为我宁可将自己交给野蛮人而不愿和欧洲的"野胡"一起生活,我于是将小船紧紧地靠在海岸上,并将自己藏于那个水质很好的小溪旁的石块后。

那艘船离小港湾只有半里格了,他们放下一条长舢板并带着容器来取水(看起来这个地方非常有名)。但这些都是在他们的长舢板快靠岸的时候才发现的,因此我来不及躲到另一个地方。那些水手一登陆就发现了我的小船,并在里面到处翻找,接着又推测船的主人肯定在不远处。四个带着武器的水手将每一个裂缝和洞穴都搜遍了,最终找到平趴在石块后的我。他们好奇地盯着我那身奇怪而粗俗的衣服看了好一会儿,我的上衣是用兽皮制成的,鞋是以木头做鞋底的,长袜是毛茸茸的。最后他们判断我不是当地的土著人,因为土著人都赤裸着的。其中一个水手用葡萄牙语问我是什么人。而我对葡萄牙语是非常了解的,所以就站了起来说道,我是一个被"慧骃"流放的可怜的"野胡",希望他们能让我开船启航。他们在听到我能用葡萄牙语回答后非常好奇,并且通过我的肤色认定我是个欧洲人,但他们却对何谓"野胡"和"慧骃"迷惑不解。同时他们因为我说话的腔调类似马嘶声而大笑不止。我因为恐惧和厌恶而一直在颤抖着,并且再次希望他们能放我开船启航,同时慢慢地向我的小船走去。但他们很快就拉住了我,想知道我是哪国人,从哪儿来,以及其他许多问题。我告诉他们,我生于英格兰,大约在五年前离开,那时他们的国家和英国非常和睦,因此希望他们不要将我看作是敌人,我对他们不会有任何的伤害,我只不过是个希望找一处杳无人迹的地方过完不幸的此生的可怜的"野胡"。

当他们开始说话时,我认为我从没听见过或看见过如此违反自然的事情,这在我看来就像英国的一条狗或一头牛在说话,或者是"慧骃"国里的一只"野胡"。那些老实的葡萄牙人对我的服饰和腔调非常吃惊,但他们还是能听得懂。他们非常仁慈地同我交谈,他们肯定船长愿意免费载我去里斯本,由此我可以回到英国去。其中两个水手回到船上,向船长通告了他们所看到的,并等他下达命令。同时,除非我庄严地宣誓自己不会逃跑,不然他们就会将我绑起来,于是我只好按他们说的做。他们对我的故事非常好奇,但我总不能让他们满意,因此他们推测我的不幸经历已经使理性退化了。两个小时后,满载着灌水容器的船回来了,他们带着船长的命令要将我带到大船上。我跪下来求他们还我自由,但他们都无动于衷,并将我捆绑了起来扔到船上。接着我又被带到大船上,并被押进船长的舱室。

船长的名字叫作彼德罗·德·蒙德斯,他是一个谦恭而大方的人。他请我介绍我自己的情况,又问我需要吃点或喝点什么,并让我享受同他一样的待遇。接着,他又说了许多客气的话,一只"野胡"表现出来的这些礼貌,使我万分惊讶。但我还是保持沉默,他和水手们身上的味道快使我晕过去了。最后,我想吃一些我的小船上的东西,但他却给我一只鸡和一些上好的酒,接着又将我带到一间干净的舱室里睡觉。我不愿脱下衣服就上床了,过了半小时,趁着那些水手正在就餐,我想靠近船舷跳入海中逃生,那就不用再跟那些"野胡"待在一起。但是一个水手阻止了我,并报告了船长,于是我就被反锁在舱室里。

晚餐后,彼德罗先生来看我,并想知道我为什么会不顾一切地试图逃离。他对我保证,他只是想为我做一些力所能及的事,并且说得十分感人,因此最后我将他当作一个具有小部分理性的动物来看待。于是,我简单地说了一下我航行的一些故事,关于共谋造反的船员,关于他们将我扔在那儿的那个国家,关于我在那个国家居住了五年的经历。这一切在他看来似乎都只是梦或幻想,我感到非常不满,因为我几乎已经失去了说谎的能力。说谎是在那些"野胡"所统治的国家中特有的,因此他们总是怀疑自己的同类。我问他,说一些无中生有的事是否是他们国家的习俗?我肯定地说,我几乎不知道虚假是什么意思了,即使我在"慧骃"国生活一千年,我也不会从任何一个低劣的仆人口中听到谎言。至于他信不信这些事

第四卷 "慧骃"国游记

情那与我无关。但是为了报答他的恩惠,我将宽容地看待他堕落的天性,并回答他提出的任何异议,此后他自然会发现真相的。

船长是个聪明人,他多次想从我的故事里找到什么纰漏,但最终还是开始觉得我说的都是实话了。更何况他自己也承认他也遇到过一位荷兰水手,声称自己曾和另五名水手在新荷兰以南的某个岛或大陆登陆取淡水时,看到过一匹马赶着几只样子跟我描绘的"野胡"一模一样的动物;他还说了一些其他详尽的情况,船长说他全记不起来了,因为他当初以为那全是撒谎。不过他还说,既然我声称真理是么神圣的,我必须答应他和他们一道完成这次航行,不要尝试着再次逃跑,否则在到达里斯本之前他会一直将我囚禁起来。我只好答应了他的要求,不过同时我还声明,我宁可受最大的苦难也不愿回去和"野胡"一起生活。

我们在航行中没有遇到任何重大事故。为了感谢船长,我有时也接受他热忱的请求和他一起坐坐。我竭力隐藏自己对人类的憎恶,尽管有时也在无意中流露了出来,而船长却并没有留意这些。但是在每天的大部分时间里,我总是躲在自己的舱室里,避免和任何船员相见。船长多次恳求我将那身野蛮人的衣服脱下来,并提议将他自己那套最好的衣服借给我。我是无论如何也不会接受的,因为我讨厌把一只"野胡"曾穿过的任何东西穿到自己的身上。我只希望他能借我两件干净的衬衫,因为他穿过的那些衬衫总是洗过的,所以不会严重地玷污了我。这样我每隔一天换一次衬衫,并且亲自动手将它们洗干净。

一七一五年十一月五日,我们到达里斯本。上岸时,船长一定要我把他的外衣穿上,以免那些乌合之众过来围观我。他带着我来到他的家中,在我的恳求之下,他带着我来到后院的最高的一个房间。我求他对任何人都要隐藏我跟他说过的关于"慧骃"的那些事情,因为只要有一点

> 将"慧骃"国诚实热情的美德与人类社会冷漠虚假的现实相比较,斯威夫特的讽刺之意不言而喻。

219

风声泄露，就会有许多人来我这里看热闹，而且还有会被宗教裁判所关押甚至烧死的危险。船长想说服我穿一套新做的衣服，可我不能让裁缝来给我量尺寸。不过，因为彼德罗先生跟我体形差不多，他的衣服穿在我身上还是很合身的。他还准备了其他一些全新的必需品给我，它们要被晾晒二十四个小时后才使用。

船长没有妻子，只有三个仆人，他都不让他们在我们吃饭时侍候在一旁。船长的言行举止十分彬彬有礼，再加上善解人意，我开始能忍受和他为伴了。他赢得了我的尊重，而我也敢于从后窗往外张望了。一段时间后，我甚至搬到了另一个房间，并且开始窥视大街上的景象，但总是在一些惊吓中将头缩了回来。一个星期后，他诱使我走到门口，我发现恐惧逐渐在减少，可仇恨和鄙视似乎在增长。最后我能在他的陪同下大胆地走在街上，但我总是用芸香或者烟草将鼻子牢牢捂住。

十天后，彼德罗先生劝说我应该为了名誉和良心回到我的国家和妻儿一起生活，因为我曾经跟他说起我的家事。他还说，在海港上有艘英国船即将启航，并且他还会提供我所有的必要物品。但是我却因此跟他发生了争辩，但这些话太冗长乏味，我就不再重复了。他说道，找一处无人居住的孤岛是不可能的，但我如果在家中就可以自由支配了，我完全可以按自己的想法去过隐居生活。

我最后还算遵照了他的意见，因为我也发现这样做的好处。十一月二十四日，我坐上一艘英国商船离开里斯本，但至于船长是谁我没有去问。彼德罗先生一直将我送到船上，并借给了我二十英镑。他亲切地与我告别，并在分别时拥抱我，我尽力忍受着。在最后的航程中，我不与船长以及他的任何船员相往来，我假装有病，将自己关在舱室里。一七一五年十二月五日九时，我们在唐兹抛锚。到了下午三点，我已经安全抵达我在达罗则西斯（即瑞德里夫）的家中。

我的妻子和家人见到我时惊喜交加，因为他们早认为我已经去世。但是我必须坦白，在看到他们时我心中只充满了仇恨、厌恶和鄙视，而一想到我们之间的亲密关系时，我更是深深地感受到这些。虽然我不幸从"慧骃"国被流放了出来，强忍着同"野胡"相见并和彼德罗·德·蒙德斯先生说话，可在我的记忆和印象中永远都装满了那些崇高的"慧骃"的美德和思想。而当我想到自己曾和一只"野胡"交媾过，并且还是几只"野胡"的父亲时，这带给我极大的耻辱、惶惑和恐惧。

当我一走进家门时，妻子就拥抱我、吻我，我已经许多年不习惯接触这种可恶的动物了，因此我立即就昏倒了，并在大概一个小时后才苏醒。现在我写这书的时候，已经回到英国五年了。第一年，我都不准妻儿到我跟前来，因为他们身上的气味实在令我难以忍受，更不要说让我跟他们在同一个房间里吃饭。即使今日，还是不准他们碰我的面包，或者用我的杯子喝水，并且我从来都不让他们牵我的手。我所用的第一笔钱是去买了两匹雄种马，并在一个很好的马厩里饲养它们。除它们之外，马夫就是我最喜欢的人了，我一闻到他所携带的那种马厩里来的气味就来劲。我的马能够将我的意思理解得非常好，我每天都要同它们说至少四个小时的话。它们从不戴马缰绳和马鞍，它们和我相处得十分友好，并且它们彼此之间也建立了友谊。

第十二章

　　作者说的都是实话——他出版这本书的目的就是要谴责那些背离事实的旅行家——作者清楚地表明他并不想以写作带来任何险恶的结果——他将对任何异议提出答辩——开拓殖民地的方法——他对祖国的赞美——他承认国王凭他的权力可以去占领他所描述过的国家——他指出征服这些国家的困难之处——作者向读者做最后的告别,提出他对未来的生活方式的建议,他向读者提出一些忠告——最后全书结束

　　尊敬的读者,我已经将我在十六年零七个多月来真实的旅行历史讲述给你们,并且在其中我没有对真相进行修饰。我可以像别人那样说一些荒诞不经的故事来迎合你们想要大吃一惊的心理,但我还是选择用最简朴的风格和文体叙述那些真切的事实,因为我主要的目的是告诉你们一些事实而不是给你们解闷。

　　对我们来说,到过一些英国人或者欧洲其他国家的人很少去的偏远的国家后,回来写点海上或陆上的奇异动物是非常容易的。但是,一个旅行家的首要目的应当是让人变得越来越聪明、越来越优秀,应当用其他国家中正反两方面的事例来改进人们的思想。

　　我衷心希望能颁布这样一项法律——每一位旅行家在出版自己的游记前,必须向大法官宣誓,保证他想要发表的所有东西都是绝对真实的。只有这样,读者才不会像平常那样受到那些为了使自己的作品畅销而编造虚假故事的作家的欺骗。我年轻的时候也曾经饶有兴趣地仔细阅读过几本游记,但自从我将地球上的大部分地区都旅行过,并且能够根据自己的观察

反驳那些虚假的故事后,我对那些书就感到非常的厌恶,同时对人类如此轻易相信那些虚假故事的陋习感到义愤。所以,既然我的熟人都认为我竭尽全力所写的这本书还可以为国内所接受,我强迫自己要永远遵守这样一个座右铭:我必须严格遵循事实。事实上,我绝不会因为任何诱惑而改造事实,因为我心中一直牢记着我那高贵的主人和其他优秀的"慧骃"的谈话和事例,我曾经有幸充当了那么长时间的听众。

　　　……虽然厄运使西农蒙难,
　　　这却不能强使我诳语欺人。①

　　我非常清楚,写这类并不会给人带来什么名誉的作品,既不需要天赋也不需要学问,甚至无须任何其他的才能——除了好的记忆力和精确的记录。我同样还知道,游记作家也同编字典的人一样,将来一定会被历史所湮没,因为他们的后继者在分量和篇幅上肯定都会超过他们。很有可能,那些后来者将会去我在作品中所描述过的那些国家,他们会发现我的缺陷(假如真的有错误的话),还会增加许多他们的新发现,而我就会被挤出这个圈子,他们则取代了我的位置,使世人忘记我曾经也是个作家。如果我写作是为名誉,这确实是一种耻辱。然而我唯一的目的是为了满足大众的利益,我就不会完全失望。那些人读了我所提到的那些光荣的"慧骃"的种种美德后,谁不会为自己的罪恶感到羞耻呢?那些由"野胡"统治着的偏远的国家我就不想再说起了。在那些国家中,堕落程度最低的是布罗卜丁奈格,他们在道德和政治上的英明准则应该是我们乐于仿效的。但我忍住不再进一步评论下去了,那还不如将这些留给明智的读者自己去评价、去判断吧。

　　我非常高兴我的作品没有遇到那些责难者。对于这样一个作家——他朴素地叙述发生在那些遥远国度里的一些平凡的事实,而那些国家又是我们既不同他们做生意又不用同他们谈判的——人们还有什么要指责的呢?我十分谨慎地避免了那些经常受到指责的普通游记作家出现的错误,此外我也不涉及任何政党的事,我的作品不激动也没有偏见,对任何人或者任

---

① 引自维吉尔的《埃涅阿斯纪》第二卷第七十九、八十行。在著名的特洛伊之战中,特洛伊人中了木马计而被希腊人攻陷城池。西农是希腊传说中欺骗特洛伊人把木马拖进城的希腊人。

何团体都没有敌意。我写作的目的是最高尚的，只想将一些事实告诉人类并教育他们。我认为自己的想法比一般人略胜一筹，而我也并不是不谦虚，只是因为我曾长时间同最有德行的"慧骃"在一起交谈过，所以具有一些优势。我写作不为名也不图利。我从来都不用任何一个让别人去反思或者对别人表现出哪怕是最小的指责的词，即便是对那些最喜欢认为自己受到了指责的人。因此我希望我能够公正地表明自己是个绝对无可指责的作家，任何辩论者、思想者、观察者、反思者、检测者、评论者无法从我身上找到问题来展现他们的才华。

我承认，有人曾暗地里对我说，作为一个英国公民，我有义务在第一时间递交给国务大臣一份报告，因为任何一块被发现了的土地都是属于英国国王的。但我怀疑征服我所描述过的那些国家是不是会像费迪南多·柯太兹①征服那些衣不遮体的美洲土著那么容易。我认为征服利立普特所得的利益几乎都不能与派遣一支海陆军队的消耗持平，试图攻击布罗卜丁奈格的话又让我对这事是否慎重或有把握表示怀疑，而当有一个小岛飞在英国军队的头顶上时他们会不会感到不很安逸。"慧骃"看来根本没有为战争做过什么准备，它们对战争这门科学完全不在行——尤其是对大规模的武器。尽管如此，假使我是国务大臣，我是决不会提议去侵略它们的。它们的审慎、团结、无畏以及爱国，足可弥补它们在军事艺术上的所有缺陷。假如——有两万"慧骃"冲进一支欧洲军队，打乱队伍方阵，掀翻车辆，用它们的后蹄将士兵的脸踩得血肉模糊——会怎么样。要知道它们完全有着奥古斯都式的性格：踢来踢去，旁若无人。②我不会提议去征服这样一个品格高尚的民族，反而更希望它们能派遣足够多的居民来教化欧洲人，将它们的荣誉、正义、真理、节制、公德、坚韧、贞洁、友谊、仁爱和忠诚等基本准则传给我们。所有关于美德的名称仍然保留在我们的语言体系中，在古今作家的作品中也经常能见到这些词，我还是能在我很少的知识中说出这些词。

对于我不赞同国王要拿我发现的那些地方来扩张他的国土的原因，我还有一个理由。说实话，我开始对分封那些"王子"去统治各自的封地的合法性产生了怀疑。举个例子，一群海盗在暴风雨的驱赶下来到一个陌生

---

① 费迪南多·柯太兹（1485—1547），西班牙冒险家、殖民者。
② 见贺拉斯《讽刺诗集》第二卷第二十行。

第四卷 "慧骃"国游记

的地方,而当一名水手在中桅上发现了陆地后,他们就登陆并准备烧杀抢夺。当他们看到一些没有危害性的和热情地款待他们的当地人时,他们却给这个国家起了一个新的国名,替他们的国王以自以为正式的方式将这块土地占为己有,并竖上一块烂木板或者一块石头作为标记。他们杀死二三十个土著人并用武力将几个人作为标本带走,而回到自己的国家后就免予惩罚。他们就这样通过神授的权力开始对新领土的开发。在第一时间内,许多船只被派到那个地方,那些土著人将会被驱赶或者杀戮。那些"王子"为了得到黄金会严刑拷问他们。而一切惨无人道和充满淫欲的行为会被放纵,大地霎时间变为流淌着那些原住民鲜血的汪洋。那些效命于远征的杀人不眨眼的凶手,就成了被派去转变并教化那些盲目崇拜偶像的野蛮人的现代殖民者。

但我同时也坦白地说,这段描述跟不列颠民族毫无关系,他们是全世界的楷模,因为其在开拓殖民地时表现出了智慧、审慎和正义。他们那些自由主义者促进了殖民地国家的宗教和知识发展;他们选派虔诚而能干的教士传播基督教;他们谨慎地从王国里挑选出生活正派并善于交谈的人迁移到各地;他们将那些最有才能并且最不容易腐化的官员派遣到各殖民地管理行政,严格维持正义;锦上添花的是,他们将那些最警惕的、最有道德的总督派往殖民地,全心全意地为自己的子民以及他们尊敬的国王陛下服务。

但我描述过的那些国家似乎都不愿意被殖民者征服、奴役、杀害或驱赶,黄金、白银、食糖和烟草等物品在他们那里也非常少。所以我谦恭地认为,他们并不是我们发挥自己的热情、武力或者兴趣的适当对象。然而,如果那些利害关系者与我持有异议,我就准备在被法庭传讯时宣誓做证——没有任何欧洲人在我之前去过那些国家。我的意思是说,我们应该相信那儿居民的话,除非论争是关于传说中的那两只许多年前出现在"慧骃"国的一座山上的"野胡"。据说,"野胡"这种生物就是它们俩的后代,而据我所知,那两只"野胡"可能就是英国人。说实话,从它们俩的后代的轮廓特征来看,我对此表示怀疑,但是否因此我们就要占领那个地方,恐怕只有交给精通殖民法的人去研究了。

但我从来没有想过,要以国王的名义正式占领那个地方。而即使有,站在当时的情形之下,由于审慎的念头和自卫的本能,我可能将其推迟到有了好机会再说。

作为一个旅行家，我已经对这个唯一可能上升为对我的责难的不同意见做出了抗辩，我在此准备向每一位敬爱的读者做最后的告别，而我将要回到我的瑞德里夫的花园中去享受自己思索的乐趣。我要适应着去学习从"慧骃"那儿学来的优秀的道德课程。我还要教导家中的那几只"野胡"，并将它们培养成温顺的动物。我时常看着镜子中的自己，并慢慢地将这养成一个习惯，从而使得以后能够忍受人类的相貌。我对自己国家中的"慧骃"还有着野蛮的行为而扼腕痛惜，但看在我高贵的主人、它的家庭、它的朋友以及整个"慧骃"族的分上，我还是对它们表示敬意；虽然我们的"慧骃"的轮廓跟它们几乎一样，但智力上却远不及它们。

我从上个星期开始就允许我妻子与我同桌吃饭了，但我让她坐在一张长桌子的最远的一端，并且让她回答（只让她作简要的回答）我的几个问题。但她身上的"野胡"气味还是让我受不了，我总是用芸香、薰衣草或者烟草将鼻子牢牢捂住。虽然让老年人在余生改掉多年以来的习惯是非常不易，但我也并不是毫无希望，一段时间后，我能够忍受"野胡"邻居与我在一起，而不会再担心它的牙齿和爪子的威胁。

我与一般的"野胡"种相处不会很困难，假如它们的罪恶与愚蠢仅仅是天生的。我不会对律师、扒手、上校、白痴、贵族、赌徒、政客、老鸨、医生、证人、教唆犯、法律代理人、叛国者等等大动肝火，这都是合情合理的。但是当我看到一个身心都有疾病的畸形的却又十分骄傲的蠢人，我全部的耐心在一瞬间消失殆尽。我无法理解这样一种动物怎么会和这样一种罪恶（骄傲）混合在一起呢。智慧和美德兼具的"慧骃"有着富于理性的动物的所有优点，但它们却没有罪恶这个名词。在它们的语言中，除了用来描绘"野胡"的可恶品格的词外，根本没有可以用来表达罪恶的术语。它们还没有透彻地理解人性，因此在"野胡"身上还辨别不出这骄傲，而在"野胡"统治的国家中，骄傲这种特性是显而易见的。但因为我的经验比较丰富，能够明显地在"慧骃"国的"野胡"身上看到这些。

然而，在理性支配下的"慧骃"却不会因为具有许多优秀的品质而感到骄傲，就像我不会因为手脚齐全而感到骄傲一样。手脚不齐全的人肯定会感到痛苦，但精神正常的人决不会因为自己手脚健全就大吹大擂。我希望英国的"野胡"不至于让人难以忍受，因此我对这个问题谈了好久。所以我在此恳求那些有着这种荒谬的罪恶的人，不要随便地进入我的视线中。

阅读测评

读完书籍内容是读书的第一步,而在此基础上对阅读方法、阅读速度、阅读质量等阅读环节的自觉反思,才能使我们慢慢地成长为独立而自主的阅读者。

下面,请你静静地反思自己阅读《格列佛游记》的整个过程,然后填写下表。

《格列佛游记》阅读整理表

自我评价	我给这次阅读情况打_____分(10分制)。(提示:你可以从阅读是否按计划进行、阅读时的速度、阅读时是否心神跳脱文本、批注情况、专题探究完成质量等角度进行评价。) 失分原因:	
整体感悟		
含英咀华	精妙语句	让你怦然心动的语句: 赏析:
	锦囊妙「技」	我学到的写作技法:
我的小结		

阅读拓展

乔纳森·斯威夫特《格列佛游记》

博尔赫斯

贫穷的小国爱尔兰，现今人口不过三百万，却奉献给世界许许多多各种各样的天才。第一位是斯科托斯·埃里金纳，他在9世纪勾画并阐明了一种泛神论；乔纳森·斯威夫特（1667—1745）当然不是最后的一位。他出生在都柏林，同奥斯卡·王尔德一样，毕业于三一学院。作为道地的爱尔兰人，伦敦对他具有极大的吸引力，就像那么多阿根廷人被巴黎所吸引，那么多南美洲人向往布宜诺斯艾利斯那样。

他尝试写作难以掌握的品达体颂歌，他的亲戚约翰·德莱顿对他说："乔纳森，你永远成不了诗人。"但他当了诗人，不过是以另外的方式。他致力于政治，从自由党转为保守党。他在1729年发表了"为防止穷人的孩子成为其父母负担的一个小小的建议"。① 这个方案比九重地狱可怕，"建议"提出设立公共屠场，以便父母们出售特意喂肥的四五岁的子女。他在小册子的最后一页说自己并非出于私心，因为他本人并无子女，就是想生也为时已晚。他盼着早日死去，却在身心的巨大痛苦中等了三十年才等来死亡。

---

① 原标题为 A Modest Proposal For preventing the Children of Poor People From being a Burthen to Their Parents or Country, and For making them Beneficial to the Publick，一般简写成 A Modest Proposal（一个小小的建议），通常认为这篇文章是反讽体裁——编者注

"想到斯威夫特，"萨克雷写道，"如同想到一个强大帝国的衰落。"吉卜林指出，作家可以杜撰故事，却无从知道寓意何在。斯威夫特本想审判人类，不料留下了一部供儿童阅读的书。其原因是："儿童们只读里里梅尔·格利佛船长所作的最初两次旅行，而不看后面几次恐怖的旅行。"

　　他失去了记忆，甚至刚刚过去的事也会忘记。在与朋友告别时，他经常说："晚安。我希望这是我们最后一次见面。"在其生命的最后那些日子里，他从一个房间走到另一个房间，口中唠叨着"我就是我"，好像要用某种方式抓住自己心中的根。

　　他用拉丁文写了自己的墓志铭，于1745年10月13日下午三时去世。

（本文选自博尔赫斯《私人藏书：序言集》）

三

　　斯威夫特在这部小说中所运用的高超的讽刺艺术，为英国后来层出不穷的讽刺小说提供了杰出的范例。英国19世纪小说家威廉·萨克雷对《格列佛游记》赞不绝口："在他的描写中体现了惊人的幽默感！其中的讽刺是多么高尚！多么确切和诚实！"显然，斯威夫特的《格列佛游记》不仅为英国小说的发展开辟了新的方向，而且也进一步丰富了小说的艺术魅力。

　　《格列佛游记》最重要的艺术特征是作者精湛的讽刺手法。"他总是在寻找恰当的形式和工具来表现他的讽刺艺术。"斯威夫特首先以游记的形式来叙述主人公的冒险故事，将他置于英国和欧洲文明之外，这不仅使他能够在遥远而又奇异的国土上眺望欧洲大陆，而且还为他提供了畅所欲言和将两地进行比较与对照的机会。此外，斯威夫特采用拟人化的手法故意将他国的居民描写为小人、巨人或各种动物，并无情地揭示他们许多与人类十分相似的丑陋性格与怪诞行为。

　　因此，《格列佛游记》看起来是一部游记，其实主要是一部讽刺和嘲弄作品，同时也是一部具有启蒙思想的作品。作者不仅不赞成人类过于理性的一面,而且也厌恶人类贪婪、自私的动物本性。斯威夫特以一种辛辣和奇特的笔调来折射他所生存的社会,在悲观情绪的背后,表达了一种苦涩的忧世情怀。他生命的后期所写的《格列佛游记》,汇集了所有他在宫廷里和街道上的所见所闻。就像笛福用自己的笔来激励人类乐观的奋斗精神一样,斯威夫特也用自己的伟大作品几百年来提醒着人类:把握好理智和情感的尺度,建设更加美好的明天。

——郭慧:《品味〈格列佛游记〉的世界》

Ⅲ

通过对有关数字和比例进行夸张性描写,《格列佛游记》对人的自负、傲慢、渺小、卑鄙等人性的缺陷与污点进行了讽刺。这种夸张性描写把斯威夫特式的讽刺艺术推向了讽刺艺术的最高殿堂。

首先,斯威夫特为了展示格列佛在小人国的境遇,成功地对数字进行了夸张性描写,加强了小说的讽刺意味。例如对数字进行的夸张:"一百多个小人就走了上来,把盛着肉的篮子送到我的嘴边,二十辆车装着肉,十辆车盛着酒。每辆肉车上的肉足够我两三口吃的。"这些夸张的数字生动地描写了格列佛吃肉喝酒的情景,讽刺了英国剥削阶级生活的奢侈和本性的贪婪。又如:"京城周围九百码以内所有的村庄,每天早晨必须交纳六头牛、四十只羊和其他食品作为我的给养。"夸张的数字深刻地揭示了小人国农民交纳的税收数目之大,暗示了英国农民不堪重负的痛苦。……在《格列佛游记》中,除了小人国京城周围九百码以内所有的村庄的村民给格列佛一人准备食物外,还有六百人的队伍给"我"当差,三百个裁缝给"我"做一身衣服。这些夸张的数字讽刺了那些占有了国家的大量财产,过着奢侈腐化寄生生活的有产者,影射了英国统治阶级对人民的剥削。

其次,《格列佛游记》还对比例进行了夸张,特别是人体比例,夸张地描述格列佛在大人国的戏剧性变化的生活,讽刺人类的渺小和无能。在小说中,斯威夫特把正常比例的人缩小和放大。在小人国,那里的人身高仅六英寸，为欧洲人的十分之一，一切器物、建筑也按比例缩小，然而他们却有着欧洲人的一切劣根性：贪婪、残忍、好战。在大人国，比例则完全颠倒过来，巨人身高如塔，最矮的人也差不多有三十英尺高，他们说话的声音比传声筒还大好几倍，好像打雷一样，他们的镰刀也有我们的六倍大。格列佛感到自己在这个巨人民族中间就像一个孤零零的利立普特人在我们中间，他担心自己会被巨人踏死，就像在小人国他担心会踏死利立普特人一样。随着比例突变，价值观也随之而变。小人国的居民把格列佛当作世界上最大的怪物，他在那儿能够只手牵走一支皇家舰队，还能做出许多别的大事业，都将永远载入那个帝国的史册。然而，在大人国，格列佛降到他周围的人的1/12，他被看成像黄鼠狼和猫一样大小的小动物。有一位农妇刚看到他时，就和英国女子看到癞蛤蟆或者蜘蛛就要跑的情形完全一样，尖叫起来，吓得回头就跑。他成了农户有利可图的猴把戏，遭受奴役之苦；变成了宫廷的小玩物，被看成一个微不足道的生物，被宫女们摆弄于股掌之上，受尽凌辱；甚至大人国侏儒在格列佛面前，也变得傲慢无礼起来，因为格列佛比他还矮得多。失去了身高和体力的优势，格列佛发现自己的骄傲感荡然无存，再也不把自己看成是什么大人物。《格列佛游记》正是通过人体比例的差异夸张地讽刺了人的无能、渺小、卑鄙、自负、傲慢等人性的缺陷与污点。斯威夫特对人体比例的夸张，运用的是显微镜式的观察，是对人性的剖析与鞭挞。

——熊云甫、张杨莉《〈格列佛游记〉的讽刺艺术论》

名著阅读力养成丛书

朝花夕拾
白洋淀纪事——孙犁小说
湘行散记·从文自传
西游记
猎人笔记
镜花缘
骆驼祥子
海底两万里
飞向太空港
昆虫记
寂静的春天
星星离我们有多远
傅雷家书
给青年的十二封信
钢铁是怎样炼成的
名人传
雪落在中国的土地上——艾青诗选
泰戈尔诗选
唐诗三百首
水浒传
世说新语
聊斋志异
儒林外史
格列佛游记
简·爱
契诃夫短篇小说选
我是猫

山海经
呐喊
繁星·春水——冰心诗选
背影
想念地坛
昆明的雨
紫藤萝瀑布·丁香结
城南旧事
假如给我三天光明
三大师传
居里夫人自传
人类的群星闪耀时
沙滩上的童话
孤独的小螃蟹·大象的耳朵
小狗的小房子·小柳树和小枣树
"歪脑袋"木头桩
稻草人
项链·神奇咒语
愿望的实现
神笔马良
笠翁对韵

更多图书即将面世……